SOBRE AS RUÍNAS DO MUSEU

SOURS AS RUINAS
DO MUSEU

SOBRE AS RUÍNAS DO MUSEU
Douglas Crimp

Fotos: Louise Lawler

Tradução: Fernando Santos
Revisão da tradução: Marcelo Brandão Cipolla

martins fontes
selo martins

Copyright © 2005, Livraria Martins Fontes Editora Ltda.,
São Paulo, para a presente edição.
Copyright © 1993, Massachusetts Institute of Technology.
Nenhuma parte deste livro pode ser reproduzida, transmitida oralmente, televisionada ou
arquivada em sistema de busca por nenhuma forma ou meio gráfico, eletrônico
ou mecânico, incluindo gravação sonora ou de imagem, fotocópia ou digitação,
sem prévia autorização do proprietário.
Esta obra foi publicada originalmente em inglês com o título
ON THE MUSEUM'S RUINS por MIT Press, Cambridge.

Publisher *Evandro Mendonça Martins Fontes*
Coordenação editorial *Vanessa Faleck*
Coordenação da tradução *Marcelo Brandão Cipolla*
Produção gráfica *Carlos Alexandre Miranda*
Revisão gráfica *Renato da Rocha Carlos*
Maria Margarida Negro
Dinarte Zorzanelli da Silva
Renata Sangeon

Dados Internacionais de Catalogação na Publicação (CIP)
(Câmara Brasileira do Livro, SP, Brasil)

Crimp, Douglas
 Sobre as ruínas do museu / Douglas Crimp ; fotos Louise Lawler ; tradução Marcelo Brandão Cipolla. – 2. ed. – São Paulo : Martins Fontes – selo Martins, 2015. – (Coleção a)

 Título original: On the museum's ruins.
 ISBN 978-85-806-3233-0

 1. Arte – Técnicas de exposição 2. Arte e fotografia 3. Fotografia artística 4. Modernismo (Arte) 5. Museus de arte 6. Pós-modernismo 7. Vanguarda (Estética) – História – Século 20 I. Lawler, Louise. II. Título. III. Série.

15-05165 CDD-709.04

Índices para catálogo sistemático:
1. Arte : Século 20 : História 709.04
2. Século 20 : Arte : História 709.04

Todos os direitos desta edição reservados à
Martins Editora Livraria Ltda.
Av. Dr. Arnaldo, 2076
01255-000 São Paulo SP Brasil
Tel.: (11) 3116 0000
info@emartinsfontes.com.br
www.emartinsfontes.com.br

ÍNDICE

Prefácio e agradecimentos VII

INTRODUÇÃO 1

As fotografias no final do Modernismo 3

A FOTOGRAFIA NO MUSEU 39

Sobre as ruínas do museu 41
A velha temática do museu, a nova temática da biblioteca .. 59
O fim da pintura 77
A atividade fotográfica no pós-modernismo 99
Apropriando-se da apropriação 115

O FIM DA ESCULTURA 131

Redefinindo a especificidade de localização 133

HISTÓRIA PÓS-MODERNA 175

Isto não é um museu de arte 177
A arte da exposição 207
O museu pós-moderno 249

Créditos 293
Índice remissivo 295

À direita: *La Halte devant d'auberge* (A parada defronte à hospedaria) de Philips Wouwerman, também conhecido como Wouwermans. Haarlem, 1619-1668. Óleo sobre tela. Doação de Guillaume Favre, Genebra, 1942.

À esquerda: *Paisagem* (cerca de 1607) de Roelond Jacobsz Savery. Nasceu em Courtroi, em 1576. Morreu em Utrecht, em 1639. Óleo sobre madeira. Doação de Gustave Revillod, Genebra, 1890.

PREFÁCIO E AGRADECIMENTOS

Exceto pela introdução, os ensaios deste livro foram publicados anteriormente em revistas e catálogos de museus. Há uma dupla finalidade em reproduzi-los aqui: tornar seu projeto geral compreensível e apresentá-los ao lado do trabalho fotográfico correspondente de Louise Lawler. Uma ideia central nestes ensaios é a de que o significado de uma obra de arte se constrói tendo como referência suas condições institucionais de formulação; com isso procedo a uma reformulação de meu próprio trabalho crítico – em parte, naturalmente, tomando como base princípios convencionais: a marca da autoria e um olhar para a coerência temática. Mas, ao conceber este livro como uma colaboração com Lawler, espero que tais convenções sejam atenuadas. As fotografias de Lawler – tanto quando acompanham ensaios individuais como quando aparecem sozinhas – não têm a intenção de simplesmente ilustrar minhas ideias, mas de ampliá-las e reorientá-las. Sua contribuição fotográfica é de três tipos: fotografias tiradas especificamente para ilustrar meus ensaios, fotografias já existentes adequadas aos meus ensaios e trabalhos fotográficos feitos para este projeto, mas não ligados a ensaios específicos. As ilustrações que não foram fotografadas por Lawler foram selecionadas após consultá-la.

Na época em que escrevi estes ensaios eu era editor da revista *October*, em cujas páginas muitos deles apareceram pela primeira vez. Muitas das minhas posições foram formuladas dentro dos parâmetros do projeto geral da publicação de relacionar as preocupações teóricas correntes com as manifestações artísticas contemporâneas. Várias pessoas ligadas à revista foram importantes para o meu desenvolvimento intelectual: nos primeiros anos, Craig Owens; depois, Benjamin Buchloh, Rosalyn Deutsche e Allan Sekula. Abigail Solomon-Godeau, Linda Nochlin e Richard Serra e Clara Weyergraf-Serra ofereceram apoio e condições materiais durante o projeto. No preparo desta publicação, minha assistente de pesquisa Cameron Fitzsimmons ajudou com as fotografias, os dados bibliográficos e a preparação do índice; a introdução tirou proveito das sugestões de Michael Warner e de Rosalyn Deutsche, que tem sido uma fonte permanente de ajuda e de amizade. Louise Lawler gostaria de agradecer a Benjamin Buchloh seu conhecimento editorial e os conselhos relacionados às contribuições fotográficas feitas por ela.

A maior parte dos ensaios foi apresentada primeiro a ouvintes do universo acadêmico e artístico, e sou grato aos diversos museus, escolas de arte e universidades que me convidaram para fazer conferências, em especial o California Institute of the Arts e o Independent Study Program of the Whitney Museum of American Art, cujos professores e alunos se constituíram, diversas vezes, em interlocutores particularmente instigantes.

Minha pesquisa inicial nos museus foi facilitada por uma bolsa Chester Dale do Center for Advanced Study in the Visual Arts da National Gallery of Art; uma bolsa para Críticos de Arte da National Endowment for the Arts viabilizou um ano de trabalho em Berlim; e a publicação deste livro teve o apoio do Getty Grant Program.

Conselho Diretor
L. Guy Hannen, Superintendente
Christopher Burge, Presidente e Diretor-Executivo
François Curiel, Stephen Lash, Vice-Presidentes Executivos
J. Brian Coe, Ian C. Kennedy, Karen A. G. Loud,
Stephen C. Massey, Anthony M. Philips,Vice-Presidentes Seniores
Daniel B. Davidson, Geoffrey Elliot

Todos os lotes são vendidos "NO ESTADO", de acordo com a seção intitulada INEXISTÊNCIA DE OUTRAS GARANTIAS, e nem a Christie's nem o vendedor oferecem qualquer garantia ou assumem qualquer responsabilidade, expressa ou tácita, pela condição de qualquer lote oferecido em leilão; e nenhuma afirmativa oral ou escrita poderá ser invocada como garantia ou tomada de responsabilidade. As descrições da condição dos objetos não são garantias. Neste catálogo, as descrições da condição dos artigos oferecidos em leilão – incluindo-se entre tais descrições todas as referências a danos ou consertos sofridos pelos artigos – são fornecidas tão somente a título de cortesia, em favor dos interessados, e não negam nem modificam a seção intitulada INEXISTÊNCIA DE OUTRAS GARANTIAS.

Linhas para os clientes.

Parede de exposição de estrutura independente, acarpetada, tribuna do leiloeiro, escultura, balaústre para contenção do público, pedestal, pequeno cavalete revestido de feltro.

Organizado por Donald Marron, Susan Brundage, Cheryl Bishop na Paine Webber Inc., Nova York, 1982.

INTRODUÇÃO

AS FOTOGRAFIAS NO FINAL DO MODERNISMO

Vista da perspectiva provinciana do mundo artístico do final dos anos 70, a fotografia surgiu como um divisor de águas. Reavaliada de maneira radical, ela se instalou nos museus em pé de igualdade com as expressões tradicionais das artes visuais e de acordo com precisamente os mesmos parâmetros artísticos e históricos. Criaram-se novos princípios de conhecimento fotográfico, o cânone dos grandes fotógrafos aumentou enormemente, e os preços no mercado da fotografia explodiram. Contrapostos a essa reavaliação, dois acontecimentos coincidem: o materialismo histórico na fotografia e as práticas fotográficas dissidentes. Minha visão dessas transformações era que, tomadas em conjunto e relacionadas, elas poderiam nos dizer algo sobre o pós-modernismo, expressão que começava a ser muito usada exatamente naquela época.

Entretanto, meu primeiro ensaio sobre fotografia propunha uma interpretação modernista. Dois anos antes de escrever "Sobre as ruínas do museu", eu ainda queria discriminar entre uma prática fotográfica "legitimamente" modernista e uma "ilegítima" presunção de que a fotografia é, como um todo, uma expressão estética modernista. Argumentava, em "Positive/Negative", que as poucas fotografias existentes tiradas por Edgar Degas, por volta de 1895, eram sobre a fotografia em si (a própria noção –

"fotografia em si" – me pareceria mais tarde absurda). Degas realizou essa autorreflexão pós-moderna fazendo o processo fotográfico negativo-positivo ficar evidente na impressão fotográfica por meio de uma impressão dupla, por exemplo, ou com o emprego do efeito Sebatier – efeito geralmente acidental da exposição do negativo à luz exterior durante o processo de revelação que resulta em uma inversão de claro e escuro.

De todo modo, a fotografia final que eu analisei era um simples retrato da sobrinha de Degas, Odette. Descrevi a garotinha como fotogênica, pretendendo atribuir um papel ao significado literal dessa palavra, na qual algo – como a renda Fox Talbot usada para demonstrar a técnica de um fotograma em *O lápis da natureza* – é em si mesmo puramente positivo-negativo e, portanto, uma metáfora apropriada do processo fotográfico. O ensaio termina assim:

> A fotografia de Odette feita por Degas está plena de metáforas desse tipo, como a renda de pano de fundo, o papel de parede padronizado e o jornal ilustrado. A própria Odette usa um vestido de renda. Trata-se de uma fotografia do fotogênico, na qual tudo já está resolvido em preto e branco. Até mesmo o sorriso bonitinho de Odette é muito resolvido. Ela está naquela idade em que as crianças trocam os dentes de leite, e seu sorriso revela as falhas no lugar dos dois incisivos. A preponderância da renda nesta fotografia é um jogo de palavras com aquele sorriso, pois renda em francês é *dentelle*, forma diminutiva da palavra *dent*, que significa dente. Assim, o sorriso de Odete é realmente fotogênico; já reduzido a presença e ausência, positivo e negativo, preto e branco, é uma irônica metáfora da fotografia[1].

No verão em que "Positive/Negative" foi publicado, fiz uma visita a minha família em Idaho. Minha avó, então na casa dos oitenta, perguntou-me se eu aconselhava sua leitura. Não fazia ideia de como ela interpretaria aquilo, pois, embora fosse uma mulher de boa formação, certamente não tinha familiaridade alguma com a teoria de arte modernista ou com o tom derridiano – a fotografia como um tipo de escrita *à la* Mallarmé – com que eu procurei impregnar tal teoria. Depois de ler o artigo, disse-me que o achou interessante, mas que eu cometera um engano: "O que a menina está usando não é um vestido de renda", comunicou-me, "é um vestido bordado com ilhós" (nada de "dente pequeno", portanto, mas "olho pequeno"*).

Observação típica de avó, pensei, lembrando-me particularmente de minha outra avó, tão adepta das "ocupações femininas" – bordar, fazer acolchoados, transformar em tapete meias velhas cujos buracos ela já cerzira. Não lembro se ela alguma vez fizera renda ou bordado. Mas, renda ou bordado, tranquilizei-me, que diferença faz? O que importa é a *teoria*. Agora percebo, entretanto, que a atitude de autodefesa diante do reparo de minha avó não se manifestou na verdade por ser um comentário típico de avó, mas por me ter lembrado um tipo de historiador da arte que, diante de um argumento teórico, o refuta apontando enganos empíricos banais. Mas minha avó não era uma historiadora da arte e enxergava as coisas de uma outra perspectiva. O fato de ela identificar a diferença entre uma renda e um bordado e entre um dente e um olho resultava de uma habilidade não valorizada no interior da disputa disciplinar que eu imaginava. Pode ser verdade que, nesse caso, pouco importa se se tratava de renda ou de bordado, mas importa muito o fato de que minha avó conseguia ver algo que eu não via: isso demonstra que aquilo que cada um de nós vê depende da história individual de cada um e do modo como cada subjetividade foi construída.

Pendurada na parede atrás de mim há uma fotografia em preto e branco tirada por Louise Lawler. É um pouco difícil, à primeira vista, identificar qual é o seu tema. O retrato ocupa dois terços da altura da parede; a parte superior é quase toda escura, intercalada com áreas mais claras; o terço inferior, por sua vez, está dividido ao meio, claro na parte de cima e escuro na parte de baixo. A faixa clara tem um retângulo escuro no qual se pode ler, em *close*, "Edgar DEGAS (1834-1917)/Danseuse au bou-

---

* *Eyelet* significa "ilhós" e "olho pequeno". (N. T.)

quet/saluant sur la scène, vers 1878/Legs Isaac de Camando 1911". Podemos, com essa informação, "ver" mais facilmente o retrato. Ele mostra a parte central inferior de um pastel de Degas no qual se pode divisar o saiote e as pernas de uma bailarina, um buquê de flores e alguns reflexos no assoalho brilhante de um palco. Abaixo disso aparece uma parte da moldura da pintura com o título gravado e, mais embaixo, a parede na qual o quadro está pendurado. A fotografia apresenta um trabalho de Degas, mas o faz por meio de uma representação – reformulando-o, cortando-o e seguindo abaixo para mostrar sua moldura e a parede do museu.

Tenho essa fotografia desde 1982; nessa ocasião, tendo pago adiantado por cem folhas do papel de carta *Documenta 7*[2] de Lawler, perguntei-lhe se podia trocá-las por uma fotografia. Sabendo de meu interesse por Degas, ela me deu essa. Cheguei a considerar o retrato como uma clara descrição da trajetória de minha escrita, uma trajetória que ia além das obras de arte individuais e abarcava suas condições institucionais de formulação: da obra de arte para o museu. Mas, ao pensar nisso, o duplo sentido de *"legs"** na fotografia escapou-me.

Mais ou menos na mesma época em que adquiri esse retrato e comecei a não notar as *"legs"*, Craig Owens publicou seu ensaio "The Discourse of Others: Feminists and Postmodernism" [O discurso dos outros: as feministas e o pós-modernismo]. Nesse texto ele criticava vários teóricos do pós-modernismo – entre os quais se incluía – por "evitarem" o conteúdo feminista nas leituras que faziam do trabalho de diversas artistas. Minhas interpretações das fotografias de Cindy Sherman e Sherrie Levine estavam incluídas em sua crítica. Vejamos o que Owens diz sobre Levine:

> Quando Sherrie Levine se apropria das fotografias que Walter Evans faz dos pobres da zona rural – literalmente as toma –, ou, talvez de maneira mais pertinente, das fotografias que Edward Weston tira do *filho* Neil numa clássica postura grega de tronco, ela simplesmente

---

* Em francês, "doação", que é o sentido pretendido e original; em inglês, "pernas", referência às pernas da bailarina. (N. E.)

está exagerando as reduzidas possibilidades de criatividade numa cultura saturada pela imagem, como se costuma repetir? Ou sua recusa da autoria não é na verdade a recusa do papel de criador como "pai" de seu trabalho, dos direitos paternos atribuídos ao autor pela lei? (Esta leitura das estratégias de Levine apoia-se no fato de que as imagens apropriadas por ela são invariavelmente imagens do Outro: mulheres, natureza, crianças, o pobre, o louco...³)

Mais recentemente, fui levado a pensar num possível acréscimo à lista de "outros" que Owen pôs entre parênteses. A série de Levine com as fotografias tiradas por Weston de seu filho Neil ficou durante muitos anos na parede do meu quarto. Inúmeras vezes, um certo tipo de visitante que eu recebia em meu quarto perguntava: "Quem é o garoto que aparece nas fotografias?" – geralmente insinuando que eu apreciava pornografia infantil. Querendo contrapor-me a tal insinuação, mas incapaz de explicar facilmente o que aquelas fotografias significavam para mim – ou pelo menos o que eu achava que elas significavam –, geralmente contava uma mentira inocente, dizendo apenas que se tratava de retratos que um fotógrafo famoso tirara do filho. Conseguia, com isso, apresentar um motivo crível para as fotos estarem ali sem ter que explicar o pós-modernismo a alguém que eu supunha que – considerando a natureza de tais encontros – não estaria particularmente interessado, de todo modo.

Mas fui forçado, então, a admitir que essa questão não era tão ingênua como eu supusera. Os homens em meu quarto eram perfeitamente capazes de inferir – na pose, enquadramento e luz aplicados por Weston ao jovem Neil para fazer de seu corpo uma escultura clássica – os códigos homoeróticos havia muito tempo estabelecidos. E, ao transitar desses códigos para os códigos da pornografia infantil, nada mais faziam do que assumir aquilo que, no outono de 1989, vigorava nos Estados Unidos sob a forma de lei de controle dos recursos federais para as artes. Tal lei – proposta pelo senador de extrema direita Jesse Helms em resposta a certas fotografias de Robert Mapplethorpe – equiparava implicitamente o homoerotismo à obscenidade e à exploração sexual de crianças⁴.

Em "Apropriando-se da apropriação", escrito em 1982 e republicado nesta coletânea, comparo as clássicas fotografias posadas de nus de Robert Mapplethorpe às apropriações feitas por Sherrie Levine das fotografias que Edward Weston tira de Neil. Procuro fazer a distinção entre duas formas de apropriação: a apropriação modernista do estilo que Mapplethorpe faz – o estilo clássico de Weston, por exemplo – e a apropriação pós-moderna do material feita por Levine, a apropriação dos retratos reais de Weston simplesmente fotografando-os novamente. Argumento que a apropriação feita por Mapplethorpe o alinha a uma tradição de superioridade estética, fazendo, simultaneamente, referência a essa tradição e parecendo renová-la, enquanto a obra de Levine interrompe o discurso de superioridade por meio da recusa de reinventar uma imagem. Afirmo que a obra de Mapplethorpe continua a tradição da arte de museu, enquanto a de Levine mantém tal tradição sob um crivo rigoroso.

Os debates sobre arte contemporânea não poderiam mais ser os mesmos, contudo, depois do furor nacional em torno das fotografias de Mapplethorpe. Ele teve início com o cancelamento pela Corcoran Gallery da exposição *Robert Mapplethorpe: The Perfect Moment*, atingiu o ápice com a aprovação da emenda de Jesse Helms a uma lei de recursos da NEA [National Endowement of Arts – Fundação Nacional para as Artes] e terminou, por certo tempo, depois da absolvição – da acusação de "promover obscenidade" e de "utilizar ilegalmente um menor em peças voltadas à nudez" – do Cincinnati Contemporary Arts Center e de seu diretor por terem montado a mesma exposição[5]. O que eu não consegui perceber em 1982 foi o que Jesse Helms não pôde deixar de perceber em 1989: que a obra de Mapplethorpe interrompe a tradição de um jeito que a obra de Levine não faz. Enquanto os nus masculinos de Weston encaixam-se confortavelmente na tradição homossocial ocidental, na qual o homoerotismo só é estimulado para ser contido ou reprovado, os retratos de Mapplethorpe caracterizam o erotismo como abertamente homossexual (uma distinção que, de forma paradoxal porém estratégica, a própria linguagem da emenda de Helms obscurece)[6].

INTRODUÇÃO **9**

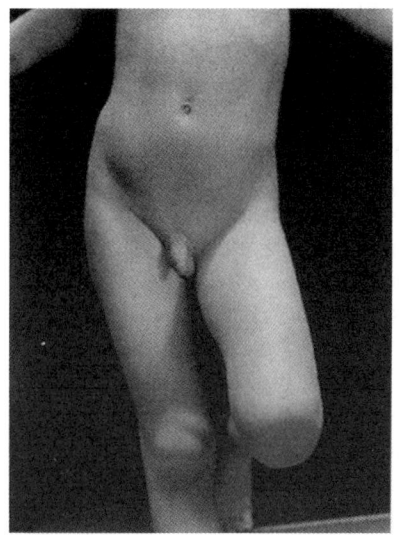
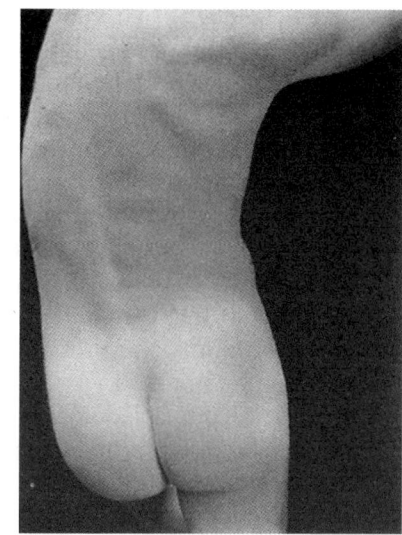

Sherrie Levine, *Sem título (À maneira de Edward Weston)*, 1981.

Robert Mapplethorpe, *Michael Reed*, 1987 (cortesia do Espólio de Robert Mapplethorpe).

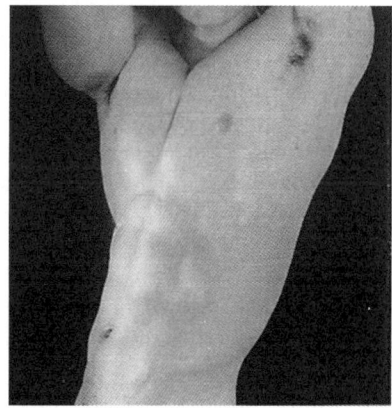

Robert Mapplethorpe, *Charles*, 1985 (cortesia do Espólio de Robert Mapplethorpe).

Assim, enquanto eu via os nus de Mapplethorpe somente no contexto dos outros gêneros convencionais da obra do artista – naturezas-mortas e retratos de pessoas –, Jesse Helms os via no contexto das imagens abertamente homossexuais do X *Portfolio* de Mapplethorpe. A linha transposta por Mapplethorpe entre o tranquilamente homossocial e o perigosamente homossexual também era a linha entre a estética de uma cultura tradicional de museu e as prerrogativas de uma subcultura gay autodefinida.

Embora a maior parte dos retratos "ofensivos" trazidos diante do júri em Cincinnati fossem temas explícitos de S/M tirados de X *Portfolio*, dois eram retratos de crianças pequenas. Um deles era uma fotografia do jovem Jesse McBride nu, um retrato cuja inocência é demasiado óbvia – mais ainda se o comparamos aos retratos homoeroticamente carregados que Weston tirou de Neil quando o garoto tinha aproximadamente a mesma idade de Jesse McBride no retrato de Mapplethorpe. Mas essa aparente inocência deveria nos alertar novamente para a insistência de Helms em interpretar todos os retratos de Mapplethorpe dentro do contexto da homossexualidade do artista. Em meio aos debates sobre as restrições legislativas ao NEA, o *New York Times* reproduziu a seguinte declaração do senador:

> "O velho Helms vai ganhar todas", referindo-se ao corte de dinheiro do governo federal para projetos artísticos com temas homossexuais. "Esse tal de Mapplethorpe", disse o sr. Helms, que pronuncia de diversas maneiras o nome do artista, "era um homossexual declarado. Ele está morto agora, mas a temática homossexual está presente em toda a sua obra[7]."

O "escândalo" de *Jesse McBride* é que ela foi tirada por um homem abertamente gay, um homem que também fez retratos explícitos de atos sexuais "perversos", um homem que posteriormente morreu de Aids.

Os promotores de Cincinnati tentaram explorar a contextualização de Helms não admitindo a contextualização na qual eu insistira em "Apropriando-se da apropriação": situaram as fotografias ofensivas em relação à exposição como um todo, a qual teria possibilitado que o júri visse nus clássicos, naturezas-mortas e uma ampla variedade de retratos[8]. Ainda assim, apesar da vitória tática da promotoria, isolando as fotografias em questão da obra de Mapplethorpe, a defesa ganhou a causa ao reinseri--las dentro de um discurso de museu. Especialistas trazidos pela defesa para testemunhar – em sua maioria funcionários de museus – descreveram as preocupações estéticas mais amplas de Mapplethorpe e detalharam as "qualidades formais" das fotografias, reduzindo-as, desse modo, a abstrações, linhas e formas, luz e sombra. Esta é a descrição que Janet Kardon, curadora de *The Perfect Moment*, faz do autorretrato de Mapplethorpe com protetores de calça de couro, camiseta e um chicote de gado enfiado no reto, chamado por Kardon de "estudo figurativo":

> A figura humana é centralizada. A linha do horizonte situa-se após o segundo terço no sentido de baixo para cima, quase nas proporções clássicas dois terços/um terço. O modo como a luz se difunde, fazendo-se presente à volta toda da figura, é muito simétrico, o que é bem característico de suas flores[9]...

Com uma manobra que ressaltou as muitas contradições do julgamento, a promotoria tentou mostrar que essas mesmas qualidades formais podiam ser usadas com finalidades obscenas. No retrato que Mapplethorpe fez de Jesse McBride, a criança está sentada no espaldar de uma cadeira de estofado volumoso localizada perto de uma geladeira. Ao longo da parede atrás da cadeira, uma guarnição decorativa cruza com um fio elétrico de modo a assumir a forma de uma flecha que, poder-se-ia dizer, aponta na direção dos órgãos genitais do menino. Quando, porém, o promotor tentou fazer tal alegação, a mãe do menino simplesmente observou: "As geladeiras funcionam com eletricidade"[10].

O esvaziamento do sentido das fotografias de Mapplethorpe não se limitou, de qualquer modo, à tentativa de confiná-las no domínio do puro formalismo. Robert Sobieszak, curador sênior do George Eastman House International Museum of Photography, deu voz a um outro tipo de distorção no julgamento de Cincinnati:

Sabendo que são de autoria de Robert Mapplethorpe e conhecendo suas intenções, eu diria que elas [as fotografias do *X Portfolio*] são obras de arte. Revelam, de maneira muito forte e vigorosa, uma importante preocupação de um artista criativo... um lado problemático de sua vida com o qual ele estava tentando conviver. É a busca pelo sentido, semelhante à de Van Gogh[11].

O que se nega aqui é a participação voluntária e ativa de Mapplethorpe numa subcultura sexual que não temos nenhum motivo para acreditar que fosse considerada "problemática" por ele ou com a qual estivesse "tentando conviver"[12]. Tal afirmação nega a representação do tema de suas próprias escolhas sexuais. Ao se ligar a obra de Mapplethorpe à de Van Gogh – ou, mais precisamente, à do Van Gogh da mitologia popular –, o que é expresso por Mapplethorpe torna-se patológico; assim, adquire significado *por causa* de sua matéria temática "problemática", e não apesar dela.

Assim, a linha que a obra de Mapplethorpe cruzou – entre a estética da cultura de museu e as prerrogativas de uma subcultura gay autodefinida – foi novamente traçada para reinscrevê-la sem risco no interior do museu. Embora tenha sido uma manobra tática bem-sucedida, levando-se em conta os propósitos do julgamento por obscenidade, a defesa baseada no valor estético não tomou absolutamente nenhuma iniciativa quanto aos direitos das minorias sexuais à autorrepresentação. Em praticamente nenhum momento do amplo debate público sobre a censura à expressão artística foi pedido que alguém falasse em nome da subcultura que a obra de Mapplethorpe retratava, e à qual, talvez, se dirigia[13]. E, tendo morrido de Aids, Mapplethorpe estava incapacitado de falar por si.

Mas qual *é* aquele duplo sentido com "*legs*" na fotografia de Lawler pendurada atrás de mim? "*Legs*", claro, é "doação" em francês, e com isso a etiqueta não acrescenta nada àquilo que Lawler geralmente capta com suas fotografias "de museu": os indicadores ilusórios da história material de uma obra de arte, um pouco mais do que simplesmente aquilo que o artista retratou, um pouco menos do que um balanço completo. Mas aqui, para o leitor anglófono, a doação de Camando e as pernas [*legs*] da bailarina combinam-se linguisticamente numa alusão maliciosa à propriedade e ao sexo. Elas estão à disposição de qualquer um? Lawler não fotografa simplesmente as pernas da bailarina, as pernas que Degas pintou; ela fotografa os signos de um sistema significante dentro do qual essas pernas estão presas.

E quanto às pernas de Jesse McBride, ou, mais precisamente, seu pequeno pênis? Jesse Helms e o promotor em Cincinnati queriam nos levar a crer que os genitais do menino foram transformados no foco de toda a nossa atenção. Mas tal insinuação fica na dependência de algo que vai além desta fotografia específica; ela depende de que se situe a fotografia em uma matriz representativa mais ampla. Em um artigo para o caderno cultural da edição dominical do *New York Times*, Hilton Kramer escreveu:"O que se encontra em muitas das fotografias de Mapplethorpe é... uma atenção tão absoluta e extrema às características sexuais masculinas que todos os outros atributos do sujeito humano ficam reduzidos à insignificância. Nessas fotografias, os homens não passam de objetos sexuais – o que é o mesmo que dizer homossexuais"[14]. Sem negar a especificidade homossexual ou mesmo a "coisificação sexual" de muitas das fotografias de Mapplethorpe, penso que somos forçados a perguntar, entretanto, por que, quando um homem é reduzido a um simples objeto sexual, ele se torna com isso um objeto *homo*ssexual. Transformar o sujeito em objeto deve ser, exclusiva e inquestionavelmente, uma prerrogativa masculina, pois, quando uma mulher é reduzida a um simples objeto sexual, certamente não pensamos nela, *mutatis mutandis*, como um objeto lésbico. Kramer adota e subscreve a lei de representação na qual somente a mulher é um objeto sexual adequado, o objeto adequado do sujeito masculino[15].

O modo como a representação e a subjetividade estão explícita e implicitamente ligadas ao gênero sexual tem sido, naturalmente, o tema da prática cultural feminista há quase duas décadas; recentemente, a análise anti-homofóbica ampliou e tornou mais complexa essa crítica feminista, incluindo o que genericamente se designa como sexualidade (distinta de gênero), orientação sexual ou escolha do objeto sexual[16]. A discussão da subjetividade nos ensaios que compõem este livro não abrange, contudo, as questões de diferença sexual e sexualidade; nesse ponto, ela é parcial, em ambos os sentidos da palavra. Quando escrevi estes ensaios, eu compreendia o sujeito da representação no sentido humanista tradicional de seu *autor*, substituindo a *humanidade* em sua totalidade, e eu queria deslocar esse sujeito. Queria mostrar que o sujeito criador era uma ficção necessária para a compreensão da estética moderna, e que no conhecimento pós-moderno seu lugar fora ocupado pela instituição, se entendemos por instituição um sistema discursivo. O museu é, nestes ensaios, um emblema desse sistema; expõe-se para com isso se esconder: ele instala o sujeito criador em seu lugar.

O ensaio que tem o mesmo título do livro apresenta em linhas gerais o projeto deste, uma teoria do pós-modernismo nas artes visuais baseada na arqueologia foucaultiana do museu. Ela propõe que a moderna epistemologia da arte é um resultado do isolamento da arte nos museus, onde a arte foi apresentada como autônoma, alienada, algo à parte, submetendo-se apenas à própria história e dinâmica internas. Como um instrumento de reprodução da arte, a fotografia estendeu esse idealismo da arte para uma dimensão discursiva mais ampla, um museu *imaginário* e uma história da arte. A própria fotografia, entretanto, foi excluída do museu e da história da arte, porque, praticamente por necessidade, ela aponta para um mundo que está fora de si mesma. Assim, quando se permite que a fotografia entre no museu como uma arte entre as demais, a coerência epistemológica do museu desmorona. O "mundo de fora" é admitido, revelando-se que a autonomia da arte é uma ficção, uma construção do museu. Embora seja esta incoerência do discurso que sinaliza o advento do pós-modernismo, este não é apenas uma questão de teoria interpretativa, é também uma questão de prática. O que está em questão em "Sobre as ruínas do museu" não é meramente a decisão longamente postergada por parte dos museus em admitir a heterogeneidade da fotografia, mas o fato de que essa heterogeneidade já está *dentro* do museu, e sua presença ali é representada pelas obras em *silkscreen* de Robert Rauschenberg do início dos anos 60. Intitulei tais obras de pós-modernas tanto porque elas expõem essa heterogeneidade como porque o fazem destruindo a integridade da pintura, miscigenando-a e corrompendo-a com imagens fotográficas.

Sobre as ruínas do museu introduz uma série de oposições: pós-modernismo *versus* modernismo, arqueologia *versus* história da arte, fotografia *versus* pintura, hibridismo *versus* integridade. Tais oposições são revistas nos artigos subsequentes, como, por exemplo, um pós-modernismo de resistência *versus* um pós-modernismo de acomodação, materialismo histórico *versus* historicismo, práticas *versus* obras, contingência *versus* autonomia. Cada ensaio executa um tipo de movimento de equilíbrio, justapondo e interpretando – justapondo para poder interpretar junto – obras de arte, instituições, exposições, discursos críticos e histórias. O projeto do ensaio que dá nome ao livro é mais continuamente reformulado do que realizado. A atividade cultural e as condições de sua produção e recepção mudaram rapidamente ao longo da década em que estes ensaios foram escritos, assim como meus próprios interesses e posições. Embora coincidindo quanto às preocupações gerais, os ensaios estão divididos, mais ou menos cronologicamente, de acordo com três posturas críticas, que correspondem às três partes do livro: 1) a crítica pós-estruturalista da autoria e da autenticidade; 2) a crítica materialista do idealismo estético; e 3) a vanguarda crítica da institucionalização da arte.

Fotografia, um divisor de águas – um divisor de águas entre o modernismo e o pós-modernismo. Ou assim parecia. Os cinco ensaios que compõem a primeira parte do livro,"A fotografia no museu", foram escritos entre 1980 e 1982. Cada um deles procura relacionar, com ênfases variadas e tendo como objetivo teorizar a mudança de modernismo para pós-modernismo, os seguintes fenômenos: 1) a reclassificação da fotografia como uma forma de arte *ipso facto* e sua consequente "museificação"; 2) a ameaça que a reclassificação da fotografia representou para os tradicionais meios modernistas de expressão e para as teorias estéticas que defendem a primazia destes; e 3) o advento de novas práticas fotográficas que recusam os princípios de autoria e de autenticidade em relação aos quais a fotografia é novamente percebida.

Se a teoria estética modernista e sua prática começam com a criação, nos primeiros anos do século XIX, do museu tal como o conhecemos, elas também coincidem com a invenção da fotografia, cujas imagens mecanicamente determinadas iriam persegui-las. A pintura, principal arte de museu, desenvolveu-se ao longo da era moderna em oposição aos poderes descritivos da fotografia, sua ampla disseminação e seu apelo de massa. Isolada no museu, a pintura cada vez mais rejeitou a representação objetiva, afirmou sua singularidade material, tornou-se hermética e difícil. Acompanhando a crítica formalista, referia-se somente a si mesma – "si mesma" indicando tanto sua essência material quanto a autoencapsulada história do meio. Por trás dessa postura de autorreferência da pintura, entretanto, e garantindo seus significados específicos, havia a subjetividade do artista, pois em última análise a pintura tinha de transcender sua materialidade e tornar-se humana. Ainda que implicitamente, a autonomia da arte sempre se submete a uma autonomia anterior, qual seja, a do sujeito humano soberano.

Essa autonomia não podia ser concedida tão facilmente à fotografia. Mais ou menos como uma forma de arte, banida do museu a não ser como instrumento ou ferramenta, ela seguiu seu caminho alhures, onde seu potencial de ilustrar e de ser reproduzida pudesse ser explorado de modo útil – no jornalismo e na publicidade, nas ciências físicas, na arqueologia e nas histórias da arte. Seus significados eram garantidos não por um sujeito humano, mas pelas estruturas discursivas nas quais ela aparecia. Não tinha a si mesma ou a sua própria história como referência, mas um "mundo exterior". Apesar disso, entretanto, sempre houve fotógrafos que se julgavam merecedores de envergar o manto de artista. Imitavam a pintura, manipulavam tiragens e edições limitadas, renegavam a utilidade e abraçavam o artifício: em suma, vestiam seu meio de expressão com as armadilhas da subjetividade, pelo que lhes foi concedido, de má vontade, um nicho no museu. À medida que a teoria formalista foi adquirindo mais presença, entretanto, o que garantiu à fotografia seu lugar dentro do museu não foi a imitação da pintura. Pelo contrário, foi a fidelidade a "si mesma". E assim, quase 150 anos após sua invenção na década de 1830, a fotografia foi *descoberta*, descobrindo-se que, durante todo esse tempo, tinha sido arte. Mas qual poderia ser o significado disso para o museu e para a pintura, que até então haviam resistido à sedução da fotografia?

Essa transição pareceu assinalar a reafirmação, talvez de má-fé, das premissas fundadoras do museu e da autoconfiança da pintura. A retórica da autonomia estética e da subjetividade foi transferida, não sem preocupação, para a fotografia, enquanto a pintura, disfarçada de neoexpressionismo, recuperava seu potencial descritivo. Diante desse realinhamento, entretanto, os artistas pós-modernos levantaram outras objeções: que a originalidade e a autenticidade são produto do discurso do museu; e que a expressão subjetiva é o efeito e não a fonte das manifestações estéticas.

Se parecia que a fotografia fazia o museu entrar em crise, ela também aparecia bem a tempo de aliviar uma crise já sentida. A recessão econômica da metade dos anos 70 reduziu os orçamentos operacional e de aquisições dos museus, e era possível adquirir, expor e emprestar fotografias a um custo muito menor que o necessário para os objetos tradicionais do museu. Mas a crise não era meramente econômica; dos anos 60 em diante, as manifestações da arte contemporânea esgotaram os recursos dos museus, não financeiramente, mas física e ideologicamente.

Durante os anos 60, a escultura minimalista desferiu um ataque tanto ao prestígio do artista como ao da obra de arte, e conferiu tal prestígio, ao invés, ao expectador imediato, cuja percepção autoconsciente do objeto minimalista na relação com o local onde estava instalado produzia o significado da obra. O próprio prestígio reduzido do artista era exemplificado – sem se limitar a isso – pelo fato de que as obras de arte minimalistas eram produzidas segundo as especificações de insumos industriais prontamente disponíveis. Com os indicadores normais da subjetividade do artista na confecção de um trabalho abandonados desse modo, a subjetividade vivida era a do próprio espectador. Essa condição de recepção, na qual o significado é uma função da relação da obra com o lugar em que está exposta, veio a ser conhecida como especificidade de espaço. Seu radicalismo funda-se não apenas no deslocamento do artista-sujeito pelo espectador-sujeito, mas na obtenção de tal deslocamento por meio do casamento da obra de arte com um ambiente específico. O idealismo da arte moderna, na qual o objeto artístico *em si e por si mesmo* era visto como tendo um significado definitivo e trans-histórico, determinava a falta de lugar do objeto, sua pertença a nenhum lugar em particular, um não lugar que na realidade era o museu – o museu real e o museu enquanto uma representação do sistema institucional de circulação, que inclui também o estúdio do artista, a galeria comercial, a casa do colecionador, o jardim-escultura, a praça pública, o saguão da matriz das corporações, a cúpula do banco... A especificidade de lugar opôs-se a esse idealismo – desvendando o sistema material que ele ocultava – com a recusa da mobilidade de circulação e com a pertença a um espaço *específico*.

Mas foi somente o sentido dado à palavra *específico* que determinaria de modo pleno o rompimento com o modernismo. Para os escultores minimalistas, o contexto interpolado da obra de arte geralmente só tinha como resultado a extensão do domínio estético do próprio espaço. Mesmo quando a obra não podia ser levada de um lugar para outro, como no caso, por exemplo, de trabalhos feitos na terra, a materialidade do espaço era, contudo, considerada como genérica – arquitetura, paisagem urbana e rural – e, portanto, neutra. Somente quando os artistas reconheceram o espaço da arte como *socialmente* específico foi que começaram a opor ao idealismo um materialismo que não era mais fenomenologicamente – e, desse modo, ainda idealisticamente – fundado na matéria ou no corpo. Este acontecimento, visto também como definidor do pós-modernismo, é retomado no ensaio sobre a escultura pública de Richard Serra "Redefinindo a especificidade do espaço". Ele é, dentre os ensaios do livro, o mais explicitamente marxista quanto à estrutura interpretativa[17].

O materialismo histórico, particularmente como foi pensado por Walter Benjamin, infundiu-se cada vez mais, e talvez paradoxalmente, na arqueologia foucaultiana do museu que eu propusera inicialmente. Os três ensaios da parte final do livro empregam tais métodos historiográficos contra o historicismo eclético e revisionista de um pós-modernismo voluntarista. Em meados da década de 80, o pós-modernismo passara a ser visto menos como uma crítica do modernismo do que como um repúdio ao próprio projeto crítico do modernismo, uma percepção que legitimava um pluralismo "vale-tudo". O termo *pós-modernismo* descrevia uma situação na qual tanto o presente como o passado podiam ser despidos de quaisquer determinações e conflitos históricos. As instituições artísticas abraçaram essa posição de modo generalizado, usando-a para situar novamente a arte – mesmo a chamada arte pós-moderna – como algo autônomo, universal e atemporal.

Minha resposta foi examinar as próprias instituições, suas representações da história e os modos como sua própria história é representada. Dando prosseguimento a meu projeto arqueológico inicial, descobri que a história do museu era escrita de modo muito parecido à da arte, como uma evolução contínua desde os tempos antigos. Situando as origens do museu num impulso universal para colecionar e preservar a herança estética da humanidade, tal história não se incomodou com o fato de que a estética é, em si mesma, uma invenção moderna, e que as coleções sempre diferiram enormemente quanto aos objetos e sistemas classificatórios de acordo com as diferentes conjunturas históricas – o que acontece inclusive hoje. O estímulo para os três ensaios finais veio de três instituições "originárias": a antiga Renaissance *Wunderkammer*, o Fridericianum de Kassel e o Altes Museum de Berlim – não para revelar suas histórias verdadeiras, mas para observar como foram levadas a prestar serviço ao historicismo museológico contemporâneo. O que está em questão é a arte contemporânea da exposição: a construção de novos museus e a expansão e reorganização dos já existentes a fim de criar uma representação da história da arte livre de conflitos e, simultaneamente, eliminar ou cooptar as manifestações artísticas contestadoras.

A questão das manifestações contestadoras e a questão de sua relação com as definições e teorias dos pós-modernismo são centrais neste livro. O "fim" da vanguarda, quer tenha sido lamentado pela esquerda ou saboreado pela direita, geralmente foi visto como a condição de possibilidade do pós-modernismo. Encarei isso com ceticismo. As manifestações que eu afirmava como pós-modernas davam-me a impressão de continuar o projeto inacabado da vanguarda. Pela ótica da crítica pós-moderna ao modernismo, de fato, a vanguarda de antes da guerra se parecia virtualmente com um pós-modernismo *avant-la-lettre*. Quanto a isso, eu tanto concordava quanto discordava da obra *Theory of the Avant-Garde*, de Peter Bürger, a qual estabelece uma distinção crucial entre a arte moderna – a arte autônoma descrita anteriormente – e as intervenções da vanguarda. De acordo com Bürger, com o advento de uma arte pela arte completamente moderna, a autonomia da arte institucionalizou-se; foi então que a vanguarda procurou simultaneamente contestar a arte-como-instituição e atribuir à arte um propósito social:

> O conceito de "arte como uma instituição"... refere-se ao aparato produtivo e distribuidor e, também, a conceitos a respeito da arte que predominam em um determinado momento e determinam a receptividade das obras. A vanguarda volta-se contra ambos – o aparato distribuidor do qual a obra de arte depende e o *status* da arte na sociedade burguesa tal como é definido pelo conceito de autonomia. Somente quando, com o esteticismo do século XIX, a arte se afasta completamente da práxis da vida é que a estética pode se de-

senvolver "em sua pureza". Mas o outro lado da autonomia, a falta de impacto social da arte, também se torna perceptível. O protesto vanguardista, cujo objetivo é reintegrar a arte na práxis da vida, revela o nexo entre a autonomia e a ausência de qualquer consequência.

Ao reivindicar que a arte se torne prática novamente, as vanguardas não pretendem com isso que os conteúdos das obras de arte devam ter um significado social. Essa reivindicação não é feita em relação ao conteúdo das obras individualmente. Ela se dirige, pelo contrário, ao modo como a arte funciona na sociedade, um processo que tem o mesmo peso na determinação do efeito das obras que o conteúdo específico... As vanguardas propuseram a imersão (*sublation*) da arte – imersão no sentido hegeliano do termo: a arte não deveria ser simplesmente destruída, e sim transferida para a práxis da vida, onde, ainda que transformada, seria preservada[18].

Para Bürger, todavia, esse foi um projeto *histórico* que falhou: a imersão da arte na práxis da vida não ocorreu "e teoricamente não pode ocorrer numa sociedade burguesa a menos que seja uma falsa imersão da arte autônoma"[19]. O fracasso da vanguarda é visível na redefinição de suas intervenções como obras de arte autônomas. Esta é a função daquilo que Bürger chama de neovanguarda, a qual, ao adotar as técnicas da vanguarda no período que se seguiu ao falecimento do projeto original, "institucionaliza a *vanguarda enquanto arte*, negando desse modo as genuínas intenções vanguardistas"[20].

A visão de Bürger sobre a vanguarda do pós-guerra (sua neovanguarda) difere de maneira significativa da minha[21]. Do meu ponto de vista, os artistas contemporâneos começaram a aprender e a aplicar – aproximadamente na mesma época em que Bürger publicava seu livro na Alemanha (início dos anos 70) – as mesmas lições da vanguarda histórica que ele teoriza. O desafio à arte-como-instituição é, para dizer o mínimo, mais explícito na obra de, digamos, Marcel Broodthaers, Hans Haacke ou Louise Lawler do que nas manifestações dadaístas e surrealistas citadas por Bürger. Ao mesmo tempo, a capacidade da instituição de cooptar e neutralizar tais desafios também é reconhecida, tanto na arte como na crítica. Vários ensaios meus procuram revelar o quanto de falsificação foi necessário para que se forjasse uma história institucional do modernismo livre dos conflitos apresentados pela arte de vanguarda, seja ela histórica ou contemporânea. Mas há problemas que meus próprios ensaios partilham com a posição de Bürger. Ele localiza o fracasso da vanguarda na incapacidade de fazer a arte recuperar sua finalidade social, e, além disso, vê esse fracasso como determinado pela continuidade da hegemonia burguesa[22]. De modo semelhante, meus próprios ensaios limitam a eficácia da manifestação pós-moderna à crítica da arte-como-instituição, apenas subentendendo a possibilidade aparentemente ainda descartada da integração da arte à prática social. Isso dá a entender – penso que falsamente – que revelar a institucionalização da arte não chega a ser uma prática social que tenha consequências concretas. Já com mais verdade, dá a entender que a arte só pode ter um papel útil na sociedade se esta já tiver sido profundamente transformada, o que pressupõe que a arte é meramente um reflexo e não uma geradora das relações sociais. Tanto a posição de Bürger quanto a minha são limitadas por um vanguardismo que é elemento central das próprias demandas radicais do modernismo. Nesse sentido, ao postular tanto a ruptura com o modernismo como a continuidade de um de seus aspectos mais proeminentes, minha teoria do pós-modernismo apresenta uma contradição interna.

O compromisso de Bürger com o vanguardismo não se limita ao fato de ele transferir a realização do potencial prático da arte para o contexto de uma ordem social revolucionária. Pode ser igualmente percebido na repetição acrítica da condenação que a Escola de Frankfurt faz da cultura popular. Para Bürger, aquilo que ele ainda chama de indústria cultural é a própria antítese da vanguarda porque ocasiona "a falsa eliminação da distância entre arte e vida"[23]. Valendo-me da obra de Walter Benjamin, assumo quanto a isso uma posição menos rígida, mas meus ensaios não avançam muito no que se refere à análise necessária do desafio pós-moderno à distinção inflexível entre "alta" e "baixa" cultura ou ao papel do museu em continuar a dar suporte a tal distinção[24].

Foi o espectro da morte que me revelou finalmente os limites da minha concepção de pós-modernismo. Quando finalizei o ensaio mais recente desta coletânea ("Isto não é um museu de arte", escrito em 1988), estava ativamente engajado no movimento popular que busca pôr um fim à crise da Aids. Meu engajamento em políticas de ação direta não representou, contudo, uma ruptura com as posições defendidas nestes ensaios. Originou-se, na verdade, da tentativa de adaptar tais posições a uma análise das respostas estéticas à Aids, que, a meu ver, dividem-se em duas tendências distintas: o que Bürger chamou de transformações quanto ao conteúdo das obras individuais e transformações quanto à maneira como a arte opera na sociedade. A primeira inclui obras de arte tradicionais que têm a Aids como tema – pinturas, peças de teatro, romances e poesias "sobre" a Aids –; a segunda consiste na participação cultural em práticas políticas ativistas, geralmente por meio de trabalhos gráficos de agitação e propaganda e de documentários em vídeo[25]. Esse tipo de obra evita o museu, não porque ele jamais a exiba, mas porque ela acontece fora do perímetro da instituição. Pelo fato de nascer de um movimento coletivo, as manifestações artísticas ativistas contra a Aids articulam – na verdade, *produzem* – a atuação política desse movimento. Feita geralmente de forma anônima e coletiva; apropriando-se de técnicas da "arte erudita", da cultura popular e da publicidade de massas; voltada para e composta por um público específico; significativa apenas em circunstâncias específicas e transitórias; inútil de ser preservada e inútil para a posteridade – esta arte não é um exemplo da "imersão da arte na práxis da vida"?

Ou quem sabe a pergunta deva ser outra: esta arte não é pós-moderna? Do ponto de vista de tais manifestações, o pós-modernismo parece um pouco diferente do que é teorizado neste livro. Na verdade, penso agora que seria mais correto dizer que os ensaios aqui publicados tratam do fim do modernismo. A crítica contemporânea ao museu e à moderna estética por ele produzida ainda "fazem parte", embora relutantemente, do museu, assim como minhas análises de tais manifestações ainda estão envolvidas com os problemas do modernismo. Em "Mapping the Postmodern", Andreas Huyssen faz uma observação semelhante sobre a relação da teoria pós-estruturalista com o pós-modernismo:

> Penso que devemos começar a aceitar a noção de que, mais que oferecer uma *teoria da pós-modernidade* e desenvolver uma análise da cultura contemporânea, a teoria francesa nos fornece principalmente uma *arqueologia da modernidade*, uma teoria do modernismo em sua fase de esgotamento. É como se a capacidade criadora do modernismo tivesse migrado para a teoria e recobrado a autoconsciência plena no texto pós-estruturalista – a coruja de Minerva abrindo as asas na chegada do crepúsculo. O pós-estruturalismo oferece uma teoria do modernismo caracterizada pela *Nachträglichkeit*, tanto no sentido psicanalítico quanto no sentido histórico do termo²⁶.

No que diz respeito aos meus ensaios, isso certamente é verdade, uma vez que eles se inspiraram inicialmente nos primeiros trabalhos de Foucault, cujo objetivo declarado é fazer uma arqueologia do modernismo. Decorre dessa constatação uma mudança tanto nos objetos como nos métodos de investigação. Ao confrontar as respostas estéticas à Aids, é impossível ficar limitado ao museu, e não somente porque as respostas mais efetivas raramente acontecem ali. O principal objetivo da arte ativista contra a Aids não é interferir na noção que temos da arte em si, mas, em vez disso, intervir em um espaço mais amplo de representação: meios de comunicação de massa, discurso médico, política social, organização da comunidade, identidade sexual... Desse modo, toda tentativa de avaliar esse trabalho e de teorizar sobre ele deverá relacioná-lo não apenas à estética, mas à ampla gama de discursos que ele envolve. Somente uma abordagem híbrida como a dos estudos culturais – que avança localmente, mas contra as tendências dos conhecimentos unidisciplinares; e teoricamente, mas por meio da tensão entre teorias concorrentes – parece apropriada à realização dessa tarefa.

A estreiteza de foco dos meus ensaios sobre as manifestações e as instituições da arte contemporânea pressupõe um ceticismo em relação à teoria totalizadora pós-moderna, na qual toda ação cultural torna-se algum tipo de sintoma de uma condição mais geral – fragmentação, esquizofrenia, nostalgia, amnésia. O que mais preocupava nessas formulações era que eliminavam a diferença e o conflito e eram incapazes de diferençar a crítica daquilo que é criticado. Mas minha estreiteza de foco também resultou no provincianismo, na parcialidade e no vanguardismo já mencionados. Ao permanecer no universo da arte erudita, desconsiderando todas as formas de diferença exceto as de função estética, eu era incapaz de compreender o verdadeiro significado do pós-modernismo como sendo, precisamente, a erupção da própria diferença no interior das áreas de conhecimento. Isto não é o mesmo que o colapso da coerência causado pela heterogeneidade e pelas incursões do "mundo de fora", mas tampouco é uma condição superficial ou uma lógica cultural construída sobre uma base econômica[27].

No outono de 1988, o Museu de Arte Moderna organizou uma importante exposição das fotografias de Nicholas Nixon, incluindo uma nova série de retratos de pessoas com Aids (PCA). Cada retrato compunha-se de uma sequência cronológica de fotos tiradas com um intervalo de poucas semanas, e somente era dado por acabado quando o sujeito morria. Fiquei enfurecido com as fotografias. Tudo aquilo a que eu sempre me opusera em relação à fotografia no museu estava contido naquelas fotos e nos comentários críticos que as acompanhavam: a fetichização da técnica (dizia-se que o "feito" de Nixon estava baseado no uso que ele fazia de uma antiga câmera fixa de tripé para retrabalhar a estética do instantâneo); a insistência na subjetividade do artista à custa das subjetividades dos sujeitos das fotos (Nixon tinha uma temática nobre e universal: os mistérios da vida e da morte)[28]; e a eliminação de qualquer espécie de relação social que produziu as imagens, desde a interação entre fotógrafo e sujeito até o fracasso do governo em reagir diante de uma epidemia que afetava, de modo desproporcional, as populações "marginais". O que me forçou a considerar a hipótese de escrever sobre essas fotografias, entretanto, não foi o fato de que elas traziam novamente à baila a questão da fotografia no museu, mas porque elas reproduziam muito fielmente os estereótipos dos meios de comunicação de massa sobre aquilo que tão cruelmente era chamado de as "vítimas da Aids": sua alteridade, isolamento, desespero, declínio inevitável e morte. Tendo enxergado o mesmo que eu, ativistas da luta contra a Aids protestaram contra a exposição de Nixon e exigiram fotos diferentes: "De PCA vibrantes, irados, amorosos, sensuais, belos, gente que luta e reage"[29].

Mas eu vira ainda uma outra imagem, um vídeo de Stashu Kybartas chamado *Danny*. Era um retrato afetuoso de um rapaz gay aidético, a pele coberta de lesões do sarcoma de Kaposi, o rosto inchado pela quimioterapia, e que já havia morrido quando o vídeo foi concluído. Na voz evocatória em *off* do vídeo, Kybartas, que também retrata a si próprio, lamenta a morte de um homem por quem sentia uma clara atração sexual. Devido ao absoluto contraste, ficou claro para mim, ao assistir *Danny*, o que as revoltantes fotografias de Nixon haviam condensado de modo tão perfeito – e tão inconsciente – dos estereótipos da mídia: "O objetivo dessas imagens não é fazer com que superemos o medo da doença e da morte, como por vezes é dito. Nem seu único propósito é reforçar a condição das PCA enquanto vítimas ou párias, como frequentemente acusamos. Em vez disso, elas são, precisamente, imagens *fóbicas*, imagens do horror que sentimos quando imaginamos a pessoa com Aids como alguém ainda portador de sexualidade"[30]. Minha compreensão das fotografias de Nixon ultrapassou em muito o fato de elas terem sido apropriadas pelo museu, o qual transforma a especificidade documental em generalidade estética. Vim a compreender que essa transformação constitui um efeito social muito significativo e muito particular, qual seja o de estimular o medo sexual e o ódio enquanto finge um apelo em nome de uma natureza humana comum.

O alvo da minha crítica ao museu é o formalismo que ele parecia impor à arte de maneira incontornável, ao retirá-la de qualquer contexto social. Mas esta própria crítica não está completamente isenta de formalismo, um formalismo que substitui a obra de arte pela instituição, um formalismo de vanguarda incapaz de perceber como as mudanças "relacionadas ao conteúdo das obras individuais" podem levar, em alguns casos, a mudanças "no modo de funcionamento da arte na sociedade", mesmo quando tal arte se encontra em um museu. Uma lição importante deixada pela controvérsia em torno das fotografias de Robert Mapplethorpe é que os efeitos sociais delas ultrapassaram em muito sua coerência formal com a "arte da fotografia" e com a insistência desta quanto ao sujeito criador. A ênfase que a instituição dá ao sujeito *por detrás* da representação não oculta apenas as estruturas históricas e institucionais que produzem o sujeito criador; o que, de modo crucial, também permanece oculto é a definição do sujeito pelo sexo, pela orientação sexual e por outras formas, sujeito este que se efetiva e se constitui em representação através dessas estruturas. Se Hilton Kramer censurou Mapplethorpe por ter "reduzido" o sujeito humano a um objeto sexual, não foi porque – como ele talvez pense ou deseje que pensemos – com isso as fotografias desumanizam os modelos; foi porque Kramer, a quem fora solicitado que se colocasse na condição de sujeito observador das fotografias, viu-se na posição de um homem olhando para os genitais de outro homem. E, se Robert Sobieszak sentiu-se obrigado a defender a busca de significado das fotos de *X Portfolio*, não foi porque Mapplethorpe estava tentando conviver com um lado problemático da vida *dele*, mas porque Sobieszak, enquanto observador, viu-se *ele próprio* perturbado. Finalmente, e na verdade num registro bem diverso, se Kobena Mercer criticou Mapplethorpe por ter transformado os homens *negros* em objetos sexuais – uma crítica, no caso de Mercer, que se baseava na teoria feminista em vez de repudiá-la –, a complexa revisão que ele fez de sua crítica inicial deveu-se ao fato de ele identificar a si próprio não somente como o objeto estereotipado, mas também como o sujeito desejante da representação[31].

Uma crítica genuinamente pós-moderna do formalismo modernista não "vai simplesmente além das obras de arte individuais para abarcar suas condições institucionais de formulação", como eu imaginava que a fotografia de Louise Lawler deixava claro acerca de meu próprio projeto. A instituição não exerce seu poder apenas de modo negativo – retirando a obra de arte da

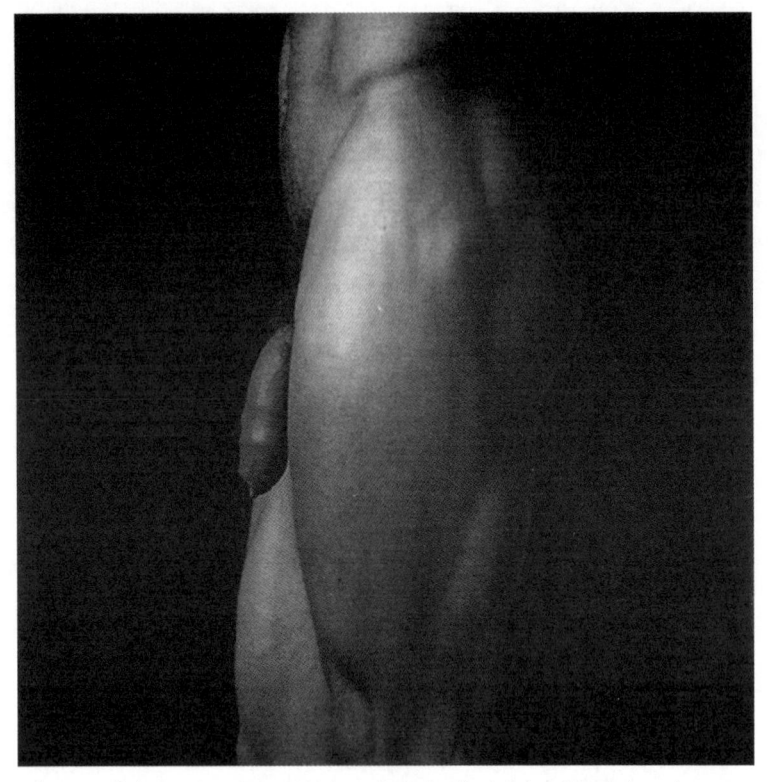

Robert Mapplethorpe, *Sem título*, 1981 (cortesia do Espólio de Robert Mapplethorpe).

práxis da vida –, mas também de modo positivo – produzindo uma *relação* social específica entre a obra de arte e o espectador. As fotografias de Mapplethorpe não abolem essa relação institucionalmente determinada – razão pela qual as comparei de modo desfavorável às apropriações pós-modernas de Sherrie Levine. Mas certamente tiram partido dela, resultando não na transformação do modelo retratado em objeto homossexual, mas na transformação momentânea do espectador masculino em sujeito homossexual. E, na controvérsia que se segue, ocupam-se as posições em função do conforto experimentado quando se ocupou aquela.

Espero que a crítica dos museus feita neste livro forneça uma análise útil do que pode ser chamado de discurso sobre os objetos do conhecimento. Há, todavia, um passo que não é dado aqui: a análise do discurso sobre os *sujeitos* do conhecimento. Tal passo é dado pela obra de Michel Foucault à medida que avança de *A ordem das coisas* até *A história da sexualidade*, trajetória que também pode ser caracterizada como o avanço de uma arqueologia do modernismo na direção de uma teoria do pós-modernismo. Os ensaios apresentados aqui estão comprometidos com a primeira; minhas preocupações atuais, com a segunda. A linha divisória é uma epidemia que custou, entre tantas outras, a vida de Michel Foucault.

Notas

1. Douglas Crimp, "Positive/Negative: A Note on Degas's Photographs", *October*, nº 5 (verão de 1978), p. 100.
2. Ver, nesta obra, "A arte da exposição".
3. Craig Owens, "The Discourse of Others: Feminists and Postmodernism". Em Hal Foster (org.), *The Anti-Aesthetic: Essays on Postmodern Culture* (Port Townsend, Wash, Bay Press, 1983), p. 73.
4. A famigerada emenda de Helms à lei de dotação da NEA/NEH afirmava em linguagem conciliadora: "Nenhum fundo autorizado para ser destinado ao National Endowment for the Arts [Fundo Nacional para as Artes] ou para o National Endowment for the Humanities [Fundo Nacional para as Ciências Humanas] pode ser usado para promover, disseminar ou produzir materiais que, a juízo do National Endowment for the Arts ou do National Endowment for the Humanities, possam ser considerados obscenos, incluindo, mas não restritos a, descrições de sadomasoquismo, homoerotismo, exploração sexual de crianças, ou indivíduos envolvidos em atos sexuais, e que, quando considerados em seu conjunto, não apresentem um significativo valor literário, artístico, político ou científico" (*Congressional Record – House*, 101º Congresso, legislação pública 101-121, 23 de outubro de 1989, p. H6407).
5. Entre as melhores análises das questões em jogo estão as de Carol Vance "The War on Culture", *Art in America* 77, nº 9 (setembro de 1989), p. 39-43; e "Misunderstanding Obscenity", *Art in America* 78, nº 5 (maio de 1990), p. 49-55.
6. Já me referi de maneira sucinta a minha falha de observação em "The Boys in My Bedroom", *Art in América* 78, nº 2 (fevereiro de 1990), p. 47-9. Para um relato importante sobre as distinções necessárias entre homoerotismo e homossexualismo aberto na tradição ocidental e nos debates contemporâneos sobre o cânon, ver Eve Kasofsky Sedgwick, *Epistemology of the Closet* (Berkeley e Los Angeles, University of California Press, 1990), esp. p. 48-59.
7. Maureen Dowd, "Jesse Helms Takes No-Lose Position on Art", *New York Times*, 28 de julho de 1989, p. B6.
8. Em uma de suas muitas decisões parciais, o juiz David J. Albanese recusou a moção da defesa que queria que as fotografias em questão fossem vistas em relação com a exposição como um todo. Tal atitude foi particularmente prejudicial, pois, de acordo com a decisão da Suprema Corte de 1973 no caso *Miller vs. Califórnia*, a obscenidade só pode ser comprovada se a obra, *considerada em seu conjunto*, faz apelo a sentimentos libidinosos. Ver Vance, "Misunderstanding Obscenity".

9. Citado em Jayne Merkel, "Art on Trial", *Art in America* 78, n° 12 (dezembro de 1990), p. 47.
10. Citado em ibid., p. 49.
11. Citado em ibid., p. 47.
12. Compare com a crítica de Mapplethorpe feita muito antes pelo crítico de fotografia Ben Lifson: "Não me importa quem Mapplethorpe fotografa. Todo fotógrafo tem que retratar ou descrever o meio que mais o fascina. Temos que ir até onde está nossa paixão, onde se localizam os mais difíceis conflitos enfrentados por nossos sentimentos. Mas os sentimentos de Mapplethorpe estão encobertos. Não há sentimento nessa obra. O senso comum nos diz que tais situações são carregadas de conflito" (Ben Lifson e Abigail Solomon-Godeau, "Photophilia", *October*, n° 16 [primavera de 1981], p. 111).
13. A única exceção de que tomei conhecimento, fora, é claro, da imprensa gay, foi o convite – seguindo uma sugestão minha – feito a Gayle Rubin para falar em um simpósio sobre Mapplethorpe organizado pelo Institute of Contemporary Art [Instituto de Arte Contemporânea] de Boston, no outono de 1990. Rubin, uma participante ativa da subcultura S/M gay e lésbica de São Francisco, tem publicado textos sobre o assunto e trabalha há bastante tempo em uma dissertação de doutorado sobre as práticas S/M do gay masculino.
14. Hilton Kramer, "Is Art above the Laws of Decency?", *New York Times*, 2 de julho de 1989, 2° caderno, p. 7.
15. Allan Sekula insiste neste aspecto ao contrastar o ataque que Kramer faz a Mapplethorpe com sua aprovação a um trabalho de Gaton Lachaise: "Podemos encontrar uma redução semelhante do sujeito feminino a seios e vagina na obra de Lachaise (*Breasts with Female Organ Between*, 1930-1932). No entanto, Kramer argumentou que 'mesmo em seus momentos de mais extrema expressividade no trato da figura feminina, Lachaise, ao transformar seus sentimentos em realidade, transmite uma sensação de absoluto e inabalável controle'. As noções de subjetividade de Kramer parecem variar segundo o sexo. Lachaise, é claro, pode reivindicar um "ideal vitalista", enquanto Mapplethorpe segue condenado por "patologia social'" (Allan Sekula, "Some American Notes", *Art in America* 78, n° 2 (fevereiro de 1990), p. 43.
16. É claro que o feminismo se preocupa com a sexualidade, e as análises anti-homofóbicas devem levar em conta as questões de gênero sexual; contudo, tem-se argumentado de maneira convincente que as duas formas de investigação precisam ser conceitualizadas separadamente. Ver Gayle Rubin, "Thinking Sex: Notes for a Radical Theory of the Politics of Sexuality", em Carole S. Vance (org.), *Pleasure and Danger: Exploring Female Sexuality* (Boston, Routledge & Kegan Paul, 1984), p. 287-319; e Sedgwick, *Epistemology*, esp. p. 27-35.
17. O Museu de Arte Moderna, que encomendara meu ensaio para o catálogo da exposição de Serra, reagiu de modo muito agressivo diante da interpretação marxista. Sabendo que Serra apoiava o ensaio, e querendo evitar controvérsias depois do desastre recente relacionado à decisão das autoridades federais de destruir a obra de Serra *Tilted Arc*, o museu não estava em condições de recusar o texto. William Rubin, então diretor do Departamento de Pintura e Escultura do museu, escreveu no prefácio do catálogo: "Levando em conta as circunstâncias extraordinárias da audiência da última primavera quanto ao destino de *Tilted Arc* e à enxurrada de comentários que ela ocasionou, consideramos apropriado que a posição do artista quanto a esses assuntos esteja representada no catálogo da maneira que ele pessoalmente julga mais conveniente. O Museu de Arte Moderna discorda do tom bombástico e da polêmica histórica de muito do que foi escrito aqui e alhures. De todo modo, ainda que nossos curadores apresentassem argumentos distintos a respeito da posição de Serra, escolhemos, em um momento extremamente conflituoso da carreira do artista, arejar o debate nos moldes em que ele e seu curador convidado solicitaram – desempenhando, desse modo, um dos papéis do museu como fórum para a grande diversidade de ideias e opiniões que torna dinâmico o diálogo público sobre a arte do nosso tempo" ("Prefácio", *Richard Serrra/Sculpture* [Nova York, Museu de Arte Moderna, 1986], p. 9-10). Não preciso dizer que a posição defendida em meu ensaio só pertence a mim, não a Serra ou a Rosalind Krauss, curadora convidada; nem eles me solicitaram que apresentasse aquela argumentação específica. E, já que a intenção inicial do museu era recusar meu texto na íntegra ou forçar-me a modificá-lo de tal maneira que ficaria irreconhecível, é o cúmulo da hipocrisia da parte de Rubin querer reivindicar o papel liberal do museu como um fórum de ideias e opiniões divergentes.

18. Peter Bürger, *Theory of the Avant-Garde*, tradução para o inglês de Michael Shaw (Mineápolis, Universidade de Minnesota, 1984), p. 22 e 49.
19. Ibid., p. 54.
20. Ibid., p. 58: ver também, à p. 109, a nota de rodapé n° 4.
21. Bürger, que é crítico literário, publicou *Theory of the Avant-Garde* na Alemanha em 1974, antes que grande parte da arte discutida em meus ensaios tivesse se tornado bem conhecida ou até mesmo tivesse sido produzida.
22. Bürger está de acordo com o grande potencial da vanguarda soviética na construção de uma sociedade socialista; ver Bürger, *Theory of the Avant-Garde*, nota de rodapé n° 21, p. 114.
23. Ibid., p. 50.
24. O exemplo mais revelador do fracasso do museu em reexaminar suas convicções em relação à divisão entre arte erudita e cultura popular foi *Superior e Inferior: Arte Moderna e Cultura Popular*, organizado para o Museu de Arte Moderna por Kirk Varnedoe e Adam Gopnik no outono de 1990. A exibição partia de uma premissa simples: às vezes os artistas transformam aspectos da cultura popular e de massa em arte erudita, do mesmo modo que transformam arte "primitiva" em expressão ocidental superior. Essa exposição sofreu uma condenação razoavelmente uniforme da imprensa devido a sua tese simplória e à exclusão generalizada das manifestações contemporâneas que põem abaixo as diferenças que os museus, com tanta falta de consideração, reafirmavam. Introduzindo, em um guia anexo ao catálogo da exposição, uma série de ensaios históricos sobre o erudito e o popular, Varnedoe e Gopnik descartam sumariamente a gama completa de reflexões sérias existente sobre o assunto, desde a teoria estética e de cultura de massa desenvolvida pela Escola de Frankfurt e dos estudos culturais iniciados durante os anos 60 em Birmingham até as díspares análises contemporâneas feministas e pós-modernas: "Embora já existisse uma vasta produção sobre 'cultura de massa' e vanguarda, esse *corpus* parecia sobrecarregado pela participação desproporcional de comissários e comentadores eruditos. Com excessiva frequência, os pronunciamentos dos teóricos davam a impressão de estar envolvidos, no melhor dos casos, em um habilidoso malabarismo de conceitos abstratos; e, no pior deles, pareciam insistir na imposição de categorias históricas dogmáticas, estreitas e insustentáveis (para não dizer sem comprovação) às complexas realidades da história moderna" ("Introdução", em Kirk Varnedoe e Adam Gopnik, *Modern Art and Popular Culture: Readings in High & Low* [Nova York, Museu de Arte Moderna e Harry N. Abrams, 1990], p. 11. Ao esquadrinhar o índice, percebemos que não aparece nenhum nome de uma lista de escritores que se esperaria encontrar: Theodor Adorno, Max Horkheimer, Walter Benjamin, Raymond Williams, Stuart Hall, Dick Hebdige, Laura Mulvey, Griselda Pollock, Meagan Morris etc.
25. Ver Douglas Crimp (org.), *AIDS: Cultural Analysis/Cultural Activism* (Cambridge, Mass., The MIT Press, 1988); e Douglas Crimp, com Adam Rolston, *AIDS Demo Graphics* (Seattle, Bay Press, 1990).
26. Andreas Huyssen, "Mapping the Postmodern", em *After the Great Divide: Modernism, Mass Culture, Postmodernism* (Bloomington e Indianápolis, Indiana University Press, 1986), p. 209.
27. Refiro-me à teoria fundadora totalizante do modernismo proposta de maneira extremamente consequente por Fredric Jameson (*Postmodernism or The Cultural Logic of Late Capitalism* [Durham, N.C., Duke University Press, 1991]) e a um livro que tem uma grande dívida para com a obra de Jameson: David Harvey, *The Condition of Postmodernity: An Enquiry into the Origins of Cultural Change* (Oxford, Basil Blackwell, 1989). Para as críticas feministas desses trabalhos, ver Rosalyn Deutsche, "Men in Space", *Artforum* 28, n° 6 (fevereiro de 1990), p. 21-3; Rosalyn Deutsche, "Boys Town", *Environment and Planning D: Society and Space* 9, n° 1 (março de 1991), p. 5-30; Doreen Massey, "Flexible Sexism", *Environment and Planning D: Society and Space* 9, n° 1 (março de 1991), p. 31-57; Meaghan Morris, "The Man in the Mirror: David Harvey's 'Condition' of Postmodernity", *Theory, Culture & Society* 9 (1992), p. 253-79; Gillian Rose, resenha de *Postmodern Geographies*, de Edward Soja, e de *The Condition of Postmodernity, Journal of Historical Geography* 17 (1991), p. 118-21, de David Harvey.
28. Ver Peter Galassi, *Nicholas Nixon: Pictures of People* (Nova York, Museu de Arte Moderna, 1988).

29. Extraído do folheto distribuído na demonstração da ACT UP que aconteceu no Museu de Arte Moderna em outubro de 1988.
30. Douglas Crimp, "Portraits of People with AIDS", em *Cultural Studies*, Lawrence Grossberg, Cary Nelson e Paula Treichler (orgs.) (Nova York, Routledge, 1991), p. 130.
31. Kobena Mercer, "Skin Head Sex Thing", em *How Do I Look? Queer Film and Video*, Bad Object Choices (org.) (Seattle, Bay Press, 1991), p. 169-210.

PARIS   NOVA YORK   ROMA   TÓQUIO

Era uma vez um garotinho e tudo acabou bem,
FIM

Salon Hodler, 1992

Edward Ruscha
Sonhos # 1, 1987
Acrílico sobre papel, 17 X 46"

Para 420 do artista 14/3/89
Para Thaddeus Ropac, Salzburg, "Freud" 2/5/89
Para a Galeria Castelli, Broadway, n? 578, para exposição de desenho em grupo 26/9/89
Adquirido por Leo Castelli 28/9/89
Para o apartamento de LC 22/1/90

Roy Lichtenstein
Rolo de barbante, 1963
Lápis e *tusche* sobre papel, 15 12 1/2"

Presente para Leo Castelli do artista 6/64
Para o apartamento de LC 24/6/64
Para ser exposto no Museu de Filadélfia (6/63–9/65)
Para o apartamento de LC 5/10/65
Para o Museu de Pasadena (primeira retrospectiva em museu, 18/4–28/5/67) e circuito
Para o Centro Artístico Walker (23/6–30/7/67)
Para o Museu Stedelijk, Amsterdã (5/10/67)
Para o apartamento de LC 26/6/68
Para o Museu Guggenheim (primeira retrospectiva em museu de Nova York) e circuito
Para a Galeria de Arte Nelson, Kansas City; Museu de Arte de Seattle; Galeria Columbus de Belas-Artes; e o Museu de Arte Contemporânea de Chicago
Para o apartamento de LC 9/12/70
Para o Centre National d'Art Contemporaine de Paris, exposição de retrospectiva de desenho "Dessins sans bande" e circuito na National-galerie e no Staatliche Museen Preussischer Kulturbesitz de Berlim
Para a Universidade Estadual de Ohio, 21/10/75
Para o Museu Metropolitano & Centro de Artes, Miami, 17/2/76
Para o apartamento de LC 8/5/79
Para o MOMA – "Em honra de Toiny Castelli: desenhos da coleção de Toiny, Leo e Jean-Cristophe Castelli" (6/4–17/7/88)
Para o apartamento de LC 24/1/89
Para o Guild Hall, East Hampton, "Um olhar a partir dos anos 60: seleções da coleção de Leo Castelli e da coleção de Michael e Ileana Sonnabend" (10/8–22/9/91)
Para o apartamento de LC 29/10/91

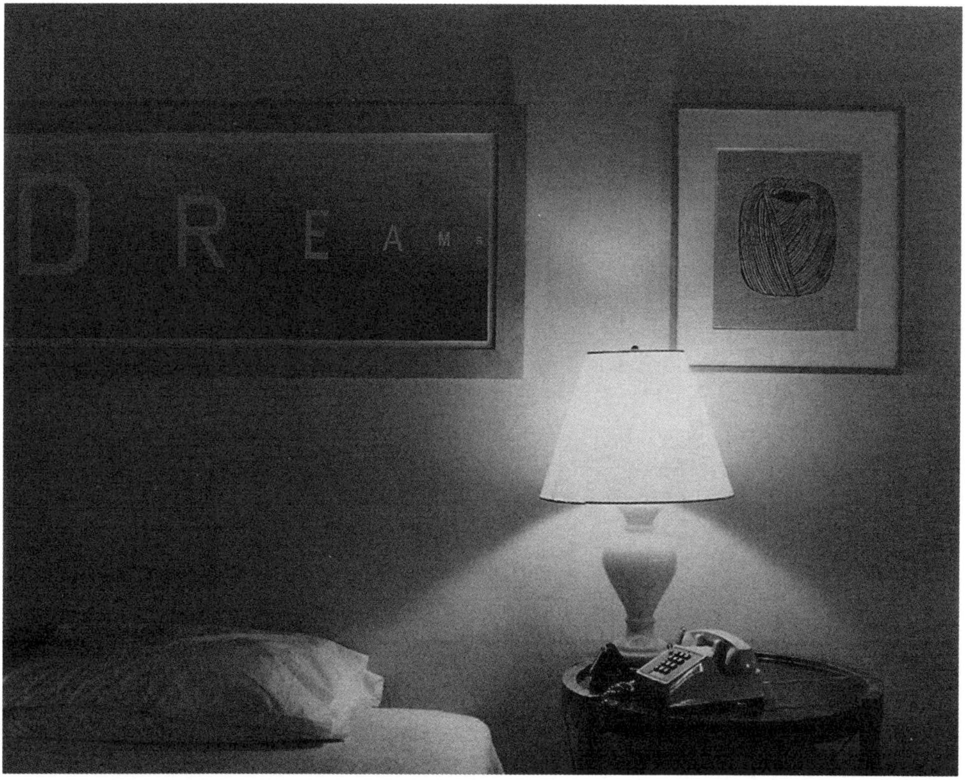
DREAMS

Recepção

A FOTOGRAFIA NO MUSEU

SOBRE AS RUÍNAS DO MUSEU

> A palavra alemã *museal* [próprio de museu] traz à mente lembranças desagradáveis. Ela descreve objetos com os quais o observador já não mantém um relacionamento vital e que se encontram no processo de morte; devem sua preservação mais ao respeito histórico que às necessidades do presente. Há mais do que uma ligação fonética entre museu e mausoléu. Os museus são os jazigos de família das obras de arte.
> Theodor W. Adorno, "Valéry Proust Museum"

Ao visitar as novas Galerias André Meyer do Museu Metropolitano, onde fora acomodada a arte do século XIX, Hilton Kramer achou ridícula a inclusão da pintura de salão*. Definindo-a como uma pintura tola, sentimental e sem vigor, Kramer acrescentou que, se essa reinstalação tivesse acontecido na geração passada, tais quadros não teriam deixado o depósito do museu, para onde outrora tinham sido tão apropriadamente despachados.

Afinal de contas, lugar de cadáver é no túmulo, e é sabido que a pintura de salão se encontra bem morta.

---

* A expressão "pintura de salão" tem sua origem na exposição anual que, na Paris do século XIX, tinha lugar no Salão de Apolo e reunia obras de arte de autores vivos. Ela esteve, ao longo desse século, no centro de uma polêmica relacionada à arte, sendo identificada com o academicismo e com a oposição oficial à evolução artística. (N. T.)

Hoje em dia, entretanto, não há arte tão morta para a qual não se descubra um historiador da arte capaz de detectar, em meio aos restos em decomposição, um simulacro de vida. Na verdade, na última década ganhou evidência no mundo acadêmico uma poderosa subprofissão especializada nessas lamentáveis exumações[1].

As metáforas de Kramer sobre a morte e a decadência no museu trazem à lembrança o ensaio de Adorno, no qual são analisadas as experiências opostas, porém complementares, de Valéry e de Proust no Louvre; exceto que Adorno insiste em que essa mortalidade *museal* é decorrência obrigatória de uma instituição prisioneira das contradições da cultura à qual pertence, as quais, logo, são extensivas a todos os objetos nela contidos[2]. Kramer, ao contrário, conservando sua fé na existência eterna das obras-primas, não atribui as condições de vida ou morte ao museu ou à história específica da qual ele é um instrumento, mas às próprias obras de arte, sendo que a condição de autonomia destas só é ameaçada pelas distorções que uma determinada instalação possa impor. Com isso ele deseja explicar "a curiosa inversão que põe debaixo do mesmo teto um quadrinho cafona como *Pigmalião e Galateia*, de Gérôme, e obras-primas do nível de *Pepito*, de Goya, e *Mulher com papagaio*, de Manet. Que critério é esse – ou que ordem de valores – que consegue acomodar tão facilmente opostos evidentes como estes?".

A resposta encontra-se em um fenômeno muito discutido: a morte do modernismo. À época em que o movimento modernista era considerado vigente, o resgate de pintores como Gérôme e Bouguereau não poderia ser sequer considerado. Tanto a autoridade moral como a autoridade estética do modernismo evitavam esse tipo de acontecimento. Com o desaparecimento do modernismo, entretanto, restaram poucas defesas contra as incursões de um gosto aviltado – se é que sobrou alguma. Sob a nova dispensação pós-moderna, vale tudo...

Uma expressão desse *éthos* pós-moderno é... que a nova apresentação da arte do século XIX que acontece no Met precisa... ser compreendida. O que nos é oferecido nas belas Galerias André Meyer é o primeiro balanço abrangente da arte do século XIX de uma perspectiva pós-moderna, e que acontece em um de nossos museus mais importantes[3].

Exposição de pinturas de Edouard Manet nas Galerias André Meyer do Museu Metropolitano de Arte, 1982 (foto de Louise Lawler).

Temos aqui um exemplo do conservadorismo cultural de cunho moralizante de Kramer disfarçado de modernismo progressista. Mas temos também um parecer interessante quanto à prática discursiva do museu durante o período modernista e sua atual transformação. De todo modo, a análise de Kramer não consegue avaliar até que ponto a pretensão do museu de representar a arte de maneira coerente já foi posta em questão pelas manifestações da arte contemporânea – pós-moderna.

Uma das primeiras aplicações do termo *pós-modernismo* para as artes visuais acontece em "Other Criteria", de Leo Steinberg, durante uma discussão sobre a transformação que Robert Rauschenberg fez da superfície da pintura, transformando-a naquilo que Steinberg chama de "plataforma (*flatbed*)"*, fazendo alusão, de modo sugestivo, a uma impressora[4]. Este plano da pintura é um tipo completamente novo de superfície pictórica, ocasionando, segundo Steinberg, "a mudança mais radical no conteúdo da arte, de natureza para cultura"[5]. Em outras palavras, a plataforma

---

* Leito da prensa rotocilíndrica. (N. T.)

é uma superfície que pode receber uma quantidade enorme e heterogênea de imagens e artefatos culturais que não eram compatíveis com o campo pictórico tanto da pintura pré-moderna como da pintura moderna. (A pintura moderna, segundo Steinberg, guarda uma orientação "natural" para o olhar do espectador, coisa que o pós-modernismo deixa de lado.) Embora Steinberg, que escrevia em 1968, não tivesse uma noção clara do alcance das implicações do termo *pós-modernismo*, ao levarmos a sério essa denominação conseguimos tanto concentrar como estender a leitura que ele faz da revolução implícita na arte de Rauschenberg.

O ensaio de Steinberg sugere paralelos importantes com o projeto "arqueológico" de Michel Foucault. Não somente o termo *pós-modernismo* implica a exclusão daquilo que Foucault chamaria de *epistéme*, ou arquivo, do modernismo, mas Steinberg, de maneira ainda mais específica – ao insistir nos tipos radicalmente diferentes de superfícies pictóricas sobre as quais se podem acumular e organizar diferentes tipos de dados –, escolhe a própria imagem que Foucault usou para representar a incompatibilidade dos períodos históricos: as tábuas nas quais seu conhecimento está expresso. A arqueologia de Foucault pressupunha a substituição das unidades do pensamento historicista tais como tradição, influência, desenvolvimento, evolução, fonte e origem por conceitos como descontinuidade, ruptura, limiar, limite e transformação. Assim, em termos foucaultianos, se a superfície de uma pintura de Rauschenberg realmente pressupõe o tipo de transformação que Steinberg afirma que ela pressupõe, então não se pode dizer que ela é a evolução da superfície de uma pintura modernista, nem que, de modo algum, represente sua continuidade[6]. E, se os quadros com superfície de plataforma de Rauschenberg são percebidos como causadores de tal ruptura ou descontinuidade com o passado modernista – como eu acredito que são e assim como acontece com as obras de muitos outros artistas da atualidade –, então talvez estejamos experimentando de fato uma daquelas transformações no campo epistemológico descritas por Foucault. Mas é claro que não é só a organização do conhecimento que é transformada de modo imperceptível em determinados momentos históricos. Despontam novas instituições de poder, assim como novos discursos – na verdade, ambos são interdependentes. Foucault analisou as modernas instituições de confinamento – o hospício, a clínica e a prisão – e suas estruturas discursivas respectivas – loucura, doença e criminalidade. Existe uma outra instituição similar de confinamento à espera de uma análise arqueológica – o museu –, e uma outra disciplina – a história da arte. Elas são a precondição do discurso que conhecemos como arte moderna. E o próprio Foucault sugeriu como começar a pensar sobre essa análise.

É comum assinalar o início do modernismo com a obra de Manet do começo da década de 1860, na qual a relação da pintura com seus precedentes artístico-históricos foi apresentada de modo despudoradamente óbvio. Em *Olímpia*, Manet usa a *Vênus de Urbino* de Ticiano como um veículo tão identificável do retrato de uma moderna cortesã quanto a disforme pintura cor-de-rosa que compõe seu corpo. Exatamente cem anos depois de Manet ter com isso tornado a relação da pintura com suas fontes constrangedoramente problemática[7], Rauschenberg fez uma série de quadros usando imagens da *Vênus Rokeby* de Velázquez e da *Vênus no banho* de Rubens. Mas as referências de Rauschenberg às pinturas de antigos mestres produzem um efeito completamente diferente do de Manet; enquanto Manet reproduziu a postura, a composição e certos detalhes do original em uma transformação pintada, Rauschenberg simplesmente usou *silk-screen* para aplicar as reproduções dos originais em cima de superfícies onde também se podiam encontrar imagens de caminhões e helicópteros. Se os caminhões e helicópteros não encontraram espaço na superfície de *Olímpia*, obviamente não foi somente porque tais produtos da era moderna ainda não haviam sido inventados; foi também porque a coerência estrutural que no limiar do modernismo fazia com que uma superfície de suporte de imagem fosse percebida como uma pintura difere radicalmente da lógica pictórica alcançada no início do pós-mo-

Louise Lawler, *Daqui para lá*, 1990.

dernismo. Foucault, em um ensaio sobre *A tentação de Santo Antônio* de Flaubert, sugere em que consistiria exatamente a lógica particular de uma pintura de Manet:

> *Déjeuner sur l'Herbe* e *Olímpia* foram talvez as primeiras pinturas "de museu", as primeiras pinturas da arte europeia que não eram tanto uma resposta às realizações de Giorgione, Rafael e Velázquez como um reconhecimento (apoiado na singular e óbvia ligação que usa essa referência decodificável para ocultar seu funcionamento) do relacionamento novo e essencial da pintura consigo mesma, enquanto uma manifestação da existência dos museus e da realidade específica e interdependência que as pinturas adquirem neles. Na mesma época, *A tentação* foi a primeira obra literária a dar conta das instituições esverdeadas onde os livros se acumulam e onde a lenta e inquestionável vegetação do aprendizado silenciosamente prolifera. Flaubert é para a biblioteca aquilo que Manet é para o museu. As obras que ambos produziram guardam uma relação vigiada com pinturas e textos do passado – ou melhor, com a parte da pintura ou do texto que continua indefinidamente aberta. Eles erigem sua arte no interior do arquivo. Sua intenção não era engrossar o coro de lamentos – a juventude perdida, a ausência de vigor e o declínio da

criatividade – com que censuramos nossa era alexandrina, mas desenterrar um aspecto essencial da nossa cultura: toda pintura agora faz parte da enorme superfície da pintura, e todas as obras literárias estão confinadas ao indefinível murmúrio da escrita[8].

Foucault diz, mais adiante, que "*Santo Antônio* parece convocar *Bouvard e Pécuchet*, ao menos na medida em que este assume o papel da sombra grotesca daquele". Se *A tentação* aponta a biblioteca como geradora da moderna literatura, por outro lado *Bouvard e Pécuchet* utilizam-na como o depósito de lixo de uma cultura clássica irredimível. *Bouvard e Pécuchet* é um romance que faz uma paródia sistemática das inconsistentes, irrelevantes e tolas ideias consagradas de meados do século XIX. De fato, um "Dicionário de ideias consagradas" faria parte de um segundo volume do último e inacabado romance de Flaubert.

Bouvard e Pécuchet conta a história de dois parvos parisienses solteiros que, tendo se conhecido por acaso, passam a sentir uma profunda afeição mútua, além de virem a descobrir que ambos trabalham como copistas de escritório. Partilham da repugnância pela vida da cidade, particularmente pelo destino que os faz passar o dia todo atrás de uma escrivaninha. Quando Bouvard herda uma pequena fortuna, eles compram uma fazenda na Normandia e mudam-se para lá, esperando dar de cara com a realidade que lhes fora negada na semivida dos escritórios parisienses. Pensam inicialmente em cultivar a fazenda, empresa na qual fracassam inapelavelmente. Da agricultura passam para o campo mais especializado da arboricultura. Novo fracasso, que os faz mudar para a arquitetura de jardins. Buscando preparar-se para cada nova profissão, consultam diversos manuais e tratados, ficando perplexos ao encontrar neles todo tipo de contradições e informações erradas. Os conselhos com que deparam ou são confusos ou totalmente inaplicáveis; teoria e prática jamais coincidem. Sem se deixar abater com os sucessivos fracassos, entretanto, passam confiantes para a atividade seguinte, até descobrir que também ela é incompatível com os textos que supostamente a desvendavam. Tentam a química, a fisiologia, a anatomia, a geologia, a arqueologia – a lista prossegue. Quando finalmente aceitam o fato de que o conhecimento no qual confiaram é um amontoado confuso de contradições bem distante da realidade que tentaram confrontar, eles retornam à sua atividade inicial de copistas. Este é um dos cenários que Flaubert apresenta para o final do romance:

> Eles copiam os papéis indiscriminadamente, tudo o que encontram pela frente: maços de cigarro, jornais, pôsteres, livros rasgados etc. (itens verdadeiros e suas imitações. Representativos de cada categoria).
>
> Sentem falta, então, de uma taxionomia e passam a fazer listas com oposições antitéticas tais como "crimes dos reis e crimes do povo" – as bênçãos da religião e os crimes da religião. As belezas da história etc.; às vezes, contudo, veem-se diante de problemas concretos para colocar cada coisa no lugar certo, o que os deixa muito ansiosos.
>
> – Em frente! Chega de especular! Continuemos a copiar! A página tem que ser preenchida. O bem e o mal, tudo é igual. O farsesco e o sublime – o belo e o feio –, o insignificante e o emblemático, tudo vira uma glorificação da estatística. Não há nada além dos fatos – e dos fenômenos.
>
> Gozo final[9].

Em um ensaio sobre *Bouvard e Pécuchet*, Eugenio Donato argumenta de modo convincente que aquilo que simboliza a sequência de atividades heterogêneas dos dois solteiros não é, como Foucault e outros têm declarado, a biblioteca-enciclopédia, e sim o museu. E não somente porque o museu é um termo privilegiado no próprio romance, mas devido também à absoluta heterogeneidade presente no museu. Ele contém tudo o que a biblioteca contém, inclusive a biblioteca:

> Se Bouvard e Pécuchet nunca chegam a reunir o necessário para uma biblioteca, conseguem, todavia, organizar um museu privado para si. O museu ocupa, na verdade, um lugar central no romance; ele está ligado ao interesse dos personagens pela arqueologia, pela geologia e pela história, e, assim, é através do *Museu* que as questões de origem, causalidade, representação e simbolização são colocadas mais claramente. O *Museu*, bem como as perguntas que ele tenta responder, depende de uma epistemologia arqueológica. Suas pretensões representacionais e históricas baseiam-se em vários

pressupostos metafísicos sobre as origens – afinal de contas, a arqueologia pretende ser uma ciência da *archēs*. As origens arqueológicas são importantes de duas maneiras: todo artefato arqueológico tem que ser um artefato original, e esses artefatos originais devem explicar, por sua vez, o "significado" de uma história subsequente mais ampla. Assim, no exemplo caricatural de Flaubert, a pia batismal que Bouvard e Pécuchet descobrem tem que ser uma pedra sacrifical celta, e a cultura celta tem, por sua vez, que atuar como um padrão-mestre original da história cultural[10].

Bouvard e Pécuchet obtêm das poucas pedras que restam do passado celta não apenas toda a cultura ocidental, mas também o "significado" dessa cultura. Esses menires levam-nos a construir a ala fálica do seu museu:

Nos tempos antigos, torres, pirâmides, velas, marcos – e mesmo árvores – tinham um significado fálico, e para Bouvard e Pécuchet tudo se tornou fálico. Passaram a colecionar molas de carruagem, pernas de cadeira, travas de adega e pilões de farmacêutico. Quando recebiam visita, perguntavam: "Você acha que aquilo se parece com o quê?". Desfaziam em seguida o mistério e, caso alguém levantasse alguma objeção, encolhiam os ombros desconsolados[11].

Mesmo na subcategoria dos objetos fálicos, Flaubert mantém a heterogeneidade dos artefatos do museu, uma heterogeneidade que desafia a sistematização e a homogeneização que aquele conhecimento requeria.

O conjunto de objetos dispostos no *Museu* somente se sustenta pela ficção de que ele constitui, de algum modo, um universo representacional coerente. A ficção é que o repetido deslocamento metonímico do fragmento para a totalidade, do objeto para o rótulo e da série de objetos para a série de rótulos consegue produzir ainda uma representação que seja de algum modo adequada a um universo não linguístico. Essa ficção é o resultado da crença acrítica na noção de que o fato de pôr em ordem e classificar, ou seja, justapor os fragmentos no espaço, pode produzir uma compreensão representacional do mundo. Se a ficção desaparece, o que resta do *Museu* é o "bricabraque", um punhado de fragmentos sem sentido e sem valor incapazes de substituir a si próprios, quer metonimicamente, no lugar dos objetos originais, quer metaforicamente, no lugar de suas representações[12].

É esta visão do museu que Flaubert apresenta com a comédia de *Bouvard e Pécuchet*. Tendo as disciplinas da arqueologia e da história natural como fundamento, ambas herdadas da era clássica, o museu foi, desde as origens, uma instituição desacreditada. E a história da museologia é a história das diversas tentativas de negar a heterogeneidade do museu, de reduzi-lo a um sistema ou a uma sequência homogêneos. A fé na possibilidade de ordenar o "bricabraque" do museu, fazendo eco à de Bouvard e Pécuchet, persiste ainda hoje. Novas disposições como a da coleção de arte do século XIX que o Metropolitan apresentou nas Galerias André Meyer, particularmente numerosas durante as décadas de 1970 e 1980, são testemunhas dessa fé. O que deixou Hilton Kramer tão alarmado foi que o critério para determinar a ordem dos objetos estéticos no museu em toda a extensão do período modernista – a qualidade "autoevidente" das obras-primas – tinha sido abandonado, e, consequentemente, "vale tudo". Não pode haver testemunho mais eloquente da fragilidade das pretensões do museu de representar qualquer coisa coerente.

No período que se segue à Segunda Guerra Mundial, o maior monumento à missão do museu é *Museu Sem Paredes* de André Malraux. Se *Bouvard e Pécuchet* é uma paródia das ideias convencionais em meados do século XIX, *Museu sem Paredes* é a expressão hiperbólica dessas ideias em meados do século XX. Os princípios de que Malraux exagera são os da "história da arte enquanto disciplina humanística"[13]. Pois Malraux descobre na noção de estilo o princípio homogeneizador, a essência da arte de fato, a qual é distorcida, de modo assaz interessante, através do suporte da fotografia. Qualquer obra de arte passível de ser fotografada pode tomar assento no supermuseu de Malraux. Mas a fotografia não assegura somente que uma diversidade de objetos, fragmentos de objetos e detalhes de objetos tenha acesso ao museu; ao reduzir a heterogeneidade agora ainda mais ampla a uma única e perfeita similitude, ela assume o papel também de instrumento organizador. Através da reprodução fotográfica, um camafeu é posto ao lado da página onde aparece um relevo feito em superfície redonda; um detalhe de um Rubens em Antuérpia é comparado ao de um Michelângelo em Roma. A palestra com *slides* do historiador da arte e a prova de comparação de *slides* do estudante de história da arte são parte integrante do museu sem paredes. Em um exemplo recente apresentado por um de nossos eminentes historiadores da arte, o esboço a óleo de um pequeno detalhe de uma pedra de calçamento de *Paris – Um dia chuvoso*, pintado na década de 1870 por Gustave Caillebotte, ocupa o lado esquerdo da tela, enquanto uma pintura de Robert Ryman da série *Winsor* de 1966 ocupa o lado direito – e, presto! eles são mostrados como se fossem uma coisa só[14]. Mas que tipo exatamente de conhecimento é este que pode ser proporcionado por essa essência artística chamada "estilo"? Vamos a Malraux:

> Em nosso *Museu sem Paredes*, pintura, afresco, miniatura e vitrais parecem pertencer a uma única e mesma família. Pois todos – miniaturas, afrescos, vitrais, tapeçarias, placas cíntias, gravuras, pinturas em vasos gregos, "detalhes" e mesmo a estatuaria – tornaram-se igualmente "chapas coloridas". Perderam, durante o processo, suas características enquanto *objetos*; mas, pela mesma razão, ganharam algo: o máximo de importância em *estilo* que talvez consigam adquirir. Não é fácil para nós perceber claramente a distância entre a encenação de uma tragédia de Ésquilo – com a ameaça presente dos persas e de Salamina irrompendo baía adentro – e o que sentimos ao lê-la; de todo modo, ainda que obscuramente, sentimos a diferença. De Ésquilo só fica o gênio. O mesmo acontece com as formas, que, ao serem reproduzidas, perdem tanto o significado original enquanto objetos como a função (religiosa ou outra); nós as enxergamos somente como obras de arte, e elas nos revelam apenas o talento de seus criadores. Quase podemos chamá-las não de "obras" mas de "momentos" de arte. Por mais variados que sejam, esses objetos todos... falam da mesma tentativa; é como se um ser invisível, o espírito da arte, instasse a todos a se lançar na mesma busca... Tanto é assim que, graças à enganosa unidade que a reprodução fotográfica impõe sobre uma multiplicidade de objetos, passando da estátua ao baixo-relevo, do baixo-relevo à impressão de

um selo, e destes às placas dos nômades, parece que emerge um "estilo babilônico" como uma entidade concreta e não como uma mera classificação – algo que se parece, antes, com a história de vida de um grande criador. Não há nada que represente de modo mais vivo e arrebatador a ideia de um destino inevitável ocupado em dar forma aos propósitos humanos do que os grandes estilos, cujas evoluções e transformações assemelham-se a grandes cicatrizes deixadas pelo Destino em sua passagem pela face da Terra[15].

Todas as obras a que damos o nome de arte, ou pelo menos todas as que se submetem ao processo de reprodução fotográfica, têm lugar na grande superobra – a arte como ontologia –, criada não por homens e mulheres em meio a suas contingências históricas, mas pelo Homem em sua própria essência. O *Museu sem Paredes* é o testemunho desse "conhecimento" confortador. E, simultaneamente, é a fraude com a qual a história da arte está mais profundamente comprometida, mesmo que com frequência de maneira inconsciente.

Quase ao final do *Museu*, entretanto, Malraux comete um erro fatal: aceita em suas páginas a própria coisa que determinara a homogeneidade daquele; referimo-nos, é claro, à fotografia. Enquanto a fotografia era um mero *veículo* por meio do qual os objetos de arte adentravam o museu imaginário, mantinha-se uma certa coerência. Mas, uma vez que a própria fotografia passa a ser apenas um objeto a mais, restabelece-se a heterogeneidade no coração do museu, e suas pretensões de conhecimento estão condenadas ao fracasso. Pois nem mesmo a fotografia é capaz de destacar abstratamente o estilo de outra fotografia.

No *Dicionário de ideias convencionais* de Flaubert, o verbete "Fotografia" diz o seguinte: "Tornará obsoleta a pintura. (Ver Daguerreótipo.)". O verbete "Daguerreótipo", por sua vez, diz o seguinte: "Ocupará o lugar da pintura. (Ver Fotografia.)"[16]. Ninguém levou a sério a possibilidade de que a fotografia possa usurpar o lugar da pintura. Menos de meio século após a invenção da fotografia, essa noção era uma daquelas ideias conven-

Instalação de *Robert Rauschenberg: as pinturas em silkscreen 1962-64*, Museu Whitney de Arte Norte-Americana, 7 de dezembro de 1990–17 de março de 1991 (fotos de Louise Lawler).

cionais a ser parodiadas. No século XX, até recentemente, apenas Walter Benjamin dava crédito a tal noção, ao dizer que a fotografia inevitavelmente afetaria a arte de maneira real e profunda, até mesmo a ponto de a arte da pintura poder vir a desaparecer, uma vez que a reprodução mecânica retirara dela sua aura essencial[17]. A recusa ao poder da fotografia em transformar a arte continuou a energizar a pintura modernista nos Estados Unidos durante o imediato período do pós-guerra. Mas, então, na obra de Rauschenberg a fotografia começou a conspirar com a pintura para sua própria destruição.

Embora houvesse apenas um leve incômodo em chamar Rauschenberg de pintor durante a primeira década de sua carreira, quando ele passou a abraçar sistematicamente as imagens fotográficas no início da década de 1960 tornou-se cada vez menos possível considerar sua obra como pintura. Ela era, em vez disso, uma forma híbrida de *impressão*. Rauschenberg trocara definitivamente as técnicas de *produção* (combinações e *assemblages*) por técnicas de *reprodução* (*silk screen* e transposição de desenhos). E essa mudança exige de nós que pensemos na arte de Rauschenberg como pós-moderna. Feita por meio de tecnologia reprodutora, a arte pós-moderna dispensa aura. A ficção do sujeito criador dá lugar à atitude aberta de confisco, citação, reprodução parcial, acumulação e repetição de imagens já existentes[18]. São minadas as noções de originalidade, autenticidade e presença, essenciais ao ordeiro discurso do museu. Rauschenberg apropria-se da *Vênus Rokeby* e a projeta na superfície de *Açafrão*, que também apresenta imagens de pernilongos e de um caminhão, bem como a de um duplo Cupido com espelho. Ela aparece de novo em *Transom*, duas vezes, tendo desta vez como companhia um helicóptero e imagens repetidas de caixas d'água do lado de fora dos telhados de Manhattan. Em *Bicicleta* ela aparece com o caminhão de *Açafrão* e o helicóptero de *Transom*, mas agora também com um barco a vela, uma nuvem e uma águia. Em *Nublado III* ela aparece reclinada logo acima de três dançarinas de Merce Cunningham, e, em *Ruptura*, no topo de uma estátua de George Washington e de uma chave de carro. A heterogeneidade absoluta que é o campo de visão da fotografia, e, através dela, do mu-

André Malraux com as pranchas fotográficas do *Museu sem Paredes*
(foto *Paris Match*/Jarnoux).

seu, espalha-se por toda a superfície da obra de Rauschenberg. Mais do que isso, espalha-se de uma obra para outra.

Malraux ficou maravilhado com as infinitas possibilidades de seu Museu, com a proliferação de discursos a que ele poderia dar origem ao consolidar séries estilísticas totalmente novas com uma simples mudança na disposição das fotografias. A proliferação foi encenada por Rauschenberg: o sonho de Malraux transformou-se na piada de Rauschenberg. Mas, é claro, nem todos entendem a piada, e, a julgar pela proclamação que compôs em 1970 para o Certificado do Centenário do Museu Metropolitano, muito menos o próprio Rauschenberg:

Robert Rauschenberg, *Certificado do Centenário, Museu Metropolitano de Arte*, 1969
(Museu Metropolitano de Arte, Coleção de Florence e Joseph Singer, 1969).

Tesouro da consciência humana.
Obras-primas colecionadas, protegidas e
celebradas em comum. Atemporal enquanto
conceito o museu reúne em
concerto um instante de orgulho
que serve para defender de maneira apolítica
os sonhos e ideais da humanidade
consciente e sensível às
mudanças, necessidades e complexidades
da vida presente ao mesmo tempo que mantém
vivos tanto a história quanto o amor.

Esse certificado, que continha reproduções fotográficas de obras-primas da arte – sem intromissão alguma –, foi assinado pelos funcionários do Museu Metropolitano.

Notas

1. Hilton Kramer, "Does Gérôme Belong with Goya and Monet?" *New York Times*, 13 de abril de 1980, 2º caderno, p. 35.
2. Theodor W. Adorno, "Valéry Proust Museum", em *Prisms*, trad. de Samuel e Shiery Weber (Londres, Neville Spearman, 1967), p. 173-86.
3. Kramer, "Does Gérôme Belong", p. 35.
4. Leo Steinberg, "Other Criteria", em *Other Criteria* (Nova York, Oxford University Press, 1972), p. 55-91. Este ensaio baseia-se em uma palestra apresentada no Museu de Arte Moderna, Nova York, em março de 1968.
5. Ibid., p. 84.
6. Ver a discussão de Rosalind Krauss sobre a diferença radical entre a colagem cubista e a colagem "reinventada" de Rauschenberg em "Rauschenberg and the Materialized Image", *Artforum* 13, nº 4 (dezembro de 1974), p. 36-43.
7. Nem todos os historiadores da arte estariam de acordo quanto a Manet ter estabelecido relação da pintura com a problemática de suas origens. Este é, todavia, o pressuposto inicial de "Manet's Sources: Aspects of his Art, 1859-1865", de Michael Fried (*Artforum* 7, nº 7 [março de 1969], p. 28-82), cujas frases de abertura dizem: "Se há uma única questão que nos guia no processo de compreensão da arte de Manet durante a primeira metade da década de 1860, é a seguinte: como compreender as numerosas referências à obra dos grandes pintores do passado presentes em suas pinturas daquele período?" (p. 28). A suposição de Fried de que as referências de Manet à arte mais antiga eram *diferentes*, em seu "literalismo e obviedade", do modo como a pintura ocidental usara anteriormente as fontes foi o que levou em parte Theodore Reff a atacar o ensaio de Fried, dizendo por exemplo: "Quando Reynolds retrata seus modelos em poses emprestadas dos quadros famosos de Holbein, Michelângelo e Annibale Carraci, brincando espirituosamente com a relação deles com o seu próprio tema; quando em suas composições religiosas Ingres faz uma referência deliberada às composições de Rafael, e em seus retratos aos exemplos conhecidos da escultura grega ou da pintura romana, não revelam eles a mesma consciência histórica que inspira a obra inicial de Manet?" (Theodore Reff, "'Manet's Sources': A Critical Evaluation", *Artforum* 8, nº 1 [setembro de 1969], p. 40). Como resultado dessa recusa da diferença, Reff pode continuar aplicando ao modernismo metodologias da his-

tória da arte concebidas para explicar a arte do passado, por exemplo a que explica a relação muito particular da arte do Renascimento italiano com a arte da Antiguidade clássica.
O que deu origem a este ensaio foi um exemplo em forma de paródia de uma tal aplicação cega da metodologia da história da arte à arte de Rauschenberg: foi dito, em uma conferência do crítico Robert Pincus-Witten, que a inspiração da obra *Monogram* de Rauschenberg (uma colagem que usa um bode angorá empalhado) era a obra *Bode expiatório!* de William Holman Hunt.
8. Michel Foucault, "Fantasia of the Library", em *Language, Counter-Memory, Practice*, trad. de Donald F. Bouchard e Sherry Simon (Ithaca, Cornell University Press, 1977), p. 92-3.
9. Citado em Eugenio Donato, "The Museum's Furnace: Notes Toward a Contextual Reading of *Bouvard e Pécuchet*, em *Textual Strategies: Perspectives in Post-Structuralist Criticism*, Josué V. Hararu (org.) (Ithaca, Cornell University Press, 1979), p. 214.
10. Ibid., p. 220. A aparente continuidade entre os ensaios de Foucault e de Donato é enganosa, visto que Donato está explicitamente engajado na crítica à metodologia arqueológica de Foucault, alegando que ela compromete Foucault com um retorno a uma metafísica das origens. O próprio Foucault ultrapassou sua "arqueologia" assim que a codificou em *The Archeology of Knowledge* (Nova York, Pantheon Books, 1969).
11. Gustave Flaubert, *Bouvard and Pécuchet*, trad. de A. J. Krailsheimer (Nova York, Penguin Books, 1976), p. 114-5.
12. Donato, "The Museum's Furnace", p. 223.
13. A frase é de Erwin Panofsky; ver seu artigo "The History of Art as a Humanistic Discipline", em *Meaning in the Visual Arts: Papers in and on Art History* (Garden City, N. Y., Doubleday Anchor Books, 1955), p. 1-25.
14. Esta comparação foi apresentada pela primeira vez por Robert Rosenblum em um simpósio intitulado "A Arte Moderna e a Cidade Moderna: de Caillebotte e do Impressionismo aos Dias de Hoje", realizado em conjunto com a exposição de Gustave Caillebotte no Museu do Brooklyn, em março de 1977. Rosenblum publicou uma versão de sua conferência, embora só citasse exemplos de Caillebotte. O excerto a seguir é suficiente para dar uma ideia das comparações feitas por ele: "A arte de Caillebotte parece estar igualmente em sintonia com algumas das inovações estruturais da pintura e da escultura não-figurativas da atualidade. Sua adesão, na década de 1870, à nova experiência da Paris moderna... implica novos modos de ver que são surpreendentemente próximos de nossa própria década. Mais do que todos os impressionistas seus contemporâneos, ele parece ter polarizado os extremos do aleatório e do comportado, normalmente justapondo na mesma obra esses métodos opostos. Os parisienses, tanto da cidade como do campo, movimentam-se por espaços abertos, mas há, no interior de seus movimentos vagarosos, grades de regularidade aritmética e tecnológica. Vigas de aço cruzadas ou paralelas movem-se com um ritmo A-A-A-A ao longo da grade de uma ponte. Tabuleiros de xadrez compostos pelas pedras do calçamento traçam os sistemas repetitivos de grade que encontramos em Warhol ou no primeiro Stella, Ryman ou Andre. Listas claras, como em Daniel Buren, impõem subitamente um alegre e básico ordenamento estético ao fluxo urbano e se dispersam" (Robert Rosenblum, "Gustave Caillebotte: The 1970s and the 1870s", *Artforum* 15, n? 7 [março de 1977], p. 52). Quando Rosenblum apresentou novamente o *slide* comparativo de Ryman-Caillebotte em um simpósio sobre modernismo na Faculdade Hunter, em março de 1980, ele admitiu que isso talvez fosse o que Panofsky chamaria de pseudomorfismo.
15. André Malaraux, *The Voices of Silence*, trad. de Stuart Gilbert, Coleção Bollingen, n? 24 (Princeton, Princeton University Press, 1978), p. 44, 46.
16. Flaubert, *Bouvard and Pécuchet*, p. 321, 300.
17. Ver Walter Benjamin, "The Work of Art in the Age of Mechanical Reproduction", em *Illuminations*, trad. de Harry Zohn (Nova York, Schocken Books, 1969), p. 217-51.
18. Para uma discussão anterior sobre essas técnicas pós-modernas difundidas na arte atual, ver Douglas Crimp, "Pictures", *October*, n? 8 (primavera de 1979), p. 75-88.

A VELHA TEMÁTICA DO MUSEU, A NOVA TEMÁTICA DA BIBLIOTECA

> Todas as artes se baseiam na presença humana, somente a fotografia tira proveito de sua ausência.
> ANDRÉ BAZIN, "The Ontology of the Photographic Image"

Na comemoração do quinquagésimo aniversário do Museu de Arte Moderna, William S. Lieberman – único sobrevivente do regime sob o qual o museu foi fundado, e que ficou associado à gestão de Alfred Barr – montou a exposição *A Arte dos Anos 20*. A escolha do tema da exposição deveu-se supostamente não apenas à comemoração da década que viu o MOMA nascer, mas também ao fato de que ela necessariamente faria com que se recorresse a todos os departamentos do museu: Cinema, Fotografia, Arquitetura e *Design*, Desenhos, Estampas e Livros Ilustrados, bem como Pintura e Escultura. A mostra deixou, de fato, uma forte impressão de que a atividade estética na década de 1920 estava completamente dispersa pelos diversos meios, e que a pintura e a escultura não eram de modo algum hegemônicas. As artes claramente em ascensão, não apenas em Paris mas de modo mais perceptível em Berlim e Moscou, eram a fotografia e o cinema, os pôsteres de agitação e propaganda e outros objetos com um *design* prático. Com apenas umas poucas exceções – Miró, Mondrian e Brancusi –, tinha-se a impressão de que o lugar da pintura e da escultura havia sido quase usurpado. *Espelho grande*, de Duchamp – não incluído na exposição, claro –, bem que pode ser a obra mais significativa da década, e temos muita dificuldade para definir seu meio levando em conta as categorias tradicionais.

A *Arte dos Anos 20* foi ainda mais interessante e apropriada para o aniversário do museu por ter acontecido no final de uma década em que a pintura e a escultura também haviam sido deslocadas por outras opções estéticas. E mais, se é possível avaliar a década de 1970 como um período em que a pintura e a escultura tradicionais estiveram mortas, é igualmente possível enxergá-la como a década em que essas modalidades ressurgiram de forma extraordinária, do mesmo modo como a década de 1920 pode ser considerada um período de extrema reação conservadora nas artes – quando, por exemplo, depois da conquista radical do cubismo analítico, Picasso retoma a representação tradicional em seu assim chamado período neoclássico[1]. Não é surpreendente que mudanças radicais venham acompanhadas de uma reação ou sejam as causadoras desta, mas o grau que tal reação assume no presente – chegando mesmo a obscurecer os desvios radicais – é alarmante.

O presidente e o diretor do MOMA deram menos atenção, no relatório anual do museu relativo ao ano de seu jubileu, a *A Arte dos Anos 20* do que a dois outros acontecimentos importantes do ano, os quais, em conjunto, ajudaram a criar o primeiro superávit operacional significativo da história do museu. Foram eles a venda dos "direitos aéreos" do museu – depois de inúmeras dificuldades legais e de relações públicas – a uma incorporadora imobiliária por US$ 17.000.000,00, operação que se constituiu no aspecto crucial do programa de expansão do museu; e o maior sucesso que o museu jamais abrigara, *Pablo Picasso: Uma Retrospectiva*, alardeado como tendo reunido aproximadamente mil obras de arte e atraído mais de um milhão de visitantes. Os dirigentes do museu escolheram outro acontecimento comemorativo como sendo de particular importância: a exposição das fotografias de Ansel Adams, um dos pais-fundadores do Departamento de Fotografia do MOMA – como orgulhosamente desta-

A FOTOGRAFIA NO MUSEU **61**

Aspectos da instalação de *A Arte dos Anos 20*, Museu de Arte Moderna, 14 de novembro de 1979–22 de janeiro de 1980 (fotos por cortesia do Museu de Arte Moderna de Nova York).

caram, o primeiro departamento do gênero a fazer parte de um museu de arte².

A grande operação imobiliária, a estrondosa retrospectiva do candidato que lidera a corrida para receber o título de "gênio artístico" do século XX, a festa em torno do fotógrafo vivo *best-seller* (uma cópia de *Nascer da lua, Hernandez, Novo México*, de Adams, foi vendida recentemente por US$ 22.000,00)³ – dificilmente o significado do conjunto desses acontecimentos pode escapar a alguém forçado a conviver com a realidade social do atual mundo artístico de Nova York⁴. Em comparação, a importância de *A Arte dos Anos 20* começa a ser ofuscada; quem sabe a exposição deva ser vista, afinal de contas, apenas como o canto do cisne da primeira era do museu e de seu curador, que em seguida se transferiu para o Museu Metropolitano.

A ideia de arte enquanto algo dependente de seu momento histórico específico e profundamente envolvido com ele, enquanto um desvio radical das convenções imemoriais da pintura e da escultura, enquanto algo que abraça as novas tecnologias de sua produção – parecia que isso tudo podia ser posto de lado por uma ideia de arte enquanto algo sujeito apenas às limitações da criatividade humana individual. A arte moderna podia ser agora entendida do mesmo modo que a arte parecia ter sido sempre entendida, algo incorporado nas obras-primas criadas pelo artista-mestre: *Picasso* – naquele verão sua assinatura enfeitou as camisetas de milhares de pessoas nas ruas de Nova York, uma prova, supõe-se, de que tinham comparecido ao espetáculo e estavam orgulhosas de ter assim prestado homenagem a um homem genial. Mas esses frequentadores de museu de camiseta eram eles próprios parte de um outro espetáculo, o espetáculo da reação. Os mitos, clichês, chavões e *idées reçues* acerca da genialidade artística – os quais, de modo apropriado, aquela *assinatura* significava – nunca foram reafirmados de modo tão retumbante, não apenas pelos veículos de comunicação de massa, dos quais esse comportamento seria de esperar, mas pelo próprio museu, pelos curadores, negociantes, críticos e pelos artistas. Até mesmo a hipótese de que pudesse haver algo de suspeito nessa reação, quem sabe um retrocesso, foi descartada como pessimismo misantropo.

Em um texto voltado para o público de escolas de arte, eu escrevera, aproximadamente cinco anos antes, que Duchamp havia substituído Picasso como o artista mais pertinente do início do século XX para a prática contemporânea[5]. Parecia que eu agora teria que engolir o que havia dito. Em um "Simpósio Picasso" especial, dedicado às reações à retrospectiva do MOMA, *Art in América* pediu a diversas personalidades do mundo artístico que manifestassem seu ponto de vista. Elizabeth Murray, que recentemente alcançou o sucesso na pintura, disse o seguinte: "Picasso é o artista de vanguarda do nosso tempo... Ele realmente diz que se pode fazer qualquer coisa"[6]. Seu colega pintor, o ex-crítico Bruce Boice, estende-se na mesma linha:

> Picasso dá a impressão de nunca ter sentido medo. Simplesmente fazia o que queria, e, obviamente, ele queria fazer muita coisa... Para mim, falar daquilo que eu acho tão espantoso em Picasso é falar do que há de fundamental em ser pintor. Ser pintor deve ser a coisa mais fácil do mundo, porque as regras existem e podem não existir. Basta fazer aquilo que você tiver vontade. Você pode, e deve, simplesmente inventar tudo[7].

É esta, então, a lição de Picasso. Não há limites, seja sob a forma de convenções, linguagens, discursos, ideologias, instituições e histórias. A única coisa que existe é a liberdade, liberdade de inventar à vontade, de fazer o que quiser. Picasso é o artista de vanguarda do *nosso* tempo porque, depois de tanta discussão entediante a respeito de história e ideologia, e a respeito da morte do autor, ele representa a estimulante revelação de que, apesar de tudo, somos livres.

Essa liberdade criativa que os artistas contemporâneos fantasiam e que lhes é confirmada pelo espetáculo das mil criações de Picasso é secundada pelos historiadores da arte. Escrevendo em *The New York Review of Books*, órgão preferido do *establishment* literário dos Estados Unidos, John Richardson tem uma reação típica[8]. Chamando Picasso de "o mais prodigioso e versátil artista de todos os tempos", Richardson refaz a biografia do gênio artístico desde os primórdios, da transcendência da simples criança-prodígio por "uma energia e uma sensibilidade espantosamente maduras", passando pelas "mudanças estilísticas que revolucionaram a trajetória da arte do século XX" e chegando até as últimas obras "comoventes", com sua "mistura de autozombaria e megalomania". Talvez exista apenas um aspecto da avaliação de Richardson que não seja típico. Ele afirma que "até o dia em que Picasso morreu, em 1973, a luz nunca se apagou".

Absolutamente típica, porém, é a visão de Richardson de que a arte de Picasso é subjetiva, de que "os acontecimentos da vida de Picasso estão mais relacionados com a sua arte do que acontece com qualquer outro grande artista, exceto talvez Van Gogh". E, para que não nos escape o significado de nenhuma dessas grandes obras, Richardson insiste que "devemos juntar cada migalha de informação enquanto há tempo. Em nenhuma outra vida importante os detalhes das fofocas têm tanto significado potencial"[9].

Assim, é como se os *readymades* de Duchamp nunca tivessem sido concebidos, como se os progressos mais radicais do modernismo, inclusive a própria colagem cubista de Picasso, nunca tivessem ocorrido, ou, no mínimo, como se suas implicações pudessem ser omitidas e os velhos mitos da arte pudessem ser completamente reavivados. O autor morto renasceu; *ele* retornou com sua plena força subjetiva restaurada – na expressão do artista contemporâneo – para inventar tudo, para fazer o que quiser. Os *readymades* de Duchamp personificaram, é claro, a proposição de que o artista não inventa nada, de que ele ou ela apenas usa, manipula, desloca, reformula e reposiciona aquilo que foi oferecido pela história. Não para com isso retirar do artista o poder de intervir no discurso, de alterá-lo e de expandi-lo, mas apenas para abrir mão da ficção de que a força surge de um eu autônomo que existe fora da história e da ideologia. Os *readymades* propõem que o artista não consegue *fazer*, mas apenas *tirar* de algo já existente.

Diz-se que é exatamente nessa distinção – a distinção entre fazer e tirar – que repousa a diferença ontológica entre pintura e fotografia. John Szarkowski, diretor do Departamento de Fotografia do MOMA, afirma isso de um modo bastante simples:

> A invenção da fotografia forneceu um processo radicalmente novo de criar imagens – um processo que não se baseava na síntese, mas na seleção. A diferença era básica. As pinturas eram *feitas*... mas as fotografias, no dizer do homem da rua, eram *tiradas*[10].

Mas Ansel Adams, o fotógrafo do jubileu do MOMA, não se sente à vontade com essa visão predatória que se tem da fotografia. Como poderia ser um reles ladrão o artista que Adams quer chamar de "fotopoeta"?

> A expressão usual "*tirar* uma foto" é mais do que uma simples expressão idiomática; é um símbolo de exploração. "*Fazer* uma foto" implica uma ressonância criativa essencial para a expressão profunda.
>
> Minha abordagem da fotografia está baseada em minha crença no vigor e nos valores do mundo natural – nos aspectos de grandeza e nos pequenos detalhes que nos rodeiam. Acredito nas coisas que crescem, e nas coisas que cresceram e morreram com dignidade. Acredito nas pessoas e nas coisas simples da vida humana, e na relação do homem com a natureza. Acredito que o homem deve ser livre, tanto em espírito quanto em sociedade, que ele deve se fortalecer internamente, afirmando a "imensa beleza do mundo" e adquirindo confiança para ver e expressar suas visões. E acredito na fotografia como um dos meios de expressar essa afirmação e de conquistar a felicidade e a fé derradeiras[11].

Entretanto, há na verdade menos contradição entre a posição de Szarkowski e a do humanismo Sierra Club de Adams do que parece. Pois, em última análise, existe em ambos os casos uma fé em que a ação do meio está restrita a isso, ser um *meio* da subjetividade do artista. Assim, Adams escreve,

> Um grande fotógrafo é a expressão plena daquilo que, no sentido mais profundo, sentimos a respeito do que está sendo fotografado, e, desse modo, é a verdadeira expressão daquilo que sentimos sobre a vida em sua totalidade. E a expressão daquilo que sentimos deve ser posta para fora em termos de simples dedicação ao meio – uma

afirmação da maior clareza e perfeição possíveis nas condições de criação e produção[12].

Comparemos com Szarkowski:

O artista é um homem que busca novas estruturas nas quais possa ordenar e simplificar sua noção da realidade da vida. Para o artista fotógrafo, muito dessa noção de realidade (em que a foto começa) e muito dessa noção de arte ou de estrutura (em que a foto se completa) são presentes anônimos e inidentificáveis da própria fotografia[13].

Ao conceber ontologicamente a fotografia como um meio da subjetividade, Adams e Szarkowski arquitetam uma posição fundamentalmente modernista para ela, copiando praticamente ponto por ponto as teorias de autonomia modernista articuladas no início do século XX para a pintura. Agindo assim, ignoram a pluralidade de discursos de que a fotografia participa. Tudo aquilo que tem determinado suas múltiplas aplicações é deixado de lado em favor da *fotografia enquanto tal*. Reorganizada dessa maneira, prepara-se a fotografia para ser canalizada através de um novo mercado – em última análise, para ser abrigada no museu.

Muitos anos atrás, Julia van Haaften, uma bibliotecária da Seção de Arte e Arquitetura da Biblioteca Pública de Nova York, passou a se interessar pela fotografia. Enquanto estudava o que havia a respeito desse vasto tema, descobriu que a própria biblioteca possuía diversos livros com impressões fotográficas da mais alta qualidade, particularmente do século XIX, e acabou tendo a ideia de organizar uma exposição desse material selecionado das coleções da biblioteca. Reuniu livros ilustrados com fotografias provenientes das muitas e diversas divisões do museu: livros da Terra Santa e da América Central sobre arqueologia; livros sobre castelos em ruínas na Inglaterra e ornamentos islâmicos na Espanha; jornais ilustrados de Paris e de Londres; livros de etnografia e de geologia; e manuais técnicos e médicos[14]. Com a preparação dessa exposição, a biblioteca percebeu pela primeira vez que possuía uma coleção de fotografias extremamente extensa e valiosa – pela primeira vez porque ninguém antes catalogara esse material numa única categoria de fotografia. Até então as fotografias espalhavam-se de tal maneira por entre os enormes recursos da biblioteca, que só uma pesquisa paciente permitiu que van Haaften as localizasse. Além disso, foi somente quando ela montou a exposição que os preços das fotografias começaram a disparar. Assim, embora os livros que contêm chapas originais de Maxime Du Camp ou Francis Frith possam valer agora uma pequena fortuna, há dez ou quinze anos nem mereciam fazer parte da Seção de Livros Raros da biblioteca.

Julia van Haaften tem agora um novo emprego. Ela é diretora do Projeto de Documentação das Coleções Fotográficas da Biblioteca Pública de Nova York, uma etapa intermediária para a criação de uma nova seção que se chamará Arte, Material Impresso e Fotografias. Essa seção reunirá a antiga Seção de Arte e Arquitetura e a de Material Impresso, acrescentando ao acervo destas os elementos fotográficos recolhidos de todos os outros departamentos da biblioteca[15]. Tais elementos serão, assim, reclassificados de acordo com o novo valor que adquiriram, o qual decorre agora dos "artistas" que fizeram as fotografias. Portanto, o que antes se encontrava localizado na Seção Judaica sob a classificação "Jerusalém" passará a ser encontrado em Arte, Material Impresso e Fotografias sob a classificação "Auguste Salzmann". O que era Egito virará Beato, Du Camp ou Frith; a América Central Pré-Colombiana será Désiré Charnay; a Guerra Civil Americana, Alexander Gardner e Timothy O'Sullivan; as catedrais da França serão Henri LeSecq; os Alpes Suíços, os Frères Bisson; um cavalo em movimento é agora Muybridge; o voo dos pássaros, Marey; e a expressão dos sentimentos esquece-se de Darwin e se torna Guillaume Duchenne de Boulogne.

O que Julia van Haaften está fazendo na Biblioteca Pública de Nova York é apenas um exemplo do que está ocorrendo de forma maciça em toda a nossa cultura. E a lista continua: a pobreza urbana vira Jacob Riis e Lewis Hine, retratos *de* Delacroix e *de* Manet transformam-se em retratos *feitos por* Nadar e Carjat, o New Look de Dior vira Irving Penn, e a Segunda Guerra Mundial transforma-se em Robert Capa. Pois, se a fotografia foi inventada em 1839, ela só foi *descoberta* nas décadas de 1960 e 1970 – quer dizer, a fotografia enquanto essência, a fotografia *enquanto tal*. Mais uma vez podemos contar com Szarkowski para dizê-lo de maneira simples:

> As imagens reproduzidas neste livro [*The Photographer's Eye*] foram feitas há mais de 125 anos aproximadamente. Foram feitas por diversos motivos, por homens com preocupações diversas e talento desigual. Não têm muito em comum, na verdade, exceto o sucesso e a linguagem compartilhada: não há a menor dúvida de que são fotografias. A visão compartilhada não pertence a nenhuma escola ou teoria estética, mas à própria fotografia[16].

É nesse texto que Szarkowski tenta detalhar as particularidades da "visão fotográfica" e definir as coisas que são específicas à fotografia e a nenhum outro meio. Em outras palavras, a ontologia da fotografia apresentada por Szarkowski faz dela um meio *modernista* no sentido dado por Clement Greenberg ao termo – uma forma de arte que, por suas características essenciais, consegue diferençar-se de todas as outras formas de arte. E é segundo essa visão que a fotografia está sendo redefinida e redistribuída agora. De agora em diante, a fotografia será encontrada nos departamentos de fotografia ou nas seções de arte e fotografia. Assim enclausurada no gueto, deixará de ser essencialmente *útil* para os outros discursos; não mais terá o propósito de informar, documentar, provar, ilustrar, comunicar. O antigo espaço plural da fotografia limitar-se-á doravante a um único e abrangente campo: o *estético*. Assim como, livres de suas antigas funções, as pinturas e esculturas ganharam uma nova autonomia ao ser arrancadas das igrejas e palácios da Europa e transferidas para os museus no final do século XVIII e início do XIX, a fotografia assume agora *sua* autonomia ao também adentrar o museu. Mas deve-se reconhecer que, para que essa nova compreensão estética aconteça, é preciso que os outros modos de entender a fotografia sejam desmantelados e destruídos. Os livros sobre o Egito serão literalmente desmontados para que as fotografias de Francis Frith possam ser enquadradas e penduradas nas paredes dos museus. Uma vez lá, nunca mais serão as mesmas. Enquanto podemos ter olhado outrora para as fotografias de Cartier-Bresson pela informação que traziam sobre a revolução chinesa ou a Guerra Civil Espanhola, olhamos agora para elas por aquilo que dizem sobre o estilo de expressão do artista.

A unificação das aplicações múltiplas que a fotografia tinha anteriormente, a formação de um novo construto epistemológico de modo que agora possamos *ver* a fotografia são apenas parte de uma redistribuição do conhecimento muito mais complexa que tem lugar em toda a nossa cultura.

Essa redistribuição está associada com o termo *pós-modernismo*, embora a maior parte das pessoas que o emprega tenha uma noção muito limitada de o que, exatamente, estão nomeando, ou do porquê de até mesmo ter necessidade de uma nova categoria descritiva. A despeito do uso corrente, até agora o *pós-modernismo* não adquiriu nenhum significado consensual. Na maior parte das vezes ele é usado somente com um sentido negativo, para dizer que o modernismo acabou. E onde é empregado positivamente toma a forma de uma cesta em que cabe tudo, sendo usado para caracterizar qualquer coisa e tudo o que esteja acontecendo no presente. Vejamos, por exemplo, o que Douglas Davis, que faz uso do termo de maneira muito vaga, e incansável, diz a respeito dele:

> "Pós-moderno" é um termo negativo que não consegue dar nome a uma substituição "positiva", mas que permite que o pluralismo floresça (em uma palavra, permite a *liberdade*, mesmo no mercado)... "Pós-moderno" traz um estigma reacionário – porque "Moderno" veio a ser identificado a "agora" –, mas a "Tradição do Novo" exige uma vigorosa contrarrevolução e não mais um movimento para a frente[17].

De fato, contrarrevolução, pluralismo, fantasia quanto à liberdade do artista – para muita gente tudo isso é sinônimo de pós-modernismo. E elas têm razão, na medida em que, juntamente com o fim do modernismo, sintomas de regressão de todo tipo estão aparecendo. Mas, em vez de caracterizar tais sintomas como pós-modernos, penso que devemos enxergá-los como manifestações de um modernismo condensado, petrificado e reducionista. Eles são, para mim, os sintomas mórbidos da morte do modernismo.

A entrada em grande escala da fotografia no museu, sua reavaliação em relação à epistemologia do modernismo, seu novo *status* de arte autônoma – é a isso que dou o nome de sintomas da morte do modernismo. Pois a fotografia não é autônoma, e não é, do ponto de vista modernista, uma arte. Quando o modernismo se constituía em um paradigma plenamente eficaz da prática artística, a fotografia era necessariamente vista como efêmera demais – limitada demais pelo mundo que ela fotografava, dependente demais das estruturas discursivas nas quais estava embutida – para conseguir alcançar a forma inteiramente convencional e auto-reflexiva da arte modernista. Isso não quer dizer que nenhuma fotografia poderia ser uma obra de arte modernista; as fotografias de *A Arte dos Anos 20* do MOMA mostram de maneira clara que alguns fotógrafos conseguiam ser tão autoconscientes a respeito da linguagem fotográfica quanto qualquer pintor modernista o era a propósito das convenções específicas da pintura. É por isso, antes de mais nada, que foi fundado o departamento de fotografia do MOMA. Szarkowski herdou um departamento que refletia a estética modernista de Alfred Stieglitz e seus seguidores. Mas foi preciso Szarkowski e *seus* seguidores para que se outorgasse retrospectivamente à *fotografia enquanto tal* aquilo que Stieglitz julgara ter sido alcançado apenas por uns poucos fotógrafos[18]. Pois, para que a fotografia seja compreendida e reorganizada dessa forma, é preciso haver antes uma revisão drástica do paradigma modernista, e esta só pode acontecer porque, de fato, esse paradigma não tem mais função. Podemos dizer que o pós-modernismo se baseia em parte no seguinte paradoxo: a reavaliação da fotografia enquanto um meio modernista é que assinala o fim do modernismo. O pós-modernismo começa quando a fotografia chega para perverter o modernismo.

Se a entrada da fotografia no museu e na seção de arte da biblioteca é um meio – negativo – que ela usa para perverter o modernismo, há por outro lado uma outra forma de perversão que pode ser vista como positiva, na medida em que estabelece uma prática artística completamente nova e radicalizada que merece ser chamada de pós-modernista. Pois em um dado momento a fotografia invade a prática da arte de tal modo que contamina a pureza de categorias diferentes do modernismo, a da pintura e a da escultura. Posteriormente essas categorias são destituídas de sua autonomia e de seu idealismo fictícios, e, desse modo, de seu poder. O primeiro exemplo positivo dessa contaminação ocorreu no início da década de 1960, quando Robert Rauschenberg e Andy Warhol começaram a aplicar imagens fotográficas em suas telas por meio de *silkscreen*. Desde então, a vigiada autonomia da arte modernista tem estado sob a ameaça permanente das incursões do mundo real, readmitido no campo das artes pela fotografia. Passado mais de um século do aprisionamento da arte no discurso modernista e da fundação do museu – hermeticamente isolado do restante da cultura e da sociedade –, a arte do pós-modernismo retoma as incursões no mundo. É a fotografia, em parte, que torna isso possível, ao mesmo tempo que serve de garantia contra o atavismo subserviente do realismo tradicional.

Há uma outra história sobre a biblioteca que talvez ilustre o que estou dizendo. Certa vez fui contratado para fazer uma pesquisa fotográfica para um filme industrial sobre a história dos transportes, o qual consistiria em grande parte na apresentação cinematográfica de antigas fotografias. Fuçando nas prateleiras da Biblioteca Pública de Nova York em que ficavam os livros sobre o tema geral dos transportes, deparei com um livro de Ed Ruscha cujo título era *Twentysix Gasoline Stations*. Lançado em

Ed Ruscha, *Twentysix Gasoline Stations*, 1962 (fotos de Louise Lawler).

1963, consistia em fotografias exatamente disso: vinte e seis postos de gasolina. Lembro-me de ter pensado como era engraçado o fato de o livro ter sido classificado de maneira errada, ficando na companhia de livros sobre automóveis, autoestradas e coisas do gênero. Eu sabia, e as bibliotecárias evidentemente não sabiam, que o livro de Ruscha era uma obra de arte, e, portanto, pertencia à seção de arte. Mas agora, devido às reconfigurações causadas pelo pós-modernismo, mudei de ideia; agora sei que os livros de Ed Ruscha são incompreensíveis do ponto de vista das classificações de arte usadas para catalogar os livros de arte na biblioteca, e isso faz parte de sua conquista. O fato de não haver lugar para *Twentysix Gasoline Stations* dentro do atual sistema de catalogação é um indício do radicalismo do livro em relação aos modos de pensar consagrados.

  O problema da visão do pós-modernismo que se recusa a teorizá-lo, confundindo-o desse modo com o pluralismo, é que ela junta debaixo do mesmo rótulo os sintomas da morte do modernismo com aquilo que o substituiu de maneira positiva.

MOBIL, WILLIAMS,

Tal visão defende que as pinturas de Elizabeth Murray e de Bruce Boice – claramente desdobramentos acadêmicos de um modernismo petrificado – são manifestações pós-modernas tanto quanto os livros de Ed Ruscha, embora estes sejam, também claramente, substituições daquele modernismo. Pois os livros de fotografia de Ruscha escaparam das categorias por meio das quais se compreende o modernismo assim como escaparam do museu de arte, o qual surgiu simultaneamente ao modernismo e veio a ser seu inescapável lugar de repouso. Essa visão pluralista do pós-modernismo equivaleria a dizer que o momento de fundação do modernismo ficou marcado igualmente por Manet *e* por Gérôme (e o fato de os historiadores da arte revisionistas estarem dizendo exatamente isso é, certamente, um outro sintoma da morte do modernismo); ou, melhor ainda, que o modernismo é Manet e Disdéri, o empreendedor picareta que fez fortuna mascateando cartões de visita fotográficos, a quem se atribui a primeira comercialização em larga escala da fotografia, e cujas fotografias absolutamente desinteressantes são exibidas, no momento em que escrevo este ensaio, numa exposição do Museu de Arte Metropolitano cujo título é *Depois de Daguerre: Obras-primas da Bibliothèque Nationale*.

Notas

1. Para uma discussão detalhada da relação entre essa reação do período entreguerras e a volta recente à pintura figurativa, ver Benjamin H. D. Buchloh, "Figures of Authority, Ciphers of Regression", *October*, nº 16 (primavera de 1981), p. 39-68.
2. "Relatório Anual do Museu de Arte Moderna 1979-80", Museu de Arte Moderna, Nova York, 1980.
3. Quando este ensaio foi impresso originalmente, na primavera de 1981, uma cópia do tamanho de um mural de *Nascer da lua* foi vendida por mais de US$ 70.000,00. Ansel Adams morreu em 1984.
4. Para uma importante discussão a respeito das relações entre a atividade imobiliária e o mundo da arte, ver Rosalyn Deutsche e Cara Gendel Ryan, "The Fine Art of Gentrification", *October*, nº 31 (inverno de 1984), p. 91-111.
5. Douglas Crimp, *Introduction to 1970s Art* (Nova York, Art Information Distribution, 1975).
6. Lawrence Alloway et al., "Picasso: A Symposium", *Art in America* 68, nº 10 (dezembro de 1980), p. 19.
7. Ibid., p. 17.
8. John Richardson, "Your Show of Shows", *New York Review of Books* 27, nº 12 (17 de julho de 1980), p. 16-24.
9. Para uma crítica da visão predominante da arte de Picasso como autobiografia, ver Rosalind Krauss, "In the Name of Picasso", *October*, nº 16 (primavera de 1981), p. 5-22.

10. John Szarkowski, "Introduction to the Photographer's Eye" (1966), em The Camera Viewed: Writings on Twentieth-Century Photography, vol. 2, Peninah R. Petruck (org.) (Nova York, E. P. Dutton, 1979), p. 203.
11. Ansel Adams, "A Personal Credo", American Annual of Photography, vol. 58 (1948), p. 16.
12. Ibid., p. 13.
13. Szarkowski, "Introduction", p. 211-2.
14. Ver Julia van Haaften, "'Original Sun Pictures': A Check List of the New York Public Library's Holdings of Early Works Illustrated with Photographs, 1844-1900", Bulletin of the New York Public Library 80, n° 3 (primavera de 1977), p. 355-415.
15. Ver Anne M. McGrath, "Photographic Treasures at the N.Y.P.L.", AB Bookmans Weekly, 25 de janeiro de 1982, p. 550-60. A coleção fotográfica, da qual Julia van Haaften é curadora, passou a fazer parte a partir de 1982 do que agora é conhecido como Departamento Miriam e Ira D. Wallach de Arte, Material Impresso e Fotografias.
16. Szarkowski, "Introduction", p. 206.
17. Douglas Davis, "Post-Everything", Art in America 68, n° 2 (fevereiro de 1980), p. 14. A noção de liberdade de Davis, igual à dos fãs de Picasso, é uma noção absolutamente mitológica que não reconhece nenhuma diferença social determinada por classe, etnia, raça, sexo ou sexualidade. É, portanto, extremamente revelador que quando Davis pensa em liberdade a primeira coisa que lhe vem à mente é "o mercado". De fato, sua noção de liberdade parece ser a versão que a era Reagan deu para ela – como no caso da "livre" iniciativa.
18. Para uma história do Departamento de Fotografia do MOMA, ver Christopher Phillips, "The Judgement Seat of Photography, October, n° 22 (outono de 1982), p. 27-63.

O FIM DA PINTURA

> A pintura não existiu sempre; é possível determinar seu início. E, se seus progressos e instantes de grandeza podem ressoar dentro de nós, não podemos também imaginar que ela possa vir a declinar e mesmo ter um fim, como uma outra ideia qualquer?
>
> Louis Aragon, "La peinture au défi"

> A obra de arte tem tanto medo do mundo em geral, e precisa tanto do isolamento para existir, que faz uso de todos os meios de proteção possíveis e imagináveis. Ela se emoldura, desaparece sob o vidro, entrincheira-se por detrás de uma superfície à prova de bala, cerca-se de um cordão de isolamento e de instrumentos que medem o teor de umidade da sala, pois mesmo o menor resfriado seria fatal. A obra de arte, de preferência, vê-se não apenas afastada do mundo, mas fechada numa redoma, total e permanentemente ao abrigo do olhar. No entanto, essas medidas extremas que beiram as raias do absurdo já não se encontram entre nós, todos os dias e em todo lugar, quando a obra de arte é exibida nessas redomas a que se dá o nome de galerias e museus? O fato de ela ser exibida dessa maneira não é o verdadeiro ponto de partida, o fim e a função essencial da obra de arte?
>
> Daniel Buren, *Reboundings*

Numa das raras ocasiões durante a década de 1970 em que Barbara Rose deixou as páginas da revista *Vogue* a fim de dizer algo verdadeiramente sério sobre a arte de nosso tempo, ela o fez para descarregar sua raiva em cima de uma exposição chamada *Oito Artistas Contemporâneos*, realizada no Museu de Arte Moderna no outono de 1974[1]. Embora considerasse que as obras presentes na mostra fossem "insípidas e sem vigor", e portanto algo que "normalmente não mereceria atenção", sentiu-se na obrigação de se pronunciar, uma vez que a mostra fora organizada por nossa instituição de arte moderna de maior prestígio, e, só por esse motivo, ganhava significado. Mas, para Rose, as obras só eram insípidas e sem vigor do ponto de vista estético; como política, tinham mais força:

> Sinto há um certo tempo que o radicalismo da arte minimalista e conceitual é fundamentalmente político, que seu objetivo implícito é desacreditar completamente as formas e as instituições da cultura burguesa dominante... Seja qual for o resultado de tal estratégia, uma coisa é certa: quando uma instituição de tanto prestígio como o Museu de Arte Moderna convida os sabotadores, ela não se torna parte da difusão da arte experimental, e sim da aceitação passiva da agressão que artistas desencantados e desmoralizados fazem contra uma arte superior à deles próprios[2].

O sabotador que, particularmente, mais parece ter chamado a atenção de Rose neste caso é Daniel Buren, cuja obra para o MOMA consistia nos conhecidos painéis listados, feitos nas mesmas dimensões das janelas que dão para o jardim, e pendurados na parede do corredor que fica diante dessas janelas, e também no muro do jardim, sendo que os fragmentos que sobraram foram postos em um quadro de avisos e na entrada de uma galeria do SoHo. Embora se diga impressionada pelos argumentos convincentes de Buren quanto à ideologia que o museu impõe, Rose sente-se perplexa, de todo modo, pelo fato de Buren querer que sua obra seja vista em um deles, o que a seu ver é o mesmo que ficar com o melhor de dois mundos. Procurando lançar luzes sobre a questão, ela lança mão de uma entrevista dada por William Rubin, diretor do Departamento de Pin-

Instalação da obra de Daniel Buren para *Oito Artistas Contemporâneos*, Museu de Arte Moderna, 7 de outubro de 1974–5 de janeiro de 1975 (fotos: cortesia do Museu de Arte Moderna, Nova York).

tura e Escultura do MOMA. Na entrevista, publicada numa edição de *Artforum* de 1974, Rubin explica que os museus são, basicamente, instituições de mediação criadas pelas democracias burguesas para fazer com que o grande público aceitasse a arte concebida no âmbito do mecenato privado de elite. Rubin afirma que essa situação pode estar chegando ao fim, tornando o museu irrelevante para as práticas da arte contemporânea.

> Ao olhar para trás daqui a dez, quinze ou trinta anos, pode ser que se tenha a impressão de que a tradição modernista tenha verdadeiramente chegado ao fim nestes últimos cinco anos, como opinam alguns críticos. Se assim for, os historiadores de daqui a cem anos – não importa o nome que deem ao período que agora chamamos de modernismo – dirão que ela começou logo depois da metade do século XIX e terminou no início da década de 1960. Não excluo essa possibilidade; ela pode acontecer, embora eu não acredite. Talvez se considere que a linha divisória seja entre as obras que basicamente deram continuidade ao conceito de pintura de cavalete, que se desenvolveram associadas à vida democrática burguesa e que estavam envolvidas tanto com o crescimento das coleções privadas como com o conceito de museu – entre isso e, digamos, a *earthwork*, as obras conceituais e outras tentativas do gênero, que pedem (ou deveriam pedir) outro ambiente e, talvez, outro público[3].

Rose pressupõe que Buren é um desses artistas cuja obra pede (ou deveria pedir) outro ambiente. Afinal de contas, seu texto "Function of the Museum", citado por ela, polemiza contra o confinamento da arte no museu[4]. Mas se a obra de Buren não tivesse sido exposta no museu, se não tivesse tomado o museu como ponto de partida e como referência, as próprias questões que são objeto da reflexão de Rose não teriam vindo à tona. É fundamental para a obra de Buren que ela funcione em cumplicidade com aquelas mesmas instituições que ela busca tornar visíveis como a condição necessária para a inteligibilidade da produção artística. Isto é o que leva sua obra a não apenas ser exposta em museus e galerias como também a apresentar-se como pintura. Só desse modo ela tem condições de perguntar: O que possibilita que se veja uma pintura? O que possibilita que se veja uma pintura *como pintura*? E, nessas condições de apresentação, qual a finalidade da pintura?

Mas, ao posar de pintura, a obra de Buren corre um grande risco: o risco da invisibilidade. Uma vez que tudo o que a obra de Buren aponta como sendo cultural e histórico é tão facilmente aceito como natural, muita gente encara as pinturas de Buren do mesmo modo que encara todas as outras, na vã expectativa de que elas traduzam *seu próprio* significado. E, uma vez que se recusam terminantemente a fazê-lo – já que, por definição, não têm significado interno –, elas simplesmente desaparecem. Assim, Rose, por exemplo, vê a obra de Buren no Museu de Arte Moderna apenas como algo que "se parece vagamente com as pinturas de listas de Stella"[5]. Mas se Rose é míope no que diz respeito à pintura e cega para as questões ligadas à pintura presentes na obra de Buren, isso é porque ela, como a maioria das pessoas, ainda *acredita* na pintura.

> Para ser pintor é preciso estar verdadeiramente engajado. Uma vez obcecados com isso, podemos chegar ao ponto de pensar que a pintura poderia transformar a humanidade. Mas quando a paixão o abandona, não há mais nada a fazer. É melhor então parar completamente. Porque, em sua essência, a pintura é pura estupidez.
> GERHARD RICHTER, em conversa com Irmeline Lebeer

Como demonstração de sua fé na pintura, cinco anos após a mostra do MOMA, Rose organizou sua própria exposição de arte contemporânea. *Pintura Norte-Americana: Os Anos 80* (o título é profético: a mostra foi montada no outono de 1979) tinha a clara intenção de demonstrar que ao longo do lúgubre período das décadas de 1960 e 1970, quando a arte lhe parecia voltada à autodestruição, voltada totalmente para aquelas preocupações externas à arte que se abrigavam sob o rótulo de *política*, houvera ao longo desse período "uma geração que resistiu" contra "a moralidade dissoluta, a desmoralização social e a falta de confiança na autoridade da tradição"[6]. Esses nobres sobreviventes,

Instalação de *Pintura Norte-Americana: Os Anos 80*, Galeria de Arte Grey, Nova York, 5 de setembro–13 de outubro de 1979 (foto: cortesia da Galeria de Arte Grey).

todos pintores,"mantiveram a crença na qualidade e nos valores, acreditando na arte como um modo de transcendência e uma encarnação terrena do ideal".

Na prática, o que Rose apresentou como prova da conservação dessa fé não convenceu de modo algum, e a exposição tornou-se um alvo privilegiado de críticos hostis. Como sua seleção se baseasse preconceituosamente nas desgastadas recapitulações das últimas abstrações modernistas, a mostra tinha um inconfundível ar de arte da Rua 10, vinte anos depois. Levando-se em conta os milhares de artistas que exercem hoje a arte de pintar, Rose fez uma seleção realmente provinciana; certamente há um número muito maior de pinturas que *parece* mais original. Além disso, ao favorecer um segmento tão estreito da pintura num momento em que o pluralismo era a palavra de ordem, Rose praticamente pediu para receber uma reação desfavorável. Como era de esperar, portanto, os inúmeros jornalistas de arte que não viram seu artista preferido incluído na seleção partiram para cima dela. Onde estão os pintores figurativos? perguntava Hilton Kramer em sua resenha. Onde estão os praticantes da *pattern painting*? perguntava John Perreault. Onde está Jennifer Bartlett? perguntava, por sua vez, Roberta Smith. Mas a questão crucial é que ninguém perguntou: Por que *pintura*? Qual a finalidade da pintura, agora, no limiar da década de 1980? E, nessa medida, a mostra de Rose foi um estrondoso sucesso. Ela provou que a fé na pintura havia sido mesmo plenamente restaurada. Pois, por mais que a pintura de cavalete possa ter sido posta em questão em 1974 quando Rubin foi entrevistado por *Artforum* e seu museu montou a exposição *Oito Artistas Contemporâneos*, em 1979 esse questionamento claramente desaparecera.

A retórica que acompanha essa ressurreição da pintura é quase totalmente reacionária: ela reage especificamente contra todas as práticas artísticas das décadas de 1960 e de 1970 que abandonaram a pintura e trabalharam para revelar seus suportes ideológicos, assim como para revelar a ideologia que, por sua vez, a pintura suporta. Assim, embora quase ninguém concorde com as escolhas feitas por Rose para demonstrar o renascimento da pintura, quase todos concordam com a essência, se não com os detalhes, de sua retórica. O texto de Rose para o catálogo de *Pintura Norte-Americana: Os Anos 80* é um impressionante apanhado de ideias convencionais sobre a arte de pintar, e quero defender aqui a tese de que, hoje em dia, a pintura só tem olhos para essas ideias. Aqui estão alguns trechos do ensaio de Rose, os quais, penso, podem ser considerados respostas provisórias à pergunta: Qual a finalidade da pintura da década de 1980?

> A pintura [é] uma arte transcendental e erudita, uma arte maior, e uma arte do universal em oposição ao significado tópico...
> Somente a pintura [é] essencialmente liberal, no sentido de livre...
> [A pintura é] uma atividade humana ligada à expressão... nossa única esperança de preservação da arte erudita...
> [A pintura] é o resultado exclusivo da imaginação individual, não um reflexo do efêmero mundo exterior da realidade objetiva...
> A essência da pintura... é a ilusão...

A essência da pintura está sendo redefinida hoje não como um antiilusionismo estreito, árido e reducionista, mas como uma capacidade rica e variada de gerar nova imagens dentro de um mundo velho...
[A pintura tem] a capacidade de materializar uma imagem... por trás do conhecido espelho da consciência, onde as profundezas da imaginação não conhecem limites...
Não é a inovação, e sim a originalidade, a individualidade e a síntese que identificam a qualidade na arte de hoje, como sempre fizeram...
Arte é trabalho, trabalho humano físico, é o trabalho de parto que se reflete nas inúmeras imagens que surgem como que através de um processo de nascimento, como se tomassem forma diante de nós...
O potencial libertador da arte é... uma catarse da imaginação...
Estas pinturas são, indubitavelmente, obras de seres humanos adultos racionais, não de um macaco, de uma criança ou de um louco...
[A tradição da pintura é] um universo interior de imagens armazenadas que se estende de Altamira a Pollock.

Para Rose, então, a pintura é uma arte erudita, uma arte universal, uma arte liberal e uma arte por meio da qual alcançamos a transcendência e a catarse. A pintura tem uma essência, e essa essência é o ilusionismo, a capacidade de traduzir as imagens que a ilimitada imaginação humana resgata. A pintura é uma tradição importante e ininterrupta que abarca toda a história conhecida do homem. A pintura é, acima de tudo, humana.

Tudo isso se opõe frontalmente à arte das duas últimas décadas – para a qual estou usando a obra de Daniel Buren como exemplo –, que procurava contestar os mitos da arte erudita afirmando que a arte, como todas as outras formas de atividade, está subordinada ao mundo material e histórico. Além do mais, essa arte tentava desacreditar o mito do homem e as convenções humanistas decorrentes desse mito. Pois *são estes*, na verdade, os suportes da cultura burguesa dominante, a verdadeira marca que identifica a ideologia burguesa.

Mas se a arte das décadas de 1960 e 1970 contestava o mito do homem por meio de um ataque aberto ao artista como criador solitário, havia nas artes visuais um outro fenômeno que iniciara esse ataque no momento em que o modernismo surgiu, um fenômeno do qual a pintura vinha fugindo desde a metade do século XIX. Esse fenômeno, naturalmente, é a fotografia.

> Você sabe exatamente o que eu penso da fotografia. Gostaria de vê-la levar as pessoas a desprezar a pintura até que apareça algo que torne a fotografia insuportável.
> MARCEL DUCHAMP, em carta a Alfred Stieglitz

"A partir de hoje a pintura está morta": já faz quase um século e meio que esta frase, atribuída a Paul Laroche, foi pronunciada diante das provas irrefutáveis trazidas pelo invento de Daguerre. Mas, mesmo com a renovação periódica da sentença de morte ao longo da era modernista, parece que ninguém quis assumir sua execução; e, no corredor da morte, a vida tornou-se longeva. Durante a década de 1960, entretanto, parecia que, por fim, era impossível ignorar o estado terminal da pintura. Os sintomas estavam por toda parte: na obra dos próprios pintores, todos dando a impressão de reiterar a declaração de Ad Reinhardt de que ele estava "simplesmente fazendo as últimas pinturas que alguém seria capaz de fazer", ou permitindo que suas pinturas fossem contaminadas por elementos tão estranhos como as imagens fotográficas; na escultura minimalista, que apresentou uma ruptura definitiva dos laços incontornáveis da pintura com um idealismo que vinha de séculos; em todos os outros meios para os quais os artistas se voltavam à medida que, um após o outro, abandonavam a pintura. A dimensão que resistira sempre, mesmo aos mais formidáveis feitos ilusionistas da pintura – o tempo –, tornava-se agora a dimensão na qual os artistas executavam suas atividades, à medida que abraçavam o filme, o vídeo e a performance. E, depois de esperar do lado de fora durante toda a era modernista, a fotografia finalmente reapareceu para exigir sua herança. O apetite pela fotografia na década passada foi insaciável. Uma enxurrada de artistas, críticos, negociantes, curadores e acadêmicos deixou de lado antigos afazeres e veio se ocupar do inimigo da pintura. A fotografia pode ter sido *inventada* em 1839, mas só foi *descoberta* na década de 1970.

Mas "Que história é essa a respeito da fotografia?"[7]. Essa pergunta é refeita agora, e nos mesmos termos usados por Lamartine, também há aproximadamente um século e meio: "Mas onde repousa seu conceito humano?"[8]. Desta feita, o argumento de Lamartine é retomado por Richard Hennessy, um dos pintores americanos da década de 1980 escolhidos por Rose, e publicado em *Artforum*, a mesma revista que relatara de maneira fiel e lúcida os eventos radicais das décadas de 1960 e de 1970 que assinalaram o falecimento da pintura, mas que mais recentemente tem professado que a pintura nasceu novamente. O ataque de Hennessy à fotografia é típico desse novo espírito revivalista:

> O papel da intenção e de sua poesia da liberdade humana raramente é discutido com relação à arte; no entanto, quanto mais uma determinada arte é capaz de deixar evidente a intenção, maiores são as suas possibilidades de ser uma das belas artes e não um ofício ou uma das artes menores. Peguem o caso do pincel. Quantas cerdas ou fios ele tem? Vinte ou menos em alguns casos, às vezes quinhentos, mil – ou mais. Quando o pincel carregado de pigmentos toca a superfície, ele não deixa somente uma única marca, mas as marcas das cerdas que o compõem. O "Sim, eu desejo isto" da pincelada é apoiado pelo coro de cerdas – "Sim, *nós* desejamos isto". A questão toda do toque é plena de associações espirituais[9].

Imaginem como seria a magnitude do coro – tão eriçado de desejo a ponto de produzir um ensurdecedor estrondo de aleluias – no caso específico da série *Delta* de Robert Ryman, composta de pinturas feitas com

> um pincel bem largo, de 30 centímetros. Consegui-o especialmente – fui até uma fábrica de pincéis e lá encontrei este pincel bem grande. Queria espalhar a tinta por toda esta grande superfície, de 3 metros quadrados, com este pincel grande. Não tive êxito nas primeiras tentativas. Consegui, finalmente, a consistência certa e percebi qual a força que tinha que aplicar no pincel ao movê-lo para a frente e para trás, e o que aconteceria quando fizesse isso. É um jeito de

começar. Não estava pensando em mais nada, só queria fazer uma pintura[10].

Contrapostas ao panegírico de Hennessy, as palavras de Ryman realmente parecem simplórias. Tanto na linguagem como na pintura, ele se mantém estritamente dentro dos limites dos materiais disponíveis. Sua concepção de pintura reduz-se aos sóbrios componentes físicos da pintura-como-objeto. A tentativa sistemática, determinada e persistente de livrar a pintura de uma vez por todas de suas armadilhas idealistas garantiu à obra de Ryman o lugar especial que ocupou durante a década de 1960 como, mais uma vez, "simplesmente as últimas pinturas que alguém é capaz de fazer". E esta é, também, sua própria condição de possibilidade. As pinturas de Ryman, assim como as de Buren, tornam visíveis as mais literais convenções *materiais* da pintura: a superfície que lhe serve de base, a armação da tela, a moldura e a parede na qual é pendurada. Mas, o que é mais significativo, suas pinturas – diversamente das de Buren – deixam visível a ação mecânica das pinceladas na medida em que estas são dispostas de propósito uma ao lado da outra, da esquerda para a direita, digamos, ou de cima para baixo, até que a superfície esteja, simplesmente, pintada.

O renascimento da pintura de hoje, tão bem elaborado no texto de Hennessy, depende, naturalmente, de que se atribua uma presença humana a essas pinceladas, uma metafísica do toque humano. "O quase milagroso modo de existência da pintura é resultado... do seu modo de feitura... *Através da mão*: este é o ponto crucial"[11]. A fé nos poderes curadores da mão e a feitura que resulta da imposição das mãos ecoam ao longo do ensaio do catálogo de Rose, o qual presta uma homenagem especial ao ataque que Hennessy faz à fotografia. O princípio unificador da estética dos pintores de Rose é que sua obra "define a si própria em consciente oposição à fotografia e a todas as formas de reprodução mecânica que procuram privar a obra de arte de sua 'aura' única". Para Rose, a eliminação do toque humano revela apenas "o ódio que os artistas sentem de si próprios... Um desejo tão forte de aniquilar a expressão pessoal significa que o artista não ama sua criação". O que distingue a pintura da fotografia é o "registro visível da atividade da mão humana ao construir superfícies percebidas como táteis".

Para interromper a euforia em torno do ressurgimento da fotografia, Hennessy finalmente chama nossa atenção para *As meninas* de Velázquez, que ele vê como "uma descrição do processo fotográfico em que nós nos tornamos a câmera". Embora isso seja dito de maneira extremamente sutil, devemos compreender que homenageamos esta pintura em particular em razão de sua célebre feitura. Hennessy nos diz que Velázquez "olha para nós quase como se fôssemos seus temas" enquanto "sua mão, voando entre a paleta e a tela, empunha" – o que mais? – "um pincel". Para descrever a pintura, Hennessy faz uso das mais impressionantes metáforas, uma das figuras de linguagem que ele e Rose mais apreciam, pois consideram que a pintura é essencialmente um meio metafórico. Diz, por exemplo, que ela é "um presente que nunca terminamos de desembrulhar", "uma cidade sem muralhas, uma amante que não precisa de álibi", na qual "o jogo de olhares à frente, atrás, além de nós e em nossa direção tece uma teia ao nosso redor, banhando-nos em murmurejante consciência. Somos os convidados dos poderosos e augustos, em grau e em espírito. Estamos no centro de seu mundo subentendido, e somos nós próprios o centro da atenção. Velázquez agraciou-nos com sua confiança"[12].

Despida das metáforas tolas e do tom reverente, a descrição que Hennessy faz de *As meninas* talvez dê margem a uma discussão mais pertinente dessa pintura, parte do capítulo de abertura de *The Order of Things*. Conforme descreve Michel Foucault, esta é uma pintura em que, de fato, o artista e o observador usurparam, cada um de seu lado, a posição do tema, o qual é deslocado para um vago reflexo no espelho da parede do fundo do estúdio de Velázquez. Pois, no interior da teoria de representação do século XVII, essas usurpações e deslocamentos paralelos eram as próprias bases da possibilidade de representação.

> Pode ser que nesse quadro – assim como em todas as representações das quais ele é, por assim dizer, a essência evidente – a pro-

funda invisibilidade daquilo que se vê seja inseparável da invisibilidade daquele que vê – apesar de todos os espelhos, reflexos, imitações e retratos...

Talvez haja nesse quadro de Velázquez a representação, por assim dizer, da representação clássica, e a definição do espaço que ela nos descortina. E, de fato, a representação compromete-se a representar a si própria em todos os seus elementos, com suas imagens, os olhos aos quais se oferece, os rostos que torna visíveis e os gestos que a convocam à existência. Mas, em meio a essa dispersão que ela simultaneamente congrega e espalha diante de nós, e que nos é indicada convincentemente de todo lado, há um vazio significativo: o indispensável desaparecimento daquilo que é seu fundamento – da pessoa com a qual ela se parece e da pessoa em cujos olhos ela é somente uma imagem. Até mesmo o objeto – que é um só – é elidido. E, livre da relação que a ameaçava, a representação pode oferecer a si própria como representação em forma pura[13].

O que Foucault vê ao olhar para esta pintura, então, é o modo como a representação funcionava no período clássico, um período que, segundo a análise histórica arqueológica de Foucault, chegou ao fim no início do século XIX, quando nossa era, a era moderna, começou. E, naturalmente, se esse período histórico chegou ao fim, o mesmo aconteceu com os métodos de compreensão do mundo que ele utilizava, dos quais *As meninas* é um exemplo particularmente admirável.

Para Hennessy, todavia, *As meninas* não assinala um período histórico *específico* com seu método *específico* de conhecimento. Em vez disso, *As meninas* é, mais do que qualquer outra coisa, uma grande pintura, determinada não pela história mas pelo gênio criador, a-histórico e eterno como o próprio homem. É precisamente esta posição – de um arraigado historicismo – que Foucault está empenhado em derrotar. A partir dessa posição, a pintura é vista como dotada de uma essência eterna, da qual *As meninas* é um exemplo, as marcas nas paredes de Altamira, outro, e os fios pendurados de Jackson Pollock, um terceiro. "De Altamira a Pollock" – a frase é uma síntese do argumento de que as pessoas sempre tiveram o impulso de criar pinturas; como, então, pode-se vir com a ideia de que elas poderiam deixar de fazê-lo em, digamos, 1965?

Mas o que é que nos permite dizer, diante das marcas feitas nas paredes de uma caverna durante o período Paleolítico, de um retrato principesco do século XVII e de uma tela expressionista abstrata, que é tudo *a mesma coisa*? Que todos pertencem à mesma categoria de conhecimento? Como esse historicismo da arte veio a se afirmar?

> Houve uma época em que, com poucas exceções, as obras de arte geralmente permaneciam no mesmo lugar para o qual foram feitas. Agora, contudo, aconteceu uma grande transformação que, tanto no geral como no particular, trará consequências importantes para a arte. Mais do que nunca talvez tenhamos motivos para perceber que a Itália, do modo como existiu até recentemente, constituía-se em uma magnífica entidade artística. Se tivesse sido possível fazer um levantamento geral, poderíamos demonstrar o que o mundo perdeu agora, quando tantas partes dessa imensa e antiga totalidade foram arrancadas. O que foi destruído com a remoção dessas partes permanecerá para sempre um mistério. Somente daqui a alguns anos será possível ter uma ideia da nova entidade artística que está sendo constituída em Paris.
>
> JOHANN WOLFGANG VON GOETHE, introdução de *Propyläen*

A nova entidade artística que estava se constituindo em Paris (literalmente, é claro, o Louvre), que Goethe previu já em 1798, era a entidade artística que hoje chamamos modernismo, se por isso entendermos não somente o estilo de um período mas uma completa epistemologia da arte. Goethe previu que a arte seria encarada de uma maneira que era radicalmente diferente da sua própria maneira de compreendê-la, a qual, por sua vez, se tornaria para nós um mistério. A grande entidade artística que para Goethe era simbolizada pela Itália, a qual podemos chamar de arte *in situ* ou arte antes da invenção do museu de arte, simplesmente não existe mais para nós. E isso não se deve somente ao fato de a arte ter sido roubada dos lugares para os quais foi feita e isolada nos museus de arte, mas também ao fato de que, para nós, a entidade artística pertence a um outro tipo de museu, o tipo que André Malraux chamou de *Imaginário*. Esse museu é constituído por todas as obras de arte que estão sujeitas à reprodução mecânica e, portanto, ao discurso que a reprodução mecânica tornou possível: a história da arte. Com a história da arte, a entidade artística a que Goethe deu o nome de Itália está perdida para sempre. Isso quer dizer que – e a ênfase faz-se necessária porque é sempre difícil perceber o funcionamento de um campo epistemológico a partir de dentro, mesmo que ele esteja começando a desmoronar – a arte tal como a pensamos *somente passou a existir* no século XIX com o nascimento do museu e da disciplina de história da arte, pois ambos partilham o mesmo lapso de tempo do modernismo (e, não menos significativo, da fotografia). Para nós, então, o propósito natural da arte está no museu, ou, em último caso, no museu imaginário, aquele espaço idealista que é a arte com A maiúsculo. A ideia da arte como algo autônomo, separada de tudo mais e destinada a ocupar seu lugar na história da *arte* é um fato da era moderna. E é uma ideia de arte que tem o apoio da pintura contemporânea, destinada que está, também, a terminar no museu.

Dentro dessa concepção de arte, a pintura é compreendida ontologicamente: ela tem uma origem e uma essência. Seu desenvolvimento histórico pode ser traçado em um longo e ininterrupto movimento que vem de Altamira a Pollock, e, seguindo em frente, entra na década de 1980. Dentro desse desenvolvimento, a essência da pintura não se modifica; a única coisa que muda é sua manifestação externa – o que os historiadores da arte chamam de estilo. No fundo, a história da arte reduz a pintura a uma sucessão de estilos – pessoais, de época, nacionais. E, naturalmente, esses estilos são imprevisíveis em suas vicissitudes, já que dependem das escolhas individuais de pintores que expressam sua "ilimitada imaginação".

Um caso recente de uma dessas mudanças de estilo e de como foi recebida exemplifica a visão que a história da arte tem da pintura e como ela funciona no apoio à duradoura atividade de pintar. A mudança ocorre na obra de Frank Stella durante o

Instalação de *Frank Stella: As Pinturas Negras*, Museu de Arte de Baltimore, 23 de novembro de 1976–23 de janeiro de 1977 (foto: cortesia do Museu de Arte de Baltimore).

final da década de 1970. Embora se pudesse dizer que já era possível antever essa mudança em cada uma das transformações estilísticas da obra de Stella que vieram depois das pinturas negras de 1959, a passagem para as obras espalhafatosamente peculiares dos últimos anos é, comparativamente, uma mudança significativa; e, como tal, tem sido considerada como um aval por muitos pintores recentes que afirmam seu individualismo por meio de excentricidades ostentatórias de forma, cor, material e imagem. De fato, uma das novas extravagâncias de Stella, erguida no Museu Whitney durante a Bienal de 1979, de forma que fosse a primeira coisa com que o visitante deparasse ao sair do elevador do quarto andar, tornou-se um símbolo de tudo o que estava exposto no andar – uma coleção de pinturas que certamente pretendiam ser vistas como a expressão de algo profundamente pessoal, mas que eram semelhantes a outras tantas lições zelosamente aprendidas do mestre.

Frank Stella, *Fragmentos IV*, 1983, visto do lado de fora do saguão do n? 375 da Hudson Street, Nova York (proprietário: Tishman-Speyer; inquilino principal: Saatchi, Saatchi & Compton) (foto de Louise Lawler).

Deixando de lado os imitadores de Stella, contudo, como se pode explicar o milagre que aconteceu com sua obra recente? Se lembrarmos que foram as primeiras pinturas de Stella que indicaram a seus colegas que a pintura finalmente terminara (penso em gente como Dan Flavin, Donald Judd, Sol Le Witt e Robert Morris, que desertaram das fileiras dos pintores), parece razoavelmente evidente que a própria carreira de Stella é uma prolongada agonia em torno das incontestáveis implicações dessas obras, na medida em que ele tem se afastado cada vez mais delas, repudiando-as mais estrepitosamente a cada nova série. As pinturas do final da década de 1970 são uma verdadeira contestação histérica às pinturas negras; como em um ataque de nervos, elas gritam e gaguejam que o fim da pintura *não chegou*. Além disso, não é nem mais *enquanto pinturas* que as novas obras de Stella argumentam com tanto fervor em prol da permanência do meio. O que há de irônico no recente empreendimento de Stella é que ele só consegue apontar para a pintura a partir de um estranho objeto híbrido, um objeto que até pode *representar* uma pintura, mas que dificilmente pode *ser* uma pintura legítima. A contestação do fim da pintura não é um empreendimento totalmente desinteressante, mas certamente está nessa leitura seu único interesse, pois, concebidas como renovação, as obras recentes de Stella são, como disse Gerhard Richter da pintura, uma pura estupidez.

Contudo, é como uma renovação que elas são entendidas. É o que acontece, por exemplo, com Philip Leider, amigo de Stella, que expressa o que pensa a maioria do mundo artístico:

> Ao escancarar as portas para tanta coisa que até então lhe parecia proibida – dicotomias entre figura e fundo, composição, a aplicação gestual da tinta etc. –, Stella traz, com suas obras mais recentes, uma renovação, uma vida e uma vitalidade para a abstração que já contêm, em si mesmas, algo de profundamente milagroso. Há que ser cego para não vê-lo, catatônico para não senti-lo, teimoso para não reconhecê-lo e mal-humorado para não admirá-lo[14].

A insistência de Leider em nossa crença em milagres, ecoando a de Hennessy e de Rose, talvez seja sintomática da verdadeira situação da pintura contemporânea: só um milagre pode evitar que ela chegue ao fim. As pinturas de Stella não são milagres, mas seu profundo desespero talvez exprima a necessidade que a pintura tem de um milagre para salvá-la.

Leider antecipa meu ceticismo na apologia que faz das obras recentes de Stella, pressupondo que, como sempre, uma mudança importante de estilo enfrentará resistência:

Todo artista que espera realizar uma mudança de estilo importante, particularmente no campo da abstração, deve estar preparado para viver um período no qual terá que "fazer um acordo com suas próprias conquistas". Deve estar preparado, nesse período, para perder amigos e para deixar de influenciar os jovens... A questão é que, tendo levado as coisas o mais longe possível, ele acaba prisioneiro de um posto avançado da arte, correndo o risco de ver sua obra cair na paralisia, na superficialidade e na falta de criatividade. Tendo chegado a esse ponto, ele precisa fazer um acordo com a lógica de sua própria obra para, no mínimo, poder continuar a trabalhar – ou isso ou ficar prisioneiro para sempre de sua própria conquista, diante das estéreis reproduções das últimas obras de Rothko, Still e Braque que nos encaram[15].

À parte as opiniões sobre as últimas obras de Rothko, Still e Braque, as reproduções estéreis podem ter, nas atuais circunstâncias da arte, seu próprio valor. É esta, naturalmente, a premissa da obra de Daniel Buren, que, desde que ele iniciou suas atividades em 1965, nunca demonstrou uma única mudança de estilo.

> Não se trata mais de criticar as obras de arte e seu significado – estético, filosófico ou outro qualquer. Não se trata nem mesmo mais de saber como fazer uma obra de arte, um objeto, uma pintura; nem de como se inserir na história da arte ou mesmo fazer a si próprio a pergunta se ela é interessante ou não, essencial ou ridícula, nem de como criar uma obra de arte; ou de como adaptá-la – se você é ou deseja ser artista (ou se contesta a palavra) – ao jogo para que você possa participar dele com suas próprias armas e dando o melhor de si. Não se trata nem mesmo de desafiar o sistema artístico. Nem se trata de se deliciar com as infindáveis análises que alguém venha a fazer. A ambição desta obra é bem outra. Seu objetivo é nada menos que a abolição do código que até agora tem feito da arte aquilo que ela é, tanto em sua produção quanto em suas instituições.
> DANIEL BUREN, *Reboundings*

A obra de Buren tem sido exposta mais amplamente na última década que a de qualquer outro pintor. E embora ela tenha

Daniel Buren, rua Jacob, Paris, abril de 1968 (foto: Daniel Buren).

sido vista em galerias e museus, assim como nas ruas, de todo o mundo desenvolvido, e talvez pelo maior público que um artista contemporâneo já teve, até o momento tem passado desapercebida de quase todos. Esse paradoxo é uma comprovação do sucesso da estratégia de Buren, bem como da fé aparentemente inabalável na pintura – ou seja, no código. Quando em 1965 Buren resolveu que só faria obras *in situ*, usando sempre listas verticais de 8,7 centímetros de largura e alternando as coloridas com as brancas ou transparentes, essa foi, obviamente, uma escolha astuta. Pois, assim como ele previra, esse formato não se mostrou assimilável pelos códigos da arte, apesar da flexibilidade demonstrada por estes nos últimos quinze anos. Como vimos, mesmo híbridos grotescos como as construções recentes de Stella conseguem passar facilmente por pintura, embora certamente não sejam, e como tal podem ser entendidos como a continuação da pintura-de-sempre.

Em um ambiente no qual as construções históricas de Stella podem ser percebidas tão prontamente como pintura, é compreensível que as obras de Buren não o sejam. Não é surpreendente, portanto, que Buren seja majoritariamente considerado como um artista conceitual que não se preocupa com os aspectos visíveis (ou os que Marcel Duchamp chamava de "retínicos") da pintura. Mas Buren sempre insistiu precisamente na visibilidade de sua obra, na necessidade de que ela fosse *vista*. Pois ele está cansado de saber que, quando suas listas forem vistas como pintura, compreender-se-á a "pura estupidez" que é a pintura. No momento em que a obra de Buren se tornar visível, o código da pintura terá sido abolido e Buren poderá parar com suas repetições: o fim da pintura terá sido, finalmente, admitido.

Notas

1. *Oito Artistas Contemporâneos*, uma exposição da obra de Vito Acconci, Alighiero Boetti, Daniel Buren, Hanne Darboven, Jan Dibbets, Robert Hunter, Brice Marden e Dorothea Rockburne, organizada por Jennifer Licht no Museu de Arte Moderna de Nova York, de 9 de outubro de 1974 a 5 de janeiro de 1975.
2. Barbara Rose, "Twilight of the Superstars", *Partisan Review* 41, n° 4 (inverno de 1974), p. 572.

3. Lawrence Alloway e John Coplans, "Talking with William Rubin: 'The Museum Concept Is Not Infinitely Expandable'", *Artforum* 13, n° 2 (outubro de 1974), p. 52.
4. Daniel Buren, "Function of the Museum", *Artforum* 12, n° 1 (setembro de 1973), p. 68.
5. Rose, "Twilight of the Superstars", p. 569.
6. Barbara Rose, *Pintura Norte-Americana: Os Anos 80* (Búfalo, Thorney-Sidney Press), 1979), s/p. Todas as citações de Barbara Rose que se seguem foram tiradas do ensaio que ela escreveu para este catálogo.
7. "What's All This about Photography?" Essa pergunta é o título de um ensaio de Richard Hennessy publicado em *Artforum* 17, n° 9 (maio de 1979), p. 22-5.
8. Citado em "Photography: A Special Issue" (editorial), *October*, n° 5 (verão de 1978), p. 3.
9. Hennessy, "What's All This", p. 23 (grifos do original).
10. Robert Ryman, em Phyllis Tuchman, "An Interview with Robert Ryman", *Artforum* 9, n° 9 (maio de 1971), p. 49.
11. Hennessy, "What's All This", p. 23 (grifos do original).
12. Ibid., p. 25.
13. Michel Foucault, *The Order of Things* (Nova York, Pantheon, 1970), p. 16.
14. Philip Leider, *Stella since 1970* (Fort Worth, Fort Worth Art Museum, 1978), p. 98.
15. Ibid., p. 96-7.

A ATIVIDADE FOTOGRÁFICA
NO PÓS-MODERNISMO

> A noção de arte que os teóricos da fotografia usaram durante quase um século de contendas – sem obter, é claro, o menor resultado – é fetichista e basicamente antitécnica. Pois eles só queriam obter credenciais para o fotógrafo, sentados em uma cadeira de juiz que ele já derrubara.
>
> WALTER BENJAMIN, "A Short History of Photography"

O fato de a fotografia ter derrubado a cadeira de juiz da arte é algo que o modernismo julgou necessário reprimir; desse modo, parece correto dizer que o pós-modernismo configura a volta do reprimido. O pós-modernismo representa a abertura de uma brecha explícita em relação ao modernismo e às instituições que são sua precondição e que dão forma ao discurso do modernismo. Para começar, os nomes das instituições: em primeiro lugar, o museu; depois, a história da arte; e, finalmente, em um sentido mais complexo (porque o modernismo depende tanto de sua presença como de sua ausência), a fotografia. O pós-modernismo tem a ver com a dispersão da arte, sua pluralidade, que para mim não significa pluralismo. O pluralismo implica a fantasia de que a arte é livre, livre de outros discursos e instituições, e, acima de tudo, livre da história. E essa fantasia de liberdade pode ser mantida porque cada obra de arte é considerada absolutamente única e original. Contra esse pluralismo de originais, quero falar da pluralidade das cópias.

Em um ensaio de 1979 chamado "Pictures", no qual pela primeira vez achei útil empregar o termo *pós-modernismo*, procurei esboçar os antecedentes da obra de um grupo de jovens artistas que estava começando a expor em Nova York[1]. Identifiquei a gênese de suas preocupações no que tinha sido pejorativamente etiquetado como teatralidade da escultura minimalista e nos desdobramentos dessa posição teatral na arte da década de 1970[2]. Propunha que a estética exemplar durante a década de 1970 era a arte performática – todas aquelas obras criadas em uma situação determinada e por um período de tempo determinado; obras em relação às quais se podia literalmente dizer que era preciso estar presente; ou seja, obras que pressupunham que o espectador estivesse presente diante delas enquanto aconteciam, privilegiando desse modo o espectador em vez do artista.

Em meu esforço para dar continuidade à lógica do acontecimento que eu estava delineando, acabei topando com uma pedra no caminho. O que eu queria explicar era como passar dessa condição de presença – o *estar ali* exigido pela performance – para o tipo de presença que só é possível através da ausência que sabemos ser a condição da representação. Pois eu estava escrevendo sobre trabalhos que, depois de ter sido reprimidos durante meio século, assumiram a questão da representação. Usei uma bobagem para efetuar essa transição, uma citação em epígrafe suspensa entre duas partes do texto. A citação, tirada de uma das histórias de fantasmas de Henry James, era uma falsa tautologia, que brincava com o duplo, e na verdade antitético, sentido da palavra *presença*: "A presença diante dele era uma presença".

O que eu acabei de chamar de bobagem talvez não fosse realmente isso, mas antes uma pista de algo crucial sobre a obra que eu estava descrevendo, e que gostaria agora de elaborar. Para tanto, quero acrescentar uma terceira definição da palavra *presença*. À noção de presença que tem a ver com *estar ali*, estar diante de, e à noção de presença que Henry James usa em suas histórias de fantasmas – a presença que é um fantasma, e, portanto, é realmente uma ausência, a presença que *não está ali* – quero acrescentar a noção de presença enquanto uma espécie de acréscimo a estar ali, um aspecto fantasmagórico de presença que é o seu excesso, o seu suplemento. Esta noção de presença é o que queremos dizer quando, por exemplo, dizemos que Laurie Anderson é uma artista performática que tem presença. Não queremos, com tal declaração, dizer simplesmente que ela está ali diante de nós, mas mais que isso; queremos dizer que, além de estar ali, ela tem presença. Pode parecer um pouco estranho pensar em Laurie Anderson dessa maneira, porque sua presença específica acontece através do uso de tecnologias de reprodução que a deixam na verdade bem ausente, ou presente apenas como o tipo de presença que Henry James tinha em mente quando dizia: "A presença diante dele era uma presença".

Esse é o tipo de presença que eu atribuía às performances de Jack Goldstein, tal como *Dois Esgrimistas*, e à qual acrescentaria a performance de Robert Longo chamada *Entrega*. Essas performances eram pouco mais que presenças, quadros performáticos que estavam ali no espaço do espectador, mas que pareciam etéreos e ausentes. Tinham o caráter estranho dos hologramas, muito vívidos, detalhados e presentes e fantasmagóricos e ausentes ao mesmo tempo. Goldstein e Longo são artistas cuja obra, juntamente com a de um grande número de contemporâneos seus, aborda a questão da representação por meio de modelos fotográficos, particularmente todos aqueles aspectos da fotografia que têm a ver com a reprodução, com as cópias e com as cópias das cópias. A presença particular dessa obra efetua-se por meio da ausência, por meio de sua incontornável distância do original, até mesmo da possibilidade de um original. É uma presença como essa que eu atribuo ao tipo de atividade fotográfica que chamo de pós-moderna.

Essa propriedade da presença pareceria exatamente o oposto do que Walter Benjamin tinha em mente quando introduziu a noção de aura na linguagem da crítica. Pois a aura tem a ver com a presença do original, com autenticidade, com a existência única da obra de arte no lugar em que por acaso se encontra. É esse aspecto da obra que pode ser submetido aos testes das análises

Jack Goldstein, *Dois Esgrimistas*, Salle Patino, Genebra, 1977.

químicas ou dos pareceres de especialistas, e é a sua autenticidade que a disciplina da história da arte – pelo menos sob a aparência de *Kunstwissenschaft* – tem condição de validar ou invalidar. E, portanto, é esse aspecto que faz com que a obra de arte seja aceita no museu ou banida dele. Pois o museu não tem nenhum caminhão com falsificações, cópias ou reproduções. A presença do artista na obra tem que ser detectada; é assim que o museu sabe que possui algo autêntico.

Mas é precisamente esta autenticidade, diz Benjamin, que a reprodução mecânica necessariamente minimiza e a proliferação das cópias torna menos importante. Em suas próprias palavras: "Aquilo que na era da reprodução mecânica se esvai é a aura da obra de arte"[3]. Mas, diferentemente do modo como Benjamin a emprega, é evidente que a aura não é uma categoria ontológica, e sim histórica. Não é que uma obra feita à mão tenha algo que uma obra feita mecanicamente não tem. Na visão de Benjamin, há fotografias que possuem aura, enquanto, na era da reprodução mecânica, mesmo uma pintura de Rembrandt perde sua aura. A perda de frescor da aura e a separação da obra do edifício da tradição são consequências *inevitáveis* da reprodução mecânica. Esta é uma experiência pela qual todos nós já passamos. Sabemos, por exemplo, da impossibilidade de experimentar a aura de uma pintura como a *Mona Lisa* quando nos postamos diante dela no Louvre. Como a vimos reproduzida milhares de vezes, sua aura esvaiu-se completamente, e nenhum nível de concentração trará de volta sua singularidade.

Parece, entretanto, que, se o esgotamento da aura é um fato inevitável do nosso tempo, todos os projetos para recuperá-la, segundo os quais o original e o único são ainda possíveis e desejáveis, são igualmente inevitáveis. E em nenhum lugar isso é mais evidente que no campo da própria fotografia, precisamente a culpada da reprodução mecânica.

Benjamin considerava que apenas um número limitado de fotografias tinha presença, ou aura. Eram fotografias da assim chamada fase primitiva, período anterior ao processo de comercialização da fotografia que aconteceu após a década de 1850. Ele dizia, por exemplo, que as pessoas que apareciam nessas fotografias "tinham uma aura em torno de si, um meio que se misturava com seu jeito de olhar transmitindo-lhes plenitude e segurança"[4]. Para Benjamin, essa aura resultava de duas coisas: o longo tempo de exposição durante o qual o tema, por assim dizer, se transformava em imagens, e a relação única e direta entre o fotógrafo – "um técnico dos mais atualizados" – e o modelo, "um membro de uma classe em ascensão, inundado por uma aura que penetrava até as dobras do casaco e da gravata de burguês"[5]. Nessas fotografias, portanto, não é na presença do fotógrafo na fotografia que se vai encontrar a aura, como acontece com a aura da pintura, que é determinada pela presença inconfundível da mão do pintor no quadro. Em vez disso, é a presença do tema, daquilo que é fotografado, "o breve lampejo de sorte do aqui e do agora com que a realidade, por assim dizer, sela o caráter da foto"[6]. Para Benjamin, portanto, a atividade do conhecedor de fotografia é diametralmente oposta à do conhecedor de pintura; ela não significa procurar a mão do artista, mas a descontrolada e incontrolável intromissão da realidade, o caráter absolutamente único e mesmo mágico que seu tema, e não ele, artista, tem. E talvez seja por isso que Benjamin considerasse um grande equívoco o fato de os fotógrafos terem começado, depois que o meio passou a ser tratado como mercadoria, a simular a aura perdida aplicando técnicas que imitavam as da pintura. Ele dava como exemplo o processo da goma bicromatada usado na fotografia de imagens.

Embora possa parecer, à primeira vista, que Benjamin lamentava a perda da aura, na verdade era o contrário. O "significado social da reprodução, particularmente em sua forma mais positiva, é inconcebível", escreveu ele, "sem o seu lado mais destrutivo e catártico, sem a liquidação do valor tradicional da herança cultural levada a cabo por ela"[7]. Esta era, para ele, a grandeza de Eugène Atget: "Ele começou a libertar o objeto de sua aura, a mais incontestável conquista da recente escola de fotografia"[8]. "O que há de extraordinário nas fotos [de Atget]... é seu vazio[9]."

A arte das duas últimas décadas acelerou e intensificou o processo de esvaziamento e de esgotamento da aura e de contestação da singularidade da obra de arte. Da multiplicação das imagens fotográficas impressas em *silkscreen* nas obras de Rauschenberg e Warhol às obras dos escultores minimalistas estruturadas de forma repetitiva e produzidas em escala industrial, tudo na prática artística radical parecia conspirar com a liquidação dos valores culturais tradicionais a que Benjamin se referiu. E, como o museu é a instituição que foi fundada sobre esses valores e tem como função sustentá-los, ele encontra-se diante de uma crise de consideráveis proporções. Um sintoma dessa crise é o fato de que, por volta de 1970, nossos museus passaram a abrir mão, um depois do outro, da responsabilidade para com a prática artística contemporânea, voltando-se nostalgicamente para a arte que ficara anteriormente relegada aos depósitos. A história da arte revisionista logo começou a se vingar através de todo tipo de "revelações" a respeito das realizações de artistas acadêmicos e figuras menores.

Em meados da década de 1970, um sintoma mais sério da crise do museu apareceu, aquele que já foi mencionado por mim: as várias tentativas de recuperar a questão da aura. Tais tentativas ficam evidentes em dois fenômenos contraditórios: o ressurgimento da pintura expressionista e o triunfo da fotografia-enquanto-arte. O museu abraçou ambos os fenômenos com igual entusiasmo.

Não é necessário dizer muito a respeito da volta de uma pintura de expressão pessoal. Para qualquer lado que nos viremos, lá está ela. O mercado está saturado dela. Ela se apresenta sob diferentes roupagens – *pattern painting*, pintura *new-image*, neoconstrutivismo, neoexpressionismo; é pluralista, sem dúvida. Mas, dentro de seu individualismo, essa pintura é profundamente conformista em um aspecto: seu ódio da fotografia. No texto escrito em forma de manifesto para o catálogo da exposição – *Pintura Norte-Americana: Os Anos 80* –, Barbara Rose escreve:

> Os pintores sérios dos anos 80 são um grupo extremamente heterogêneo – alguns são abstratos, outros figurativos. Mas, como se encontram unidos em relação a um número suficiente de questões críticas, é possível considerá-los isoladamente como um grupo. Dedicam-se, primeiramente, à preservação da pintura enquanto arte erudita transcendental e da arte do universal enquanto oposta aos

significados locais ou tópicos. Sua estética, uma síntese de atributos táteis e óticos, define a si mesma pela oposição à fotografia e a todas as formas de reprodução mecânica que buscam privar a obra de arte de sua "aura" única. De fato, é o reforço dessa aura que, consciente de sua existência, a pintura pretende alcançar, usando de diversos meios – seja dando ênfase à mão do artista, seja criando imagens visionárias altamente individuais impossíveis de ser confundidas tanto com a própria realidade como umas com as outras[10].

O fato de que esse tipo de pintura considere de modo tão claro a reprodução mecânica como inimigo é sintoma da ameaça que a atividade fotográfica do pós-modernismo representa para as ideias herdadas (as únicas que essa pintura conhece). Mas, neste caso, é também sintoma de uma ameaça mais circunscrita e mortal: aquela que a pintura sente quando a própria fotografia repentinamente conquista uma aura. Agora não é apenas uma questão de ideologia; é uma questão de competição concreta por verbas de aquisição e por espaço nas paredes dos museus.

Mas como é que subitamente foi outorgada uma aura à fotografia? Como a abundância de cópias foi reduzida à escassez dos originais? E como podemos distinguir o original da reprodução?

É aqui que entra o especialista. Não o especialista em fotografia, cujo representante máximo é Walter Benjamin ou, mais próximo a nós, Roland Barthes. Nem o "lampejo de sorte" de Benjamin ou o "terceiro significado" de Barthes garantiriam um lugar para a fotografia dentro do museu[11]. O especialista de que esse trabalho precisa é o antiquado historiador da arte, com suas análises químicas e, mais importante, suas análises de estilo. Para que se determine sua autenticidade, a fotografia exige todos os instrumentos da história da arte e da museologia, com alguns acréscimos e não poucos golpes de prestidigitação. Há de início, é claro, a incontestável raridade conferida pela idade, a cópia antiga extremamente valiosa. Determinadas técnicas e determinados tipos de papéis e produtos químicos não são mais usados, tornando possível, assim, que se determine facilmente a idade de uma cópia. Mas esse tipo de declaração de raridade atribuível a uma cópia não me interessa, tampouco seu equivalente na

Louise Lawler, *Organizado por Barbara e Eugene Schwartz; luz de mesa de Ernesto Gismondi*, 1982. Fotografias de August Sander, uma de Ansel Adams, escultura de Robert Smithson.

prática fotográfica contemporânea, a tiragem limitada. O que me interessa é a subjetivização da fotografia, os modos pelos quais o *connoisseur* do "lampejo de sorte" da fotografia se converte em um especialista do estilo fotográfico. Pois parece que, afinal de contas, nos é agora possível detectar a mão do fotógrafo, tirando o fato, é claro, de que sua visão única é o olho (embora também possa ser a mão; é só ouvir a descrição que os partidários da subjetividade fotográfica fazem dos rituais místicos levados a cabo pelo fotógrafo na sala escura).

Estou consciente, é claro, de que ao levantar a questão da subjetividade estou reacendendo o principal debate da história estética da fotografia – entre a ampliação intocada e a manipulada, ou as diversas variações sobre o tema. Faço isso, contudo, para ressaltar que a recuperação da aura da fotografia significaria, de fato, incluir sob a bandeira da subjetividade *toda* a fotografia, aquela cuja origem é a mente humana e aquela que se origina do mundo ao nosso redor; as ficções fotográficas mais completamente manipuladas e as mais fiéis transcrições do real; a fotografia autoral e a documental, os espelhos e as janelas[12], os primórdios de *Camera Work* e o apogeu de *Life*. Mas estas são apenas as condições quanto a estilo e método do espectro aceito da fotografia-enquanto-arte. A restauração da aura, com suas consequentes coleções e exposições, não fica nisso. Estende-se à *carte-de-visite*, à fotografia de moda, ao cartaz publicitário, ao instantâneo anônimo ou à foto de Polaróide. Na origem de cada um destes existe um Artista, e desse modo todos podem encontrar seu lugar dentro do espectro da subjetividade. Pois faz tempo que se tornou lugar-comum da história da arte dizer que a diferença entre realismo e expressionismo é apenas uma questão de grau, isto é, de estilo.

Como é de esperar, a atividade fotográfica do pós-modernismo age em cumplicidade com esses modelos de fotografia-enquanto-arte, mas o faz unicamente para subvertê-los e superá-los. E age assim precisamente no que diz respeito à aura, não, contudo, para restaurá-la, mas para deslocá-la, para mostrar que agora ela também é somente um aspecto da cópia, não do original. Um grupo de jovens artistas que trabalha com fotografia tem discutido as pretensões de originalidade da fotografia, mostrando a artificialidade de tais pretensões e mostrando que a fotografia é sempre uma *re*presentação, sempre-já-vista. As imagens deles são surrupiadas, confiscadas, apropriadas, *roubadas*. Em sua obra, o original não pode ser localizado, está sempre ausente; mesmo o eu que pode ter gerado um original é mostrado como sendo ele próprio uma cópia.

Em uma atitude característica, Sherrie Levine começa uma declaração sobre seu trabalho com uma anedota muito conhecida:

> Já que a porta estava fechada só até a metade, consegui vislumbrar confusamente minha mãe e meu pai na cama, um em cima do outro. Morta de vergonha, magoada e horrorizada, fiquei com a sensação odiosa de que me entregara cega e totalmente nas mãos de gente que não merecia confiança. Instintivamente e sem precisar fazer força, dividi-me, por assim dizer, em duas pessoas, uma das quais, a real e genuína, continuou por sua conta, enquanto a outra, imitação bem-sucedida da primeira, ficou encarregada de se relacionar com o mundo. Meu primeiro eu continua a distância, impassível e irônico, observando[13].

Não apenas a reconhecemos como uma descrição de algo já conhecido – a cena primal – como nosso reconhecimento pode ir mais adiante e chegar ao romance de Moravia do qual ela foi extraída. Pois a declaração autobiográfica de Levine não passa de um amontoado de citações afanadas de outras pessoas, e, se por acaso pensarmos que esse é um estranho modo de alguém escrever sobre seus próprios métodos, talvez então devamos nos debruçar sobre a obra que ela descreve.

Em uma exposição recente, Levine apresentou seis fotografias de um jovem nu. Ela simplesmente fotografou a famosa série de fotografias que Edward Weston fez do seu jovem filho Neil, às quais teve acesso por meio de um pôster publicado pela Galeria Witkin. De acordo com a lei de direitos autorais, as imagens pertencem a Weston – ou, agora, ao seu espólio. Para sermos justos, contudo, penso que devemos igualmente atribuí-las a Praxíteles, pois, se é a *imagem* que pode ser possuída, então elas certamente pertencem à escultura clássica, o que as deixaria em domínio público. Levine disse que, ao mostrar as fotografias a um amigo, este observou que elas apenas o deixaram com vontade de ver os originais."É claro", replicou ela,"e os originais vão fazer com que você queira ver o garoto; só que, ao vê-lo, acabou a arte." O desejo que aquela representação desperta não se encerra com o garotinho; ele não é, de modo algum, satisfeito por ele. O desejo da representação só existe na medida em que nunca consegue se realizar, na medida em que o original se encontra sempre mais além. É só na ausência do original que a representação pode acontecer. E ela acontece porque desde sempre já está no mundo *como* representação. Foi Weston, naturalmente, quem disse que a fotografia tem que ser visualizada em sua totalidade antes que seja feita a exposição[14]. Levine levou o mestre ao pé da letra e, com isso, mostrou-lhe sua verdadeira intenção. O *a priori* que Weston trazia em mente na verdade não estava absolutamente nela; estava no mundo, e Weston nada mais fez que copiá-lo.

Esse fato talvez seja ainda mais crucial naquelas séries de Levine em que a imagem *a priori* não foi tomada da alta cultura de maneira tão evidente – na qual incluo tanto Weston quanto Praxíteles –, e sim do próprio mundo, onde a natureza se apresenta como a antítese da representação. As imagens dos livros de fotografia de Andréas Feininger e Elliot Porter, de que Levine se apropriou, apresentam cenas da natureza extremamente familiares. Elas propõem uma nova interpretação da descrição que Roland Barthes faz da tensão da fotografia como "tendo estado lá"[15]. A presença que tais fotografias têm para nós é a presença do *déjà vu*, da natureza como algo já visto, da natureza como representação.

Se as fotografias de Levine ocupam um lugar no espectro da fotografia-enquanto-arte, esse lugar está situado no limite extremo da fotografia convencional, não somente porque as fotografias de que ela se apropria atuam no interior desse padrão, mas também porque ela não executa nenhum tipo de manipulação em suas fotografias; ela meramente, e literalmente, *tira* fotografias. No extremo oposto desse espectro encontra-se a fotografia composta, manipulada e inventada conscientemente, o assim chamado modelo autoral, do qual fazem parte *auteurs* da fotografia como Duane Michals e Les Krims. A estratégia desse modelo é usar a aparente veracidade da fotografia contra ela própria, criando-se ficções através do surgimento de uma realidade uniforme na qual foi tecida uma dimensão narrativa. As fotografias de Cindy Sherman funcionam dentro desses parâmetros, mas com a finalidade única de expor um aspecto indesejado dessa ficção, pois a ficção que Sherman revela é a ficção do eu. Suas fotografias mostram que o eu supostamente autônomo e unitário a partir do qual os outros "diretores" criariam suas ficções nada mais é, ele próprio, que uma série descontínua de representações, cópias e falsificações.

As fotografias de Sherman são autorretratos nos quais ela surge disfarçada encenando um drama cujos detalhes não são fornecidos. A ambiguidade da narrativa corre paralela à ambiguidade do eu, que tanto atua na narrativa como é seu criador. Pois, embora Sherman seja literalmente autocriada nessas obras, ela é criada dentro da imagem dos estereótipos femininos já conhecidos; desse modo, seu eu é percebido como condicionado pelas possibilidades oferecidas pela cultura na qual Sherman participa, não por algum impulso interior. Como tal, suas foto-

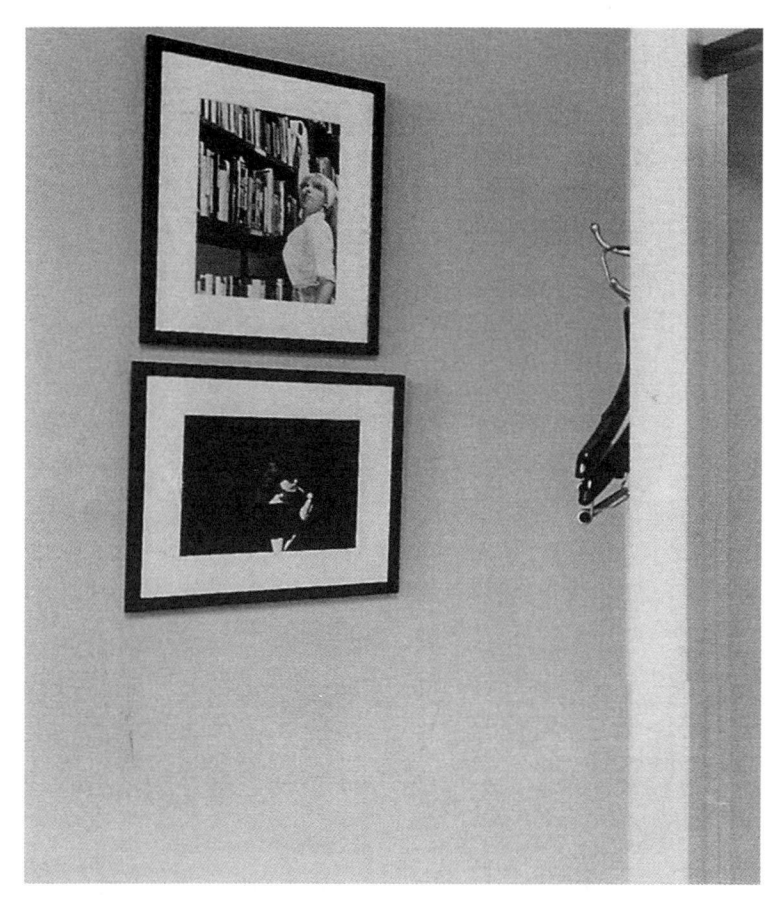

Louise Lawler, *Organizado por Carl Lobell em Weil, Gotshal e Manges*, 1982. Fotografias de Cindy Sherman.

grafias invertem os termos da arte e da autobiografia. Elas usam a arte não para revelar o verdadeiro eu da artista, mas para mostrar o eu como um construto imaginário. Nessas fotografias não existe nenhuma Cindy Sherman de verdade; existem apenas os disfarces assumidos por ela. E ela não cria esses disfarces; simplesmente os escolhe da maneira que qualquer um de nós faz. A postura de autoria é deixada de lado não somente por meio dos recursos mecânicos de feitura da imagem, mas também por

Cindy Sherman, *Sem título*, 1982 (foto: cortesia de Metro Pictures, Nova York).

meio da supressão nas cenas de qualquer *persona* permanente e essencial ou mesmo de qualquer rosto identificável.

O aspecto de nossa cultura que mais absolutamente manipula os papéis que exercemos é, naturalmente, a publicidade de massa, cuja estratégia fotográfica consiste em disfarçar o modelo autoral sob a forma de documentário. Dentre essas imagens, Richard Prince apropria-se das mais diretas e banais, as quais, no contexto da fotografia-enquanto-arte, têm um efeito de choque. Mas, à medida que são invadidas por uma dimensão não

Richard Prince, instalação em janela, Printed Matter, Nova York, 1980 (foto: cortesia de Metro Pictures, Nova York).

proposital e indesejada da ficção, sua familiaridade meio brutal acaba dando lugar ao estranhamento. Ao isolar, ampliar e justapor fragmentos de imagens comerciais, Prince chama a atenção para a invasão delas pelos fantasmas da ficção. Concentrando-se diretamente no fetiche da mercadoria, e usando a mola-mestra do fetichismo da mercadoria, as fotografias refotografadas de Prince assumem uma dimensão hitchcockiana; a mercadoria torna-se uma pista. Pode-se dizer que ela adquiriu uma aura, só que esta agora é uma função não da presença e sim da ausência, e é desprovida de origem, de alguém em sua origem, de autenticidade. Em nossa época, a aura tornou-se apenas uma presença, em outras palavras, um fantasma.

Notas

1. Douglas Crimp, "Pictures", *October*, n? 8 (primavera de 1979), p. 75-88. Esse ensaio é uma versão revista do catálogo de uma exposição com o mesmo título organizada por mim para Artists Space, Nova York, no outono de 1977.

2. A famosa condenação da teatralidade da escultura minimalista é o artigo de Michael Fried "Art and Objecthood", *Artforum* 5, n? 10 (junho de 1967), p. 12-23.
3. Walter Benjamin, "The Work of Art in the Age of Mechanical Reproduction", em *Illuminations*, trad. de Harry Zohn (Nova York, Schocken Books, 1969), p. 221.
4. Walter Benjamin, "A Short History of Photography", trad. de Stanley Mitchell, *Screen*, 13, n? 1 (primavera de 1972), p. 18.
5. Ibid., p. 19.
6. Ibid., p. 7.
7. Benjamin, "Work of Art", p. 221.
8. Benjamin, "Short History", p. 20.
9. Ibid., p. 21.
10. Barbara Rose, *Pintura Norte-Americana: Os Anos 80* (Búfalo, Thoren-Sidney Press, 1979), s/p.
11. O "terceiro significado" da fotografia está teorizado em Roland Barthes, "The Third Meaning: Research Notes on Some Eisenstein Stills", em *Image – Music – Text*, trad. de Stephen Heath (Nova York, Hill and Wang, 1977), p. 52-68.
12. Refiro-me aqui a John Szarkowski, *Mirrors and Windows: American Photography since 1960* (Nova York, Museu de Arte Moderna, 1978).
13. Sherrie Levine, declaração inédita, 1980.
14. A noção que Weston tem de que a fotografia deve ser *pré-visualizada* está presente sob diversas formas ao longo de sua volumosa obra escrita. Ela aparece no mínimo na mesma época de seu "Random Notes on Photography", de 1922. Ver Peter C. Bunnell (org.), *Edward Weston on Photography* (Salt Lake City, Peregrim Smith Books, 1983).
15. Ver Roland Barthes, "Rethoric of the Image", em *Image – Music – Text*, p. 32-51.

APROPRIANDO-SE DA APROPRIAÇÃO

A estratégia da apropriação não é mais o atestado de uma atitude específica diante das condições da cultura contemporânea. Dizer isso é, ao mesmo tempo, afirmar que a apropriação a princípio *realmente* parecia implicar uma posição crítica e admitir que tal leitura era um pouco simplista demais. Apropriação, pastiche, citação – esses métodos estendem-se virtualmente a todos os aspectos da nossa cultura, dos produtos mais cinicamente calculados da indústria da moda e do entretenimento às atividades críticas mais comprometidas dos artistas; das obras mais claramente retrógradas (os edifícios de Michael Graves, os filmes de Hans Jürgen Syberberg, as fotografias de Robert Mapplethorpe, as pinturas de David Salle) às práticas aparentemente mais progressistas (a arquitetura de Frank Gehry, o cinema de Jean-Marie Straub e Danièlle Huillet, a fotografia de Sherrie Levine, os textos de Roland Barthes). Se todos os aspectos da cultura usam esse novo processo, então o próprio processo não pode ser o indicador de uma reflexão específica sobre a cultura.

A ubiquidade mesma de um novo modo de produção cultural, contudo, realmente acentua o fato de que ocorreu uma importante mudança cultural nos últimos anos, uma mudança que ainda quero designar como a mudança do modernismo para o pós-modernismo. O termo *pós-modernismo* talvez comece a adquirir significado, além de simplesmente nomear um *Zeitgeist*, quando formos capazes de empregá-lo para distinguir entre as diversas práticas de apropriação. O que eu gostaria de fazer aqui, então, é propor algumas formas possíveis de abordar essas distinções.

Talvez eu deva, para começar, olhar mais de perto as afirmações quanto ao caráter regressivo/progressista dos usos da apropriação feitas pelos artistas previamente citados. Como, por exemplo, podemos distinguir os usos que Graves faz do pastiche dos de Gehry? Por uma questão de conveniência, tomemos as obras mais famosas que cada um dos arquitetos fez – de Graves, o prédio da administração pública de Portland; de Gehry, sua própria casa em Santa Mônica. O prédio de Portland apresenta uma mistura eclética de estilos arquitetônicos do passado geralmente originários do orbe do classicismo. Mas Graves se volta para um classicismo já eclético – o neoclassicismo de Boullée e Ledoux, o pseudoclassicismo dos edifícios públicos Art Déco e floreios ocasionais da pompa da Beaux-Arts. A casa de Gehry, ao contrário, apropria-se de apenas um elemento do passado. Não é, contudo, um elemento de estilo; é uma casa de madeira de 1920 já existente. Foi então aplicada uma colagem na casa (contornando-a e perpassando-a) com materiais de construção de uso generalizado que constam do catálogos – chapa ondulada, malha de aço, madeira compensada, asfalto.

As diferenças entre essas duas práticas são imediatamente óbvias: Graves apropria-se do passado arquitetônico; Gehry apropria-se lateralmente do presente. Graves apropria-se do estilo; Gehry, do material. Quais as diferentes leituras que resultam desses dois modos de apropriação? A abordagem que Graves faz da arquitetura é um retorno a uma compreensão pré-modernista da arte enquanto combinação criativa de elementos derivados de um vocabulário historicamente dado (diz-se também que esses elementos são derivados da natureza, tal como era compreendida no século XIX). A abordagem de Graves, portanto, é parecida com a dos arquitetos da Beaux-Arts, contra quem os arquitetos modernistas iriam se voltar. Embora não se possa alimentar a ilusão de que os elementos de estilo são invenção do arquiteto, há de fato uma ilusão muito forte em relação ao produto final como um todo e em relação à contribuição criativa do arquiteto para a ininterrupta e contínua tradição da arquitetura. Desse modo, o ecletismo de Graves mantém a integridade de uma história do estilo arquitetônico fechada em si mesma, uma pseudo-história imune às incursões problemáticas dos acontecimentos históricos concretos (um dos quais seria a arquitetura moderna, se ela for considerada como algo mais que simplesmente outro estilo).

A prática de Gehry, contudo, retém as lições históricas do modernismo mesmo enquanto critica a dimensão idealista do modernismo de uma perspectiva pós-moderna. Gehry retira da história um objeto real (a casa existente), não um estilo abstrato. O uso que ele faz de produtos do dia a dia do mercado da construção reflete as condições materiais atuais da arquitetura. Diferentemente do arenito e do mármore que Graves usa ou imita, os materiais de Gehry não podem aspirar a uma universalidade atemporal. Além do mais, os elementos individuais da casa de Gehry conservam firmemente sua identidade. Não passam a ilusão de um todo sem emendas. A casa apresenta-se como uma colagem de fragmentos e afirma sua efemeridade como o faria um cenário de cinema num estúdio (a casa pede claramente por tal comparação); e esses fragmentos nunca indicam um estilo. A casa de Gehry é uma resposta a um programa arquitetônico específico; ela não pode ser indiscriminadamente copiada em outro contexto. A linguagem de Graves, por outro lado, parecer-lhe-á tão apropriada para uma chaleira ou uma linha de tecidos como para um *showroom* ou um arranha-céu.

O que acontece, então, com essas diferenças quando aplicadas à fotografia? Será que podemos fazer distinções análogas entre os empréstimos fotográficos de Robert Mapplethorpe, de um lado, e os de Sherrie Levine, de outro? As fotografias de Mapplethorpe, sejam elas retratos, nus ou naturezas-mortas (e não é coincidência o fato de se encaixarem tão bem nesses gêneros artísticos tradicionais), apropriam-se da estilística da fotografia de estúdio do pré-guerra. Suas composições, poses e iluminação, e mesmo seus temas (personalidades *mondaines*, nus glaciais, tulipas), lembram a *Vanity Fair* e a *Vogue* daquela con-

118 SOBRE AS RUÍNAS DO MUSEU

Frank Gehry, *A casa de Frank Gehry*, Santa Mônica, Califórnia, 1978 (fotos: Tim Street-Porter/Esto).

Michael Graves, *O edifício Portland*, 1980
(foto: Proto Acme).

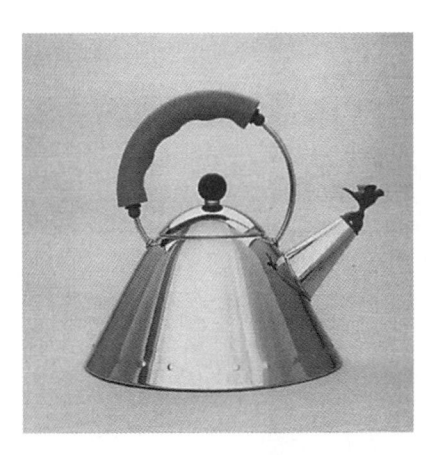

Michael Graves, chaleira desenhada para Alessi,
1985 (foto: William Taylor).

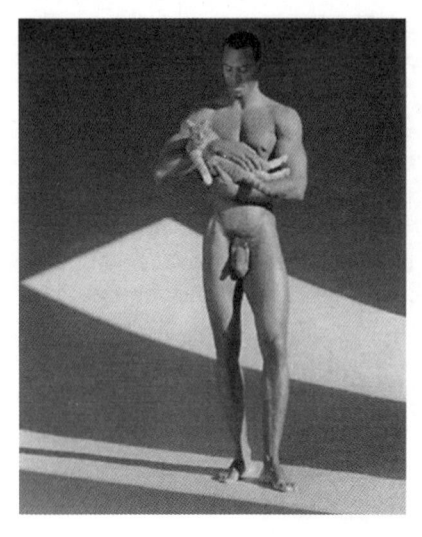

Robert Mapplethorpe, *Thomas e Amos*, 1987
(foto: cortesia do Espólio de Robert Mapplethorpe).

Robert Mappllethorpe, *Ave do paraíso*, 1981
(foto: cortesia do Espólio de Robert Mapplethorpe).

Sherrie Levine, *Sem título (à maneira de Alexander Rodchenko: 3)*, 1987 (foto: Zindman/Fremont, cortesia da Galeria Mary Boone).

Sherrie Levine, *Sem título (à maneira de Ilya Chasnick)*, 1984 (foto: Zindman/Fremont, cortesia da Galeria Mary Boone).

juntura histórica em que artistas como Edward Stiechen e Man Ray emprestaram a essas publicações um conhecimento íntimo da fotografia artística internacional. A abstração e a fetichização que Mapplethorpe faz dos objetos remete, através da mediação da indústria da moda, a Edward Weston, enquanto suas abstrações do *tema* remetem aos simulacros neoclássicos de George Platt Lynes. Exatamente como Graves encontra seu estilo em alguns instantes da história da arquitetura cuidadosamente selecionados, assim também Mapplethorpe ergue de suas raízes históricas uma visão "pessoal" sintética que, todavia, é mais um elo criador na interminável corrente de possibilidades da história da fotografia.

Quando Levine quis fazer referência a Edward Weston e à variante fotográfica do nu neoclássico, ela simplesmente fotografou novamente as fotos que Weston tirara de seu jovem filho Neil – nada de combinações, transformações, acréscimos ou síntese. Como a casa de 1920 que está no centro do *design* de Gehry, os nus de Weston são apropriados em seu todo. Ao roubar descaradamente imagens já existentes, Levine não faz nenhuma concessão às noções convencionais de criatividade artística. Ela faz uso das imagens, mas não para constituir um estilo próprio. Suas apropriações só têm um valor funcional para os discursos históricos específicos nos quais estão inseridas. No caso dos nus de Weston, esse discurso é exatamente o mesmo no qual as fotografias de Mapplethorpe ingenuamente participam. Quanto a isso, a apropriação de Levine reflete a estratégia da própria apropriação – a apropriação do estilo da escultura clássica por Weston; a apropriação do estilo de Weston por Mapplethorpe; a apropriação tanto de Weston como de Mapplethorpe pelas instituições de arte erudita, ou, na verdade, a apropriação da fotografia em geral; e, finalmente, a fotografia enquanto ferramenta de apropriação. Usando a fotografia instrumentalmente como faz, Levine não está limitada ao meio específico da fotografia. Ela é capaz também de se apropriar de pinturas (ou de reproduções das pinturas). Em comparação, a rejeição da fotografia como uma possível ferramenta assegura o atavismo dos recentes pastiches dos pintores, já que eles continuam a depender de modos de imitação/transformação que não diferem em nada dos praticados pelos artistas acadêmicos do século XIX. Assim como Graves e Mapplethorpe, tais pintores apropriam-se do estilo, não do material, exceto quando usam a forma tradicional de colagem. Somente Levine foi suficientemente sagaz para se apropriar do todo da pintura, em sua forma material, ao montar, em colaboração com Louise Lawler, uma exposição no/do estúdio do finado pintor Dimitri Merinoff.

A centralidade da fotografia dentro da atual gama de práticas torna-a crucial para uma distinção teórica entre modernismo e pós-modernismo. A fotografia não apenas saturou de tal forma nosso ambiente visual a ponto de fazer com que a invenção de imagens visuais parecesse arcaica, como também está claro que a fotografia é múltipla demais e útil demais aos outros discursos para que as tradicionais definições da arte possam vir a contê-la em sua totalidade. A fotografia sempre ultrapassará as instituições de arte, sempre participará de práticas não artísticas, será sempre uma ameaça à insularidade do discurso da arte. Neste aspecto, quero voltar ao contexto no qual a fotografia sugeriu-me pela primeira vez o momento de transição para o pós-modernismo.

Em meu ensaio "Sobre as ruínas do museu", afirmei que as obras de Robert Rauschenberg do início da década de 1960 ameaçavam a ordem do discurso do museu. O amplo leque de objetos que o museu sempre tentara sistematizar reinvadia agora a instituição como pura heterogeneidade. O que me impressionou como algo crucial foi a destruição feita por essas obras da resguardada autonomia da pintura modernista por meio da introdução da fotografia na superfície da tela. Esse movimento era importante não somente porque significava a extinção do modo tradicional de produção, mas também porque punha em questão todas as pretensões de autenticidade de acordo com as quais o museu determinava seu conjunto de objetos e seu campo de conhecimento.

Quando os agentes determinantes de uma área do discurso começam a ruir, abre-se para o conhecimento toda uma gama de novas possibilidades, as quais não poderiam ter sido vislumbradas do lado de dentro do antigo campo. E nos anos que se seguiram à apropriação que Rauschenberg fez das imagens fotográficas – a desintegração muito concreta das fronteiras entre arte e não arte – *realmente* teve lugar todo um novo conjunto de atividades estéticas. Essas atividades não cabiam no espaço do museu nem podiam ser explicadas por seu sistema discursivo. A crise assim precipitada foi enfrentada, naturalmente, com tentativas de negar que qualquer mudança significativa tivesse ocorrido e de recuperar as formas tradicionais. Um novo conjunto de apropriações veio ajudar essa recuperação: a retomada de técnicas havia muito tempo ultrapassadas como a da pintura *al fresco* (embora feita em pranchas portáteis para garantir a vendagem) e a da escultura fundida em bronze, a reabilitação de artistas *retardataires* como os *pompiers* do século XIX e os realistas do entreguerras, e a reavaliação de produtos até então secundários como desenhos de arquitetos e fotografias comerciais.

Foi numa relação com esta última resposta à crise do museu – a aceitação indiscriminada da fotografia como uma arte de museu – que me pareceu situarem-se inúmeras práticas fotográficas recentes que fizeram uso da estratégia de apropriação. Assim, a apropriação de imagens publicitárias por parte de Richard Prince e a intromissão de fotos inalteradas no contexto da galeria de arte por ele executada simplesmente reproduziram – embora disfarçadamente – a apropriação de fotografias comerciais antigas pelas instituições de arte. Como na moda, parecia que a assim chamada modalidade autoral da fotografia de arte (que eu prefiro chamar de fotografia de *auteur*) era ridicularizada com ironia pelos instantâneos montados de casas de bonecas e de caubóis de plástico de Laurie Simmon, ou pelos fotogramas artificiais de Cindy Sherman, que implicitamente atacavam o culto ao autor ao equiparar a conhecida artificialidade da atriz diante da câmera com a suposta autenticidade do diretor por trás da câmera.

Certamente eu não esperava que essa obra funcionasse simplesmente como uma crítica programática ou instrumental da força institucional do museu. Assim como os quadros de Rauschenberg, todas as obras feitas no âmbito das instituições de arte existentes acabam inevitavelmente encontrando sua vida discursiva e seu verdadeiro lugar de repouso dentro dessas instituições. Mas quando, ainda que de maneira muito sutil, essas práticas começam a se acomodar aos desejos do discurso institucional – como no caso da extrema mediação da imagem publicitária em Prince, ou do abandono da *mise-en-scène* do fotograma de cinema em favor dos *close-ups* da "estrela" por parte de Sherman –, elas se deixam simplesmente entrar nesse discurso (em vez de intervir nele) em pé de igualdade com os próprios objetos que outrora pareceram estar prontas a remover. E, nesse sentido, a estratégia de apropriação torna-se apenas mais uma categoria acadêmica – a temática – por meio da qual o museu organiza seus objetos[1].

A obra de Rauschenberg oferece, mais uma vez, um exemplo particularmente esclarecedor da atual situação da arte. Ele retomou, em sua obra recente, uma de suas primeiras áreas de interesse – a fotografia. Mas ele agora usa a fotografia não como uma tecnologia reprodutora por meio da qual as imagens podem ser transferidas de um lugar da cultura para outro – do jornal diário, digamos, para a superfície da pintura –, mas antes como um meio da arte em sua concepção tradicional. Em suma, Rauschenberg virou um fotógrafo. E o que ele descobre com a câmera e enxerga através das lentes? Nada além de todos aqueles objetos do mundo que se parecem com passagens de sua própria arte. Rauschenberg, desse modo, apropria-se de sua própria obra, transforma-a de matéria em estilo, e a entrega nessa nova forma para satisfazer o desejo de imagens fotográficas apropriadas que o museu tem.

Nota

1. A referência, neste caso, foi indicada: este ensaio foi escrito para o catálogo de *Catadores de Imagem: Fotografia*, parte de uma exposição dupla – que também incluía *Catadores de Imagem: Pintura* – apresentada no Instituto de Arte Contemporânea da Universidade da Pensilvânia, de 8 de dezembro de 1982 a 30 de janeiro de 1983, e que usava "apropriação" como um tema organizacional.

Um copo

Pasadena à meia-noite

Roche, Dinkeloo, & Assoc., Museu Metropolitano de Arte, Galeria André Meyer.

No ano seguinte, sua "gaiola" de vidro permaneceu vazia durante as duas primeiras semanas da exposição. Quando finalmente foi exposta, um crítico comparou-a a um "feto expelido" que, fosse ele menor, "... nos sentiríamos tentados a conservá-lo em um vidro com álcool".

Calder, Franzen, Oldenburg, Whitney, Philip Morris ➜

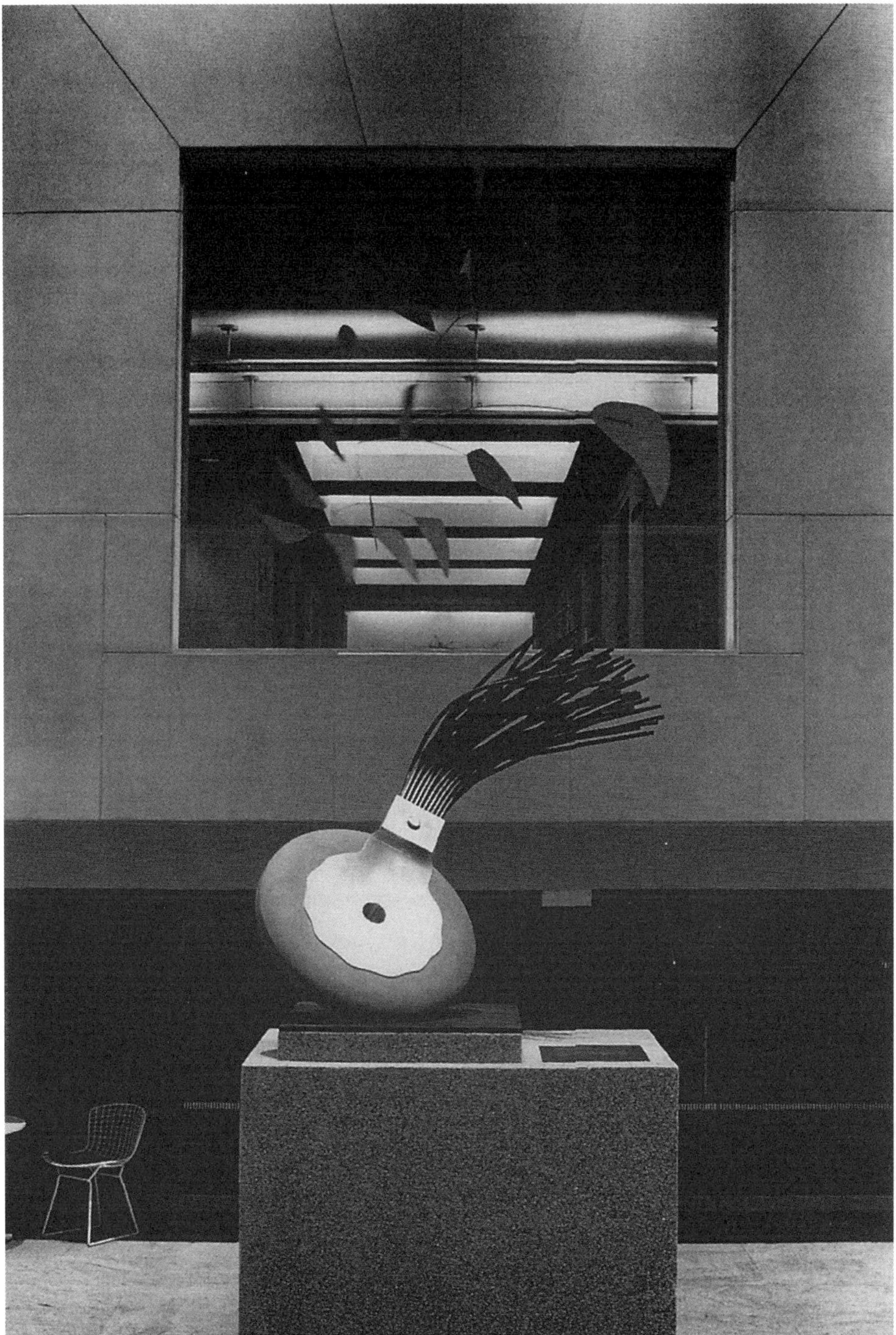

O FIM DA ESCULTURA

REDEFININDO A ESPECIFICIDADE DE LOCALIZAÇÃO

> Sei que, diversamente da poesia e do cinema experimental, a escultura não tem público. É grande, contudo, o público dos produtos que oferecem às pessoas o que elas querem e, supostamente, precisam, e que não procuram oferecer mais do que elas são capazes de compreender.
> RICHARD SERRA, "Extended Notes from Sight Point Road"

> É melhor ser inimigo do povo do que inimigo da realidade.
> PIER PAOLO PASOLINI, "Unhappy Youths"

O local era um antigo armazém no extremo oeste de Manhattan, usado pela Galeria Leo Castelli como depósito; a ocasião, uma exposição organizada pelo escultor minimalista Robert Morris; o momento, dezembro de 1968. Espalhados pelo chão de cimento, presos ou encostados nas paredes de tijolo, havia objetos que desafiavam todas as nossas expectativas quanto à forma e à maneira de expor a obra de arte. É difícil transmitir o choque que aconteceu ali, pois a partir de então ele foi absorvido, passou para o controle da estética normalizada e, por fim, foi confiado à história de uma vanguarda considerada agora acabada. Mas, para muitos de nós que começamos a pensar seriamente sobre a arte precisamente porque nossas expectativas foram surpreendidas por assaltos desse tipo, o retorno à convenção feito pela arte da década de 1980 só pode soar falso, uma traição ao processo de reflexão posto em movimento por nossos confrontos com a arte. E, assim, continuamos a tentar reviver aquela experiência e trazê-la ao alcance daqueles que, despreocupadamente, passam as tardes de sábado nas galerias do SoHo olhando pinturas com cheiro de óleo de linhaça fresco e esculturas que, uma vez mais, foram fundidas em bronze.

Das coisas existentes naquele armazém, certamente nenhuma desafiava mais nosso sentido de objeto estético do que *Respingos* de Richard Serra. Serra espalhara chumbo derretido no lugar em que a parede encontrava o chão, deixando que endurecesse ali. Aquilo não resultou, na verdade, em objeto algum; sua forma e massa eram indefinidas; e ele não criava nenhuma imagem legível. Poderíamos, é claro, dizer que ele alcançava a negação de categorias a qual Donald Judd, alguns anos antes, dissera ser o atributo das "melhores novas obras": "nem pintura nem escultura"[1]. E era possível ver que, ao eliminar a linha de onde a parede subia perpendicularmente ao chão, Serra estava ocultando uma referência de orientação no espaço interno, declarando aquele espaço a base de uma experiência perceptiva de outro tipo. A dificuldade que encontrávamos em relação a *Respingos* era tentar imaginar como ela poderia continuar a existir no universo dos objetos de arte. Lá estava ela, grudada na estrutura daquele antigo armazém no extremo oeste da cidade, condenada a ser deixada ali para sempre ou ser feita em pedaços e destruída. Pois a remoção da obra certamente significaria sua destruição.

"Remover a obra é destruir a obra." Foi com essa afirmação que Serra, em uma audiência pública convocada para decidir o destino de *Arco inclinado*, procurou redefinir os termos da discussão[2]. A escultura de Serra fora encomendada pelo Programa Arte-na-Arquitetura da Administração Geral de Serviços (GSA) e instalada em caráter permanente na praça do Edifício Federal Jacob K. Javits, zona sul de Manhattan, no verão de 1981. Em 1985, um recém-nomeado administrador regional da GSA teve a pretensão de reavaliar a presença da obra ali, perguntando se ela não poderia ser "deslocada" para outro lugar. Um depois do

Richard Serra, *Respingos* e *Estaca*, ambas de 1968, instalação no Armazém Castelli, Nova York (foto de Peter Moore).

outro, os testemunhos de artistas, funcionários de museu e outras pessoas sucederam-se na audiência, em defesa do argumento de especificidade de localização sugerido pela afirmação de Serra. A obra fora concebida para o lugar, erguida no lugar, tornara-se parte integrante do lugar, alterara a própria natureza do lugar. Removida dali, simplesmente deixaria de existir. Mas, apesar de todo o entusiasmo e eloquência, as testemunhas não conseguiram convencer os adversários de *Arco inclinado*. A obra, para eles, estava em conflito com o lugar, perturbava a visão normal e as funções sociais da praça, e, de fato, seria muito mais agradável contemplá-la em um contexto rural. Ali, presumivelmente, o entorno não se sentiria tão esmagado por seu tamanho, e sua superfície de aço cor de ferrugem estaria em maior harmonia com as cores da natureza.

A incompreensão mostrada pelo grande público diante da afirmação de Serra relativa à especificidade de localização é a incompreensão das prerrogativas radicais de um momento histórico da atividade artística. A afirmação "remover a obra é destruir a obra" explicava-se a si mesma para quem quer que tivesse visto como *Respingos* a tornara literal, e foi ela que serviu como o antecedente de *Arco inclinado* para seus defensores. Mas eles não seriam capazes de explicar, durante o curto espaço de tempo de seus testemunhos, uma história complexa que fora deliberadamente suprimida. A ignorância do público é, naturalmente, uma ignorância imposta, pois, do mesmo modo que a produção cultural é mantida somente como privilégio de uma pequena minoria, assim também as instituições de arte e as forças às quais elas servem não têm interesse em produzir conhecimento a respeito das práticas radicais, nem mesmo para o seu público especializado. E é exatamente este o caso daquelas práticas cujo objetivo é a crítica materialista dos pressupostos dessas mesmas instituições. Tais práticas procuram revelar as condições materiais da obra de arte, seu modo de produção e de recepção, os suportes institucionais de sua circulação, as relações de poder representadas por essas instituições – em poucas palavras, tudo aquilo que o discurso estético tradicional oculta. Contudo, essas práticas foram posteriormente recuperadas por esse mesmo discurso, como se refletissem apenas mais um episódio do progresso contínuo da arte moderna. Muitos dos defensores de *Arco inclinado*, alguns deles representantes de políticas públicas para a arte, defenderam uma noção de especificidade de localização que a reduzia a uma pura categoria estética. Como tal, ela não mais se aplicava à presença da escultura na Federal Plaza. A especificidade de localização de *Arco inclinado* é a de um determinado espaço público. O material, a escala e a forma da obra não atravessam somente as características formais de seu ambiente, mas também os desejos e as certezas de um público muito diferente daquele acostumado aos choques que a arte do final da década de 1960 provocava. A transferência das implicações radicais de *Respingos* para dentro da esfera pública, e o ato de Serra assumir deliberadamente as contradições que essa transferência implica, é a verdadeira especificidade de *Arco inclinado*.

Quando a especificidade de localização foi introduzida na arte contemporânea pelos artistas minimalistas em meados da década de 1960, o que estava em questão era o idealismo da escultura moderna, seu envolvimento da consciência do espectador com o conjunto de relações internas da própria escultura. Os objetos minimalistas fizeram com que a consciência se voltasse novamente para si mesma e para as condições do mundo real que eram seus fundamentos. Estabeleceu-se que as coordenadas de percepção não existiam somente entre o espectador e a obra, mas permeavam o espectador, a obra e o lugar em que ambos se encontravam. Isso foi alcançado ou pela eliminação completa das relações internas do objeto ou pela transformação dessas relações em uma função da repetição estrutural simples, de "uma coisa depois da outra"[3]. Toda relação que fosse agora percebida dependia do movimento temporal do observador no espaço compartilhado com o objeto. A obra, portanto, pertencia ao seu local; se este mudasse, o mesmo aconteceria com o inter-relacionamento entre objeto, contexto e observador. Tal reorientação da experiência de percepção da arte fez, de fato, do observador o tema da obra, enquanto sob o reinado do idealismo modernista essa posição privilegiada encontrava-se delegada, em última análise, ao artista, gerador único das relações formais da produção artística. A crítica do idealismo dirigida contra a escultura moderna e sua independência ilusória da localização, contudo, ficou incompleta. A incorporação do lugar dentro do território da percepção da obra conseguiu apenas estender o idealismo da arte para o seu entorno. A localização era considerada como específica apenas no sentido formal; e, portanto, era abstraída e estetizada. Perguntaram a Carl Andre – que afirmara que a escultura, anteriormente reduzida à forma e à estrutura, devia agora ser reduzida ao lugar – quais as implicações de mudar suas obras de um lugar para outro. E ele respondeu: "Não tenho obsessão com a particularidade dos lugares. Não penso que os lugares sejam tão particulares assim. Penso que há categorias genéricas de espaços para os quais e em vista dos quais você trabalha. Portanto, o lugar preciso em que uma obra vai ficar na verdade não é um problema"[4]. Andre enumerou esses espaços:

"Interior de galerias, interior de residências particulares, interior de museus, interior de grandes espaços públicos, e também diversos tipos de espaços externos"[5].

A incapacidade de Andre de enxergar a particularidade das "categorias genéricas de espaços para os quais e em vista dos quais ele trabalhava" era a incapacidade da arte minimalista de produzir uma crítica plenamente materialista do idealismo modernista. Essa crítica, iniciada na produção artística dos anos seguintes, levaria à análise da, e à resistência contra a, institucionalização da arte dentro do sistema comercial representado pelos espaços enumerados por Andre. Se a existência dos objetos artísticos modernos não guardava relação com nenhuma localização específica, fazendo com que eles fossem, portanto, considerados autônomos e sem casa, essa também era a precondição de sua circulação; do estúdio para a galeria comercial, dali para a residência do colecionador, desta para o museu ou para o saguão da sede de alguma grande empresa. A verdadeira condição material da arte moderna, mascarada por sua pretensão à universalidade, é a de mercadoria especializada de luxo. Engendrada sob o capitalismo, a arte moderna ficou sujeita à mercantilização da qual nada escapa completamente. E, ao aceitar os "espaços" institucionalizados de circulação mercantil da arte como um fato consumado, a arte minimalista não foi capaz nem de expor as condições materiais ocultas da arte moderna, nem de resistir a elas.

Essa tarefa foi assumida pela obra dos artistas que radicalizaram a especificidade de localização, artistas tão diversos como Daniel Buren e Hans Haacke, Michael Asher e Lawrence Weiner, Robert Smithson e Richard Serra. A contribuição que eles trouxeram à crítica materialista da arte e a resistência que opuseram à "dissolução da cultura em mercadoria"[6] foram fragmentárias e provisórias, tiveram consequências limitadas, viram-se submetidas sistematicamente à oposição ou à mistificação e, finalmente, foram sobrepujadas. Hoje, o que resta dessa crítica é uma história a ser recuperada e práticas esporádicas e marginalizadas que lutam para, ao menos, existir em um mundo artístico comprometido, mais do que nunca, com o valor mercantil.

Não é possível recuperar essa história aqui; o que se pode é reiterar sua importância fundamental para a verdadeira compreensão da obra *Respingos* de Richard Serra e de suas realizações posteriores. Não há a menor necessidade de recordar os perigos inerentes à separação das práticas artísticas das condições sociais e políticas existentes no momento de sua execução; neste caso, a própria menção ao ano de 1968 como a data de *Respingos* é um alerta suficiente. Os parágrafos seguintes, escritos na França por Daniel Buren apenas um mês depois dos eventos de maio de 1968 e publicados em setembro do mesmo ano, podem servir como um lembrete da consciência política dos artistas do período.

> Os desafios à tradição podem ser encontrados já no século XIX – na verdade, (muito) antes. Mesmo assim, de lá para cá, uma infinidade de tradições e de academicismos, de tabus e de novas escolas foi criada e derrubada!
> Por quê? Porque os fenômenos contra os quais o artista luta não passam de epifenômenos, ou, mais precisamente, eles nada mais são que superestruturas erguidas sobre a base que condiciona a arte, e que é a arte. E a arte transformou suas tradições, seus academicismos, seus tabus e suas escolas etc. no mínimo umas cem vezes porque a vocação daquilo que está na superfície é ser incessantemente transformado; e, enquanto a base não é afetada, é obvio que nada é fundamentalmente – *basicamente* – transformado.
> E é desse modo que a arte evolui, é desse modo que pode haver história da arte. O artista desafia o cavalete ao pintar uma superfície grande demais para caber no cavalete; desafia então o cavalete e a superfície maior produzindo uma tela que é também um objeto, e, então, só um objeto; e depois há o objeto a ser feito no lugar do objeto feito, depois ainda um objeto móvel ou um objeto que não pode ser transportado etc. Digo isso meramente como exemplo, mas que pretende demonstrar que se um desafio é possível ele não pode ser um desafio formal, só pode ser básico, no nível da arte e não no nível das formas dadas à arte[7].

A terminologia marxista de Buren situa-o em uma tradição política muito diferente da de seus colegas americanos. Além do mais, dentre os artistas de sua geração Buren tem sido o mais sistemático na análise da relação da arte com suas bases econômicas e ideológicas, chegando assim a uma conclusão muito mais radical: as transformações que a prática inscreve na arte devem ser "básicas", não "formais". Apesar de continuar trabalhando com as "formas dadas à arte", Serra incorporou, todavia, componentes importantes da crítica materialista. Entre eles estão a atenção aos processos e divisões do trabalho, a tendência da arte de ser condicionada pelo consumo e a falsa separação entre as esferas privada e pública na produção e na recepção da arte. Embora o trabalho de Serra não seja, quanto a isso, sistemático e coerente, mesmo o modo contraditório com que ele tem assumido uma posição crítica tem produzido frequentemente reações perplexas, indignadas e às vezes violentas. Decidido a construir sua obra fora dos limites das instituições de arte, Serra tem deparado frequentemente com a oposição de funcionários públicos e seus subordinados, que habilmente têm manipulado a falta de compreensão do público em prol de seus objetivos censórios[8].

O *status* extraordinário que foi conferido à obra de arte durante o período do modernismo é, em parte, uma consequência do mito romântico do artista como o produtor mais altamente especializado – na verdade, o único. Os artistas minimalistas se deram conta de que esse mito oculta a divisão social do trabalho. A técnica especializada e os materiais altamente fetichizados da escultura tradicional foram confrontados pelo minimalismo com a introdução de objetos fabricados em escala industrial usando materiais comuns. As luzes fluorescentes de Dan Flavin, as caixas de alumínio de Donald Judd e as placas de metal de Carl Andre não eram de maneira nenhuma produto da mão do artista. Serra também se voltou para os materiais industriais quando começou a esculpir, mas de início trabalhou esses materiais sozinho ou com a ajuda de amigos. Usando chumbo e trabalhando em escala compatível com o uso da mão, ele produziu peças partidas, fundidas e encostadas que evidenciavam ainda o trabalho do artista, independentemente de quanto os processos empregados por Serra diferissem das técnicas convencionais de entalhamento, modelagem e fundição. Mas, quando Serra instalou

Richard Serra, *Greve: para Roberta e Rudy*, 1969-71, instalação na Galeria Lo Giudice, Nova York (foto de Peter Moore).

Greve na Galeria Lo Giudice de Nova York, em 1971, seu processo de trabalho se transformou. *Greve* era apenas uma única chapa de aço estendida a quente, de 1 polegada de espessura, 2,5 metros de altura, 8 metros de comprimento e que pesava aproximadamente 3 toneladas. A chapa de aço, contudo, não era a obra. Para tornar-se a escultura *Greve*, a chapa de aço tinha que ocupar um local, tinha que se posicionar no canto da sala da galeria, dividindo o ângulo reto formado pelas duas paredes. Mas não havia nada que a técnica do artista pudesse fazer para tornar realidade esse simples fato. O peso do aço exigia um processo industrial diferente daquele que produzira a chapa. Esse processo, conhecido como *rigging*, envolve a aplicação de leis da mecânica e geralmente conta com a ajuda de máquinas, "para pôr [o material] em condição ou posição de uso"[9]. Começando com *Greve*, a obra de Serra exigia o trabalho profissional de outras pessoas, não somente para a produção dos elementos materiais da escultura, mas também para "fazer" a escultura, isto é, para pô-la em condição ou posição de uso, para constituir o material *enquanto* escultura. Essa confiança exclusiva na força de trabalho industrial (uma força transmitida de modo muito particular no nome da escultura) caracteriza a produção de Serra posterior ao início da década de 1970 como de alcance público, não somente porque a escala de sua obra aumentou de modo dramático, mas também porque o espaço privado do estúdio do artista não podia ser mais o local da produção. O lugar onde a escultura ficaria seria o lugar onde ela foi feita, e sua feitura seria o trabalho de outras pessoas.

A caracterização da obra de Serra como machista, arrogante, agressiva e opressora procura levar o artista de volta para o estúdio, reconstituí-lo como o criador único da obra, e, desse modo, negar o papel dos processos industriais em sua escultura. Embora qualquer escultura de grande porte exija tais processos, e embora até mesmo a produção da tinta e da tela os requeira, o trabalho nelas empregado não é perceptível em nenhuma parte do produto final. Esse trabalho foi mistificado pelo próprio trabalho "artístico" do artista, transformado por sua magia em mercadoria de luxo. Serra não somente se recusa a pôr em prática as manobras místicas da arte como também insiste em confrontar o público da arte com materiais que de outro modo jamais apareceriam em seu estado bruto. Os materiais usados por Serra, diferentemente daqueles usados pelos escultores minimalistas, são materiais usados somente pelos meios de produção. Eles aparecem normalmente sob a forma de produtos acabados ou, mais raramente, transformados nos bens de luxo que são as obras de arte[10].

O conflito entre o produto da indústria pesada, inadequado para o consumo de luxo, e os locais em que se encontrava exposto – a galeria comercial e o museu – intensificou-se à medida que Serra expandia as implicações de *Greve* no sentido da negação absoluta das funções normais dos espaços das galerias. Em vez de aceitar de modo subserviente as deixas que as condições formais dos espaços das salas davam – como começavam a fazer as obras de localização específica ligadas a conceitos puramente estéticos –, as esculturas de Serra não atuavam "para e na direção deles", mas contra eles. As imensas paredes de chapa de aço de *Greve, Circuito* (1972) e *Gêmeos* (1972) ganharam novas dimensões com *Fatia* (1980), *Arcos distendidos* (1980), *Marilyn Monroe–Greta Garbo* (1981) e *Parede a parede* (1983). As obras *Molde* (1974) e *Elevador* (1980), feitas com chapas de aço horizontais, e os blocos de peças de aço batido *Vão* (1977) e *Degrau* (1982) também assumiram essas dimensões. Testando e forçando os limites externos da capacidade estrutural, espacial, visual e circulante, essas obras apontavam para um outro tipo de especificidade da localização da arte, suas origens históricas específicas no interior da casa burguesa. Pois se a forma histórica da produção artística moderna foi concebida por ter a função de enfeitar aquele espaço privado interno, e se para o frequentador do museu sempre era possível imaginar a pintura de Picasso ou a escultura de Giacometti transportadas para dentro da residência particular, dificilmente seria agradável imaginar uma parede de aço cortando sua sala de estar. "O interior dos espaços das residências particulares" não mais seriam locais compatíveis com a escultura de Serra; assim, mais um dos territórios privados da arte sucumbia diante do uso que ele dava aos materiais industriais pesados e do modo como os dispunha. Ao mesmo tempo ficou claro que os espaços institucionais em que a arte era exposta, substitutos do domicílio privado, determinavam, confinavam e limitavam drasticamente as possibilidades da arte.

À época em que instalou essas últimas obras em galerias comerciais e museus, Serra já havia transferido grande parte de suas atividades externas para os espaços abertos do campo e da cidade. A evidente "falta de cabimento" das obras expostas em recinto fechado, espremidas no interior de salas brancas limpas, impõe, dentro dos limites do espaço normalmente privado, as condições de uma verdadeira experiência pública com a escultura. Serra, com efeito, inverteu a direção geralmente tomada pela escultura quando se aventura no espaço público, direção que fica clara na resignada e sucinta declaração de um crítico: "Tudo o que podemos fazer é pôr arte privada em espaço público"[11]. Não estando disposto a aceitar, como veremos, essa ideia fossili-

Içando *Circuito*, de Richard Serra, para a *Documenta 5*, Kassel, 1972.

Içando *Elevador*, de Richard Serra, Museu do Rio Hudson, Yonkers, 1980 (foto de Jon Abbott).

zada de privado *versus* público, Serra insiste, em vez disso, em trazer as lições aprendidas na rua, por assim dizer, de volta para a galeria. Faz-se, nesse processo, com que o frequentador da galeria de arte (*Marilyn Monroe–Greta Garbo* tem como subtítulo "Uma Escultura para Frequentadores da Galeria de Arte") perceba dolorosamente as limitações desta, e o sufoco por que passa ali a experiência artística. Ao virar o jogo diante da galeria, mantendo-a refém da escultura, Serra desafia a autoridade da galeria declarando-a um espaço de luta. *Fatia*, instalada na Galeria Leo Castelli, na rua Greene, em Nova York, demonstra que os termos dessa luta dependem em parte das questões de localização privada da arte *versus* sua localização pública. Constituída por uma curva contínua de placas de aço de 3,5 metros de altura e mais de 40 metros de comprimento, a escultura cortava o espaço profundo da galeria e ia se alojar nos dois cantos de uma das longas paredes. A sala, com isso, era dividida em duas áreas não comunicantes: uma área do lado convexo da curva, que podemos chamar de pública, e uma área interna côncava "privada". Ao entrar na galeria vindo da rua, o visitante seguia a curva que saía de um amplo espaço aberto, formava uma passagem estreita ao chegar mais perto da longa parede e se abria novamente na parede de trás da galeria. Tinha-se a sensação de estar do lado de fora, isolado das verdadeiras funções da galeria, sem conseguir ver suas atividades, seu escritório e seus funcionários. Saindo da galeria e retornando pela porta do saguão, o visitante encontrava-se agora do lado de "dentro", confinado na concavidade da curva e privando dos negócios da galeria. Assim, ao se experimentar os dois lados de *Fatia* enquanto sensações espaciais extraordinariamente diferentes – nenhuma das quais imaginável a partir da outra –, experimentavam-se também as relações sempre presentes e visíveis, mas nunca realmente evidentes, entre a galeria enquanto espaço de observação e enquanto espaço de comércio. Ao instalar uma obra que não poderia partilhar das possibilidades comerciais da circulação da mercadoria, Serra conseguia, de todo modo, fazer dessa condição da galeria uma parte da experiência da obra, ainda que em termos abstratos e sensoriais.

Richard Serra, *Fatia*, 1980, instalação na Galeria Leo Castelli, Nova York (fotos de Bevan Davies).

Mas as possibilidades de abalar o poder que as galerias têm de determinar a experiência artística são extremamente limitadas, visto que dependem da boa vontade da instituição contestada. O mesmo acontece, naturalmente, em relação aos museus, embora estes possam reivindicar uma maior neutralidade com respeito a todas as práticas artísticas, mesmo as que questionam a privatização da cultura como uma forma de propriedade. O museu, contudo, baseado na benevolência de sua neutralidade, simplesmente substitui o conceito comercial de mercadorias privadas da galeria por um conceito de expressão privada ideologicamente constituído. Pois o museu, enquanto instituição, foi constituído para produzir e manter uma história da arte reificada que se baseia em uma série de mestres, cada um deles apresentando sua visão de mundo particular. Embora sua obra não participe desse mito, Serra está consciente de que no interior do museu ela será sempre vista dessa maneira:

> O processo de construção revela-se em minha obra toda. As decisões materiais, formais e contextuais são por si evidentes. O fato de revelar o processo tecnológico despersonaliza e desmitifica a idealização da técnica do escultor. A obra não entra no reino fictício do "mestre".... Minhas obras não significam nenhuma autorreferência esotérica. A construção delas leva a pessoa para dentro de sua estrutura e não se refere à *persona* do artista. Contudo, assim que você põe a obra no museu, sua ficha aponta primeiramente para o autor. Espera-se que o visitante identifique "a mão". De quem é esta obra? A instituição do museu invariavelmente cria a autorreferência, mesmo quando ela não está sugerida. Nunca é feita a pergunta "Como funciona a obra?". Qualquer tipo de disjunção que a obra possa pretender é eclipsado. Uma vez que a obra entra no domínio público, o problema da autorreferência não existe. O que importa é como a obra altera um determinado local, não a *persona* do autor. Uma vez que tenham sido erguidas em um espaço público, as obras passam a fazer parte das preocupações dos outros[12].

Quando Serra deixou pela primeira vez as instituições de arte, ele realmente foi para longe. Era o ano de 1970. Robert Smithson havia construído *Cais em espiral* em Utah, no Grande Lago Salgado; Michael Heizer havia esculpido *Negativo duplo* em Nevada, na mesa do rio Virgínia; o próprio Serra estava planejando *Mudança*, a grande obra externa em King County, no Canadá. Malgrado toda a agitação gerada pelo progresso das *earthworks*, contudo, Serra achava que locais isolados como esses eram insatisfatórios. Na condição de artista urbano que trabalhava com materiais industriais, ele descobriu que a vasta e inevitavelmente mitificada paisagem americana não lhe dizia respeito, nem tampouco o *páthos* e o falso heroísmo de trabalhar distante do público. "Não", disse, "prefiro ficar mais vulnerável e lidar com a minha realidade de vida[13]." Serra entrou em negociação com os funcionários municipais de Nova York para conseguir um local na cidade, acabando por obter a permissão de erguer uma obra em uma rua sem saída do Bronx que estava abandonada. Ali ele construiu, em 1970, *Para circundar o hexagrama de base de chapa e braçadeiras direitas invertidas*, uma cantoneira de aço com quase nove metros de diâmetro fixada na superfície da rua. Metade da circunferência do círculo era uma linha fina, com uma polegada de espessura; a outra metade, a flange da braçadeira, tinha oito polegadas de espessura. A distância, no nível da rua, a obra era invisível; só se materializava quando o observador ficava diretamente sobre ela. De pé dentro da circunferência, o observador podia reconstruir o corpo da escultura, meio enterrado abaixo da superfície. Havia, contudo, uma segunda abordagem, também a distância, na qual a obra era vista de outra maneira. A rua sem saída dava em uma escada que conduzia a uma rua contígua situada em um nível superior; vista dali, a rua de baixo assemelhava-se a uma "tela" com o "desenho" do círculo de aço. Esta leitura de uma figura sobre um fundo, em vez de um corpo material reconstruído *no* chão, preocupava Serra e parecia evocar-lhe mais uma vez o pictorialismo no qual a escultura sempre tendia a cair, um pictorialismo que ele queria derrotar com a pura materialidade e a duração da experiência de sua obra. Além disso, esse pictorialismo enganador coincidia com uma outra leitura da escultura não prevista por Serra, e que veio a representar para ele uma enganação fundamental contra a qual ele posicionaria sua obra. Essa enganação era a *imagem* da obra em contraposição à experiência real dela.

O FIM DA ESCULTURA **149**

Içando *Para circundar o hexagrama de base de chapa e braçadeiras direitas invertidas*, Bronx, Nova York, 1970 (foto de Gianfranco Gorgoni).

O local de *Para circundar* era, nas palavras de Serra,"sinistro, usado pelos marginais do lugar para pôr fogo em carros roubados"[14]. Os"marginais do lugar"certamente não estavam interessados em olhar escultura – pictórica ou não –, e foi um erro de avaliação da parte de Serra achar que haveria alguém do mundo artístico que se interessasse tanto por escultura a ponto de se aventurar naquelas paragens"sinistras"do Bronx. A obra existiu, então, exatamente da mesma forma que as *earthworks* existem para a maioria das pessoas – como documentos e fotografias. Elas são transferidas para dentro dos discursos institucionais da arte através da reprodução, um dos mais poderosos recursos por meio dos quais a arte tem sido abstraída de seus contextos ao longo da era moderna. Para Serra, o verdadeiro objetivo da escultura é derrotar esse consumo substituto da arte – na verdade, derrotar completamente o consumo e substituí-lo pela experiência da arte em sua realidade material:

> Se você reduz a escultura à dimensão horizontal da fotografia, transmite apenas um resíduo de suas preocupações. Nega a experiência temporal da obra. Não somente reduz a escultura a uma escala diferente para atender aos propósitos do consumo, mas nega o verdadeiro conteúdo da obra. Pelo menos no que se refere à maior parte das esculturas, a experiência da obra é inseparável do lugar em que ela reside. Sem essa condição, toda experiência da obra é uma decepção.
> Mas pode ser que se queira consumir escultura do modo que se consome pintura – por meio da fotografia. A maioria dos fotógrafos é influenciada pela publicidade, em que a prioridade é um alto conteúdo de imagem para uma compreensão gestáltica fácil. Estou interessado na experiência da escultura no lugar em que ela reside[15].

Contudo, as tentativas feitas por Serra de impor a diferença entre a arte de consumo e a escultura a ser experimentada no lugar de sua residência o envolveriam em permanentes controvérsias. A primeira obra proposta por Serra para um lugar realmente público nunca recebeu a permissão de ocupar o local para o qual fora concebida. Em 1971, depois de ganhar uma disputa para fazer uma escultura para o *campus* da Universidade Wesleyan de Middletown, em Connecticut, sua obra *Observatório* foi finalmente rejeitada pelo arquiteto da universidade por ser "grande demais e ficar próxima demais dos edifícios históricos do *campus*"[16]. Serra, naturalmente, queria exatamente esse tamanho e essa proximidade. *Observatório* é uma entre as inúmeras obras de grande porte que empregam os princípios desenvolvidos nas primeiras peças apoiadas (*prop pieces*), princípios de construção que são baseados na força da gravidade. Mas, devido à escala extremamente aumentada e aos lugares públicos específicos que ocupam, essas obras não usam mais esses princípios meramente para se opor às relações formais obtidas na escultura modernista; elas agora entram em conflito com outra forma de construção, a da arquitetura de seu entorno. Em vez de assumir o papel secundário de adorno, foco ou realce dos prédios vizinhos, elas buscam envolver o passante em uma nova e crítica leitura do ambiente. Ao revelar o processo de sua construção somente com a experiência ativa da observação sequencial, as esculturas de Serra implicitamente condenam a tendência da arquitetura de ficar reduzida a uma imagem de fácil compreensão, que, precisamente, se traduz na fachada. É essa redução à fachada e o resultado pictórico da prancheta do arquiteto – local de seu expressivo talento – que, provavelmente, o arquiteto da Universidade Wesleyan queria defender para os "edifícios históricos" do *campus*[17].

Quando lhe perguntaram o que *Observatório* (1971-1975) perdia por ter sido erguida no pátio de trás do Museu Stedelijk de Amsterdã em vez de sê-lo no lugar previsto, Serra respondeu simplesmente: "O que aconteceu com *Observatório* é que ela perdeu toda relação com um padrão de circulação, determinante importante de sua localização original na Wesleyan"[18]. Serra percebia que mesmo a arte pública geralmente só conseguia a função de realce estético no isolamento dos espaços do tipo dos museus, afastada dos padrões normais de circulação e colocada, por assim dizer, em pedestais ideológicos:

> Os lugares normalmente oferecidos têm conotações ideológicas específicas, de parques a edifícios empresariais e públicos, e seus anexos como gramados e praças. É difícil subverter esses contextos.

É por isso que há tantas bugigangas empresariais na Sexta Avenida [Nova York], tanta arte de praça de má qualidade com cheiro de IBM, alardeando sua sofisticação cultural... Mas não existe local neutro. Todo lugar tem sua estrutura e suas implicações ideológicas. É uma questão de grau. Eu quero uma condição: fluxo de tráfego intenso[19].

Serra obteve exatamente esse tipo de tráfego intenso com *Terminal* (1977), erguida bem no centro da cidade alemã de Bochum, na rotatória por onde passava o tráfego metropolitano. "Os ônibus passam a meio metro dela[20]."

Terminal é uma peça apoiada composta de quatro placas trapezoidais de aço Cor-Ten com quase 14 metros de altura. As placas foram fabricadas na metalúrgica Thyssen da cidade vizinha de Hattingen, distrito industrial do Ruhr, do qual Bochum é uma das maiores cidades. Embora *Terminal* tivesse sido construída em Kassel para a *Documenta 6,* Serra concebera a obra para seu lugar atual, em parte porque queria que ela ficasse no centro do distrito industrial onde as placas foram produzidas[21]. Essa especificidade social de localização, contudo, causaria furor em torno de *Terminal*.

A obra provocou, a princípio, uma reação que não era incomum diante das esculturas públicas de Serra: grafites identificando-a como um banheiro ou alerta contra ratos, cartas para os editores dos jornais locais deplorando o enorme gasto feito com os recursos da cidade e chamando a obra de feia e inadequada. À medida que a controvérsia aumentava e as eleições para o conselho municipal se avizinhavam, o Partido Democrata-Cristão (CDU) assumiu o tema como o núcleo de sua campanha política contra os solidamente entrincheirados social-democratas, que haviam votado a favor da compra da obra para a cidade. Na disputa pelos votos dos metalúrgicos, que constituem um grupo importante dentro do eleitorado da região, o CDU imprimiu pôsteres de campanha com uma fotografia de *Terminal* aplicada sobre a de uma metalúrgica. O slogan era: "Não pode ser *sempre* assim – CDU para Bochum". As objeções que os democrata-cristãos fizeram a *Terminal* são extremamente reveladoras das questões levantadas pelas esculturas públicas de Serra, principal-

Richard Serra, *Terminal*, 1977, Bochum (fotos de Alexander von Berswordt-Wallrabe).

Pôster de campanha do Partido Democrata-Cristão, Bochum, 1979.

mente na medida em que seu vocabulário abstrato cruza com condições sociais e materiais explícitas. Vale a pena, portanto, reproduzir na íntegra o comunicado de imprensa distribuído pelo CDU afirmando sua posição a respeito de *Terminal*:

> Os defensores da escultura fazem menção a seu alto valor simbólico para o distrito do Ruhr como um todo e para Bochum em particular enquanto lar do carvão e do aço. Acreditamos que faltam à escultura qualidades importantes para que possa funcionar como símbolo. O aço é um material especial cuja produção exige uma grande qualificação e *know-how* profissional e técnico. Ele oferece possibilidades praticamente ilimitadas para o tratamento diferenciado, e mesmo delicado, tanto dos menores como dos maiores objetos, tanto das formas mais simples quanto das de maior expressão artística.
>
> Não cremos que essa escultura expresse nenhuma dessas coisas, já que parece um "lingote" desajeitado, comum e mal acabado. Nenhum metalúrgico é capaz de apontar de modo positivo para ele, de sentir orgulho por tê-lo fabricado.
>
> O aço significa arrojo e elegância nas mais diversas construções; não um exagero monstruoso. Sua estranha massa torna a escultura assustadora, sem que haja nenhum outro atributo atenuante. O aço é um material que, em grande medida, também sugere plasticidade, durabilidade e resistência à ferrugem. Isso é particularmente verdadeiro quanto ao aço de alta qualidade produzido em Bochum. Feita só com aço comum, a escultura já está enferrujando, e sua aparência é repugnante. O aço é um material de alta qualidade desenvolvido a partir do ferro, não é, portanto, realmente uma matéria-prima. A escultura, no entanto, passa a impressão de matéria-prima... extraída da terra sem nenhum tipo de tratamento.
>
> Se pretende, como alegam seus defensores, ser um símbolo do carvão e do aço, a escultura deve permitir que os interessados se identifiquem positivamente com ela, ou seja, os cidadãos da região, principalmente os metalúrgicos. Não acreditamos que nenhuma das características mencionadas apresente qualquer desafio ou identificação positivos. Nosso medo é que ocorra o contrário, que a rejeição e o escárnio não apareçam apenas no começo, mas que se intensifiquem com o passar do tempo. Isso seria um ônus não apenas para esta escultura mas para toda a moderna produção artística independente. Uma política cultural responsável não pode ter tal objetivo[22].

No momento em que a classe trabalhadora alemã sofre com as políticas cada vez mais brutais desse partido, a hipocrisia dos democrata-cristãos de pretender representar os interesses dos metalúrgicos dificilmente precisa ser demonstrada, e, quanto a isso, os metalúrgicos não se deixaram enganar: a social-democracia manteve o poder na região[23]. O mais importante aqui, contudo, é a natureza da exigência feita à arte pública: oferecer aos trabalhadores símbolos para os quais possam apontar com orgulho e com os quais possam estabelecer uma identificação positiva. Escondida por trás da exigência está a necessidade de que, simbolicamente, o artista leve os metalúrgicos a se conformar com as brutais condições de trabalho a que estão sujeitos. O aço, material com o qual os cidadãos do distrito do Ruhr trabalham diariamente, deve ser usado pelo artista somente como símbolo de arrojo e elegância, plasticidade e durabilidade, as infinitas possibilidades de tratamento delicado e expressividade formal. Em outras palavras, ele deve ser disfarçado e tornado irreconhecível para aqueles que o produziram. A obra de Serra recusa liminarmente esse simbolismo autoritário implícito, que transformaria o aço de matéria-prima – embora processado, dentro da estrutura econômica capitalista o aço é uma matéria-prima[24] – em significante de invencibilidade. Ao contrário, Serra presenteia os metalúrgicos com o próprio produto de seu trabalho alienado, sem tê-lo, de modo algum, transformado em qualquer tipo de símbolo. Se os trabalhadores, então, sentem-se repelidos e ridicularizam *Terminal*, é porque já se encontram alienados do material; pois, embora tenham fabricado aquelas chapas de aço ou outros produtos semelhantes, nunca os possuíram; os metalúrgicos não têm o menor motivo de se orgulhar ou de se sentir identificados com qualquer produto feito de aço. Ao pedir que o artista dê para os trabalhadores um símbolo positivo, o CDU na verdade está pedindo que o artista proveja uma forma simbólica de consumo; pois, seja como for, o CDU não quer pensar no trabalhador como trabalhador, e sim como consumidor[25].

A meta do CDU de Bochum de "uma política cultural responsável" que não seja um ônus para a "moderna produção artística independente" é equivalente às políticas oficiais em relação à arte pública que surgiram e se expandiram nos Estados Unidos durante os últimos vinte anos. Partindo do princípio de que a arte é a expressão pessoal da individualidade, essas políticas estão preocupadas com as diversas possibilidades de transferir essa arte para o espaço público sem ofender as expectativas do público. Em um ensaio que tinha o sugestivo título de "Sensibilidades pessoais em lugares públicos", John Beardsley, que trabalhou para o programa Arte em Lugares Públicos do Fundo Nacional para as Artes e foi contratado para escrever um livro sobre o tema, explica como as preocupações pessoais do artista podem se tornar palatáveis para o público:

> Um objeto artístico pode se tornar significativo para seu público pela incorporação de conteúdos pertinentes para a plateia local ou pela adoção de uma função identificável. O papel que a obra exerce em um programa mais amplo de aperfeiçoamento cívico também pode estimular sua assimilação. No primeiro caso, um conteúdo ou uma função identificável permitem que o público se envolva com a obra, mesmo que o estilo ou a forma não lhe sejam familiares. No segundo, a identidade da obra enquanto arte é considerada dentro de um propósito público mais geral que ajuda a assegurar sua validade. Em ambos os casos, os modos pelos quais as sensibilidades pessoais do artista são apresentadas estimulam uma ampla aceitação por parte do público[26].

Um dos melhores exemplos de empatia por meio de conteúdo identificável que Beardley nos apresenta envolve um público bastante parecido com o de *Terminal*:

> [George] Segal foi contratado pelo Conselho de Artes da Região de Youngstown. Ele visitou a cidade, conheceu suas metalúrgicas, e os fornos de caldeira aberta "causaram-lhe uma profunda impressão". Ele decidiu fazer dos metalúrgicos ao lado da caldeira aberta o tema de sua escultura, usando Wayman Paramore e Peter Kolby como modelos, dois homens escolhidos pelo sindicato dos metalúrgicos dentre os associados. Sua contratação coincidiu com uma severa crise econômica em Youngstown, durante a qual o fechamento de uma série de siderúrgicas acabou deixando uns 10.000 trabalhadores sem ter o que fazer. O término da escultura, contudo, tornara-se uma questão de orgulho cívico. Inúmeras empresas e fundações lo-

cais deram dinheiro; uma das companhias siderúrgicas doou um forno novo. Os sindicatos dos trabalhadores ajudaram na fabricação e na instalação da obra. É impossível não chegar à conclusão de que o tema foi amplamente responsável pelo amplo apoio público. O povo de Youngstown estava à procura de um monumento para a sua principal indústria, mesmo que ela estivesse se desfazendo em volta deles. *Produtores de aço* de Segal é um tributo à tenacidade dessa gente[27].

Só mesmo uma política cínica em relação às artes poderia admitir, para não dizer louvar, um monumento que mitifica o trabalho na siderúrgica quando a verdadeira situação histórica dos metalúrgicos é sua entrada forçada no exército industrial de reserva. Essa obra é uma verdadeira homenagem à tenacidade de quem exatamente? À dos metalúrgicos que tentam inutilmente manter a dignidade diante do desemprego? Ou à da sociedade – incluindo a comunidade empresarial, companhias siderúrgicas e sindicatos de trabalhadores que contribuíram generosamente com a obra –, que fará o que for preciso para que esses metalúrgicos jamais identifiquem a natureza das forças econômicas alinhadas contra eles? Talvez o CDU de Bochum considerasse *Produtores de aço* de Segal um símbolo insuficiente do arrojo e da elegância do aço – a obra, afinal de contas, foi fundida em bronze –, mas ela certamente atende à sua principal exigência: que a escultura leve os trabalhadores a se conformar com as brutais condições de trabalho dando-lhes algo com que possam se identificar de maneira positiva. E é precisamente esse o objetivo de uma tal política cultural: manipular essa identificação e fazer com que o orgulho dos trabalhadores seja usado para tornar mais tolerável sua escravidão[28].

Não é preciso dizer que tal política cultural, seja a da direita alemã, seja a do *establishment* artístico liberal dos Estados Unidos, acha a escultura pública de Richard Serra consideravelmente mais problemática. Os conservadores deste país, contrários a qualquer dotação federal para a cultura, opõem-se terminantemente à obra de Serra, confiantes de que quando todas as obras públicas forem novamente financiadas exclusivamente pelo setor privado não haverá mais espaço para esse gênero de "objetos malignos" (*Arco inclinado* de Serra é usado para ilustrar um artigo com esse título)[29]. Os burocratas da cultura, contudo, querendo aparentar maior tolerância, esperam que "a escultura de Serra acabe obtendo por fim maior aceitação no interior de sua comunidade"[30].

A conduta-padrão usada na defesa de *Arco inclinado* de Serra durante a audiência pública do mês de março de 1985 foi a de que uma obra de arte difícil precisa de tempo para cair nas graças do público. Precedentes históricos de rejeição pública diante de obras de arte moderna depois reconhecidas como excelentes tornaram-se uma espécie de tema recorrente. Mas a transferência para o julgamento da história era de fato a recusa da história e a negação do momento histórico concreto no qual *Arco inclinado* confrontava seu público em toda sua especificidade, bem como a negação do fato de Serra rejeitar terminantemente a natureza universal da obra de arte. Pois dizer que *Arco inclinado* passaria pelo teste do tempo é reivindicar para ela uma posição idealista. Pode-se compreender melhor a verdadeira importância de *Arco inclinado* analisando-se a crise que ela desencadeou dentro da política cultural vigente.

Arco inclinado foi erguida em um local público no sentido bem particular do termo. Ela ocupa uma praça ladeada por um prédio de escritórios do governo que abriga a burocracia federal e pela Corte de Comércio Internacional dos Estados Unidos. A praça fica ao lado da Foley Square, onde estão situadas as cortes de justiça federal e estadual em Nova York. Desse modo, *Arco inclinado* ficou bem no centro dos mecanismos de poder do Estado. O Edifício Federal Jacob K. Javits e a praça diante dele são o pesadelo do desenvolvimento urbano: oficiais, anônimos, desproporcionais e desumanos. A praça é uma área desolada e vazia cuja única função é servir de passagem à corrente humana que entra e sai dos edifícios. Em um dos cantos da praça há uma fonte que não pode ser posta em funcionamento, uma vez que o efeito de túnel de vento provocado pela enorme torre de escritórios inundaria a praça toda. A obra *Arco inclinado* de Serra, um muro de chapa de aço de 4 metros de altura e 40 metros de comprimento levemente inclinado na direção do prédio de escritórios e das cortes de justiça, esparramava-se pelo centro da praça dividindo-a em duas áreas distintas. Fazendo uso de um material e de uma forma que contrastavam radicalmente tanto com a vulgarizada arquitetura de Estilo Internacional das construções federais quanto com o estilo eclético das antigas cortes de justiça da Foley Square, a escultura impunha uma construção absolutamente diferente no interior do aglomerado de arquitetura cívica. Ela envolvia o passante em um tipo completamente novo de experiência espacial que se contrapunha à calma eficiência decretada pelos arquitetos da praça. Embora *Arco inclinado* não interferisse nos fluxos normais de tráfego – foram deixados desimpedidos os acessos mais curtos às ruas para quem saía dos edifícios –, ela realmente se imiscuía no campo de visão do público. Solicitando, e até mesmo exigindo, atenção, a escultura pedia aos funcionários de escritório e aos outros pedestres que deixassem seu caminho apressado de costume e seguissem por uma rota diferente, avaliando os planos curvos, os volumes e os ângulos de visão que assinalavam o lugar como lugar da escultura.

Ao reorientar o uso da Federal Plaza – de um lugar de controle de tráfego para um lugar da escultura –, Serra uma vez mais usava a escultura para manter como refém seu lugar de instalação, para insistir na necessidade de que a arte cumpra suas próprias funções e não aquelas que lhe são relegadas pelas instituições e discursos que a controlam. Por essa razão, *Arco inclinado* foi considerada uma obra agressiva e egotista, na qual Serra punha seus próprios pressupostos estéticos acima das necessidades e dos desejos das pessoas que tinham que conviver com sua obra. Mas na medida em que nossa sociedade se baseia fundamentalmente no princípio do egotismo, e as necessidades de cada indivíduo entram em conflito com as de todos os outros indivíduos, a obra de Serra nada mais fez do que presentear-nos com a verdade da nossa condição social. A política de consenso que assegura o funcionamento tranquilo de nossa sociedade é resultado da crença comum de que todos os indivíduos são únicos, mas que, aceitando o controle benigno do Estado, podem conviver uns com os outros em harmonia. A verdadeira função do Estado, contudo, não é a defesa do cidadão em sua indivi-

Richard Serra, *Arco inclinado*, Federal Plaza, Nova York (fotos de David Aschkenas e Glenn Speigelman).

Manifestação na Federal Plaza, Nova York, em 6 de junho de 1984, contra o Serviço de Imigração e Naturalização dos Estados Unidos, relacionada com refugiados da América Central (vídeo de Dee Dee Halleck).

Destruição de *Arco inclinado* pela Administração de Serviços Gerais, Nova York, 15 de março de 1989 (foto de Jennifer Kotter).

dualidade concreta, e sim a defesa da propriedade privada – ou seja, precisamente a defesa do conflito entre os indivíduos[31]. Dentro dessa política de consenso, espera-se do artista que ele assuma um papel de destaque, propondo uma "sensibilidade pessoal" única de uma maneira tão apropriadamente universal que assegure uma sensação de harmonia. A razão pela qual Serra é acusado de egotismo, quando outros artistas que põem sua "sensibilidade pessoal em lugares públicos"não o são, é que, antes de mais nada, sua obra não pode ser vista como o reflexo de sua sensibilidade pessoal. E mais uma vez, quando a obra de arte se recusa a assumir o papel que lhe é prescrito de hipocritamente acomodar as contradições, ela se torna objeto de escárnio. Um público que foi socializado para aceitar a atomização dos indivíduos e a falsa dicotomia entre as esferas privada e pública da existência não suporta ser confrontado com a realidade de sua condição. E, quando a obra de arte pública rejeita os termos da política de consenso no próprio âmbito do aparelho estatal, a reação inescapável é a censura. Não é de surpreender que o poder coercitivo do Estado, disfarçado de procedimento democrático, tenha sido logo chamado para pressionar *Arco inclinado*. Na farsa de julgamento montada para justificar a remoção da obra, não foi do público em geral que veio a oposição mais feroz à obra, mas dos representantes do Estado, dos juízes das cortes e dos expoentes da burocracia federal cujos escritórios ficam no Edifício Federal[32].

Desde o instante em que *Arco inclinado* foi instalada na Federal Plaza, em 1981, o juiz-presidente da Corte de Comércio Internacional dos Estados Unidos, Edward D. Re, começou a campanha para removê-la[33]. Valendo-se da impotência das pessoas para controlar o ambiente social degradado em uma cidade onde tal controle é assegurado apenas a quem é proprietário, o juiz Re acenou com a promessa enganosa de que, desde que o muro de aço fosse removido, a praça poderia abrigar agradáveis atividades sociais. Com as acusações de que o mundo artístico elitista tinha empurrado suas experiências para cima deles, muitos funcionários de escritório participaram de abaixo-assinados pela remoção de *Arco inclinado*. Mas o juiz e seus colegas do funcionalismo viam o público de um modo muito diferente da generosidade de quem imagina as pessoas se reunindo na hora do almoço para ouvir música. Por um lado, o público compunha-se para eles de indivíduos competitivos que podiam ser manipulados para brigar entre si até o fim pelas migalhas de uma atividade social que lhes era hipocritamente oferecida. Por outro, era composto de indivíduos assustadores emboscados do outro lado do muro, à espera de que o juiz deixasse a proteção de suas antecâmaras e se aventurasse no espaço público. Em uma das muitas cartas que escreveu ao GSA reclamando da escultura, o juiz Re deixou evidentes seus temores: "A perda de controle de uma segurança eficaz não é, de modo algum, assunto de menor importância. A localização do muro cruzando a praça tampa a visão do pessoal da segurança, que não tem como saber o que está acontecendo do outro lado do muro"[34].

O comportamento do juiz Re em relação às pessoas foi burilado mais tarde, durante a audiência do GSA, por uma daquelas agentes de segurança. Vale a pena reproduzir seu depoimento de maneira extensa, pois ele dá uma visão clara e deprimente de como o Estado encara hoje seus cidadãos:

> Meu principal objetivo aqui é apresentar os aspectos que nos afetam, quanto à segurança, no cumprimento de nossas funções aqui. O *Arco* é aquilo que eu chamo de risco ou desvantagem para a segurança. Minha maior restrição é o efeito-explosão que o muro apresenta... Ele tem 40 metros de comprimento e 4 metros de altura e está posicionado na direção dos dois edifícios federais, o de nº 1 e o de nº 26 da Federal Plaza. A curvatura frontal é semelhante aos dispositivos usados pelos especialistas em bombas para liberar as forças da explosão... O objetivo desses... dispositivos é liberar as forças da explosão para cima. Este aqui poderia liberar ao mesmo tempo uma explosão para cima e na direção dos dois edifícios...
>
> O muro ficava quase todo mais perto do edifício. É claro que seria preciso uma bomba maior do que [as] que foram anteriormente usadas para conseguir destruir o que elas destruíram; mas isso é possível, e ultimamente, no setor federal, estamos sempre esperando pelo pior... A maioria das pessoas manifesta suas opiniões a nosso respeito tanto de modo violento como por meio de grafites e coisas do tipo... O muro – desculpe, o *Arco inclinado* – é mais usado

pelos grafiteiros do que qualquer um dos outros muros... A maioria dos grafites é feita no outro lado, que não conseguimos avistar. Um outro problema que enfrentamos é o das pessoas que ficam perambulando ali por motivos ilícitos, e certamente existe o problema do comércio de droga que não conseguimos ver do nosso lado da construção. Por falar nisso, nós só estamos interessados no lado federal da construção[35].

Se uma escultura pública consegue projetar sobre si uma tal declaração explícita do desprezo com o qual o público é tratado pelo Estado, ela serviu a uma função histórica de importantes consequências. Está agora registrado publicamente, para quem quiser ler, o fato de que o "setor federal" espera de nós só o pior, que todos somos considerados vagabundos, pixadores, traficantes e terroristas potenciais. Quando, na visão paranoica de um agente de segurança do Estado, *Arco inclinado* se converte em um "muro explosivo", quando a estética radical da escultura feita para um local específico é reinterpretada como o local da ação política, pode-se afirmar que a escultura pública atingiu um novo nível de realização. Essa realização é a redefinição do local da obra de arte como o local da luta política. Decidido a "ser vulnerável e a lidar com a realidade de sua condição de vida", Richard Serra tem se confrontado seguidamente com as contradições dessa realidade. Contrário ao ocultamento dessas contradições, Serra arrisca-se a desvendar a verdadeira especificidade do lugar, que sempre é uma especificidade política.

Notas

1. Donald Judd, "Specific Objects", *Arts Yearbook*, nº 8 (1965), p. 74.
2. A verdadeira afirmação de Serra nessa oportunidade foi: "Remover *Arco inclinado*, portanto, é destruí-la"; ver Clara Weyergraf-Serra e Martha Buskirk (orgs.), *The Destruction of* Tilted Arc*: Documents* (Cambridge, Mass., The MIT Press, 1991), p. 67. Realizada de 6 a 8 de março de 1985 na Sala do Tribunal de Cerimonial da Corte de Comércio Internacional, Federal Plaza, 1, Nova York, a audiência sobre a remoção de *Arco inclinado* teve lugar diante de um painel composto por William J. Diamond, administrador regional do Departamento de Serviços Gerais; Gerald Turetsky, administrador regional em exercício, GSA; Paul Chistolini, do Departamento de Edifícios Públicos, GSA; e dois participantes de fora, Thomas Lewin, do escritório de advocacia Simpson, Thacher e Bartlett, e Michael Findlay, da casa de leilões Christie, Manson e Woods. No dia 10 de abril de 1985, o painel recomendou, por quatro votos a um, a relocação de *Arco inclinado*. Essa recomendação foi adotada por Dwight A. Ink, diretor em exercício do Departamento

de Serviços Gerais dos Estados Unidos, em Washington, D.C., e no dia 31 de maio de 1985 ele anunciou sua decisão de relocar a escultura.
3. Judd, "Specific Objects", p. 82.
4. Citado em Phyllis Tuchman, "An Interview with Carl Andre", *Artforum* 7, n? 10 (junho de 1970), p. 55.
5. Ibid.
6. Walter Benjamin, "Eduard Fuchs, Collector and Historian", trad. de Kingsley Shorter, em *One-Way Street* (Londres, New Left Books, 1979), p. 360.
7. Daniel Buren, "Peut-il Enseigner l'Art?" *Galerie des Arts* (setembro de 1968). Traduzido do francês por Richard Miller.
8. Têm havido várias tentativas de remover as obras de Serra de lugares públicos. Logo depois que a decisão de remover *Arco inclinado* foi anunciada, Timothy Dee, vereador da cidade de Saint Louis, apresentou um projeto de lei à Câmara de Vereadores que, se aprovado, permitiria que os eleitores da cidade decidissem se *Gêmeos* (1974-82), obra localizada no centro de Saint Louis, deveria ser removida. Segundo *The Riverfront Times* (de Saint Louis) de 6 a 10 de setembro de 1985, p. 6A, foram estas as palavras de Dee: "A questão é a distância real entre a *gente comum* – eleitores meus e a esmagadora maioria – e a *comunidade artística elitista* que decide fazer algo porque investiram em determinados artistas" (grifos meus). O caso mais minuciosamente documentado é o do Partido Democrático de Bochum, Alemanha Ocidental, contra *Terminal* (1977). Em relação a este caso, ver *Terminal von Richard Serra: Eine Dokumentation in 7 Kapiteln* (Bochum, Museu Bochum, 1980), e minha discussão neste capítulo. Além disso, inúmeras encomendas feitas a Serra jamais foram construídas, devido à oposição à obra por parte dos arquitetos e dos servidores municipais. Incluem-se neste caso as obras para a Pennsylvania Avenue Development Corporation, em Washington, D.C., para o Centro Georges Pompidou, em Paris, e obras ao ar livre em Madri; Marl, Alemanha Ocidental; e Peoria, Illinois. *Observatório* (1971-75), encomendada para o *campus* da Universidade Wesleyan, não foi erguida ali. Para uma discussão sobre as dificuldades encontradas por Serra para construir sua obra em público, ver Douglas Crimp, "Richard Serra's Urban Sculpture: An Interview", em *Richard Serra: Interviews etc. 1970-1980* (Yonkers, NY, The Hudson River Museum, 1980), p. 163-87.
9. *Webster's Eighth New Collegiate Dictionary* (Springfield, Mass., 1979), p. 989.
10. No volume 2 de *O capital*, Marx divide o volume total de mercadorias em um sistema de dois departamentos, com o propósito de explicar a reprodução. O Departamento 1 consiste nos meios de produção: matérias-primas, maquinário, prédios etc.; o Departamento 2 consiste nos bens de consumo. Posteriormente, os marxistas acrescentaram a esse quadro o Departamento 3 para designar os bens que não têm um papel na reprodução da classe operária já que são voltados somente para o consumo das classes capitalistas. O Departamento 3 inclui produtos de luxo, arte e armas. Para uma discussão dessa relação entre arte e armas, ver Ernest Mandel, *Late Capitalism*, trad. de Joris de Bres (Londres: Verso, 1978), particularmente o capítulo 9, "The Permanent Arms Economy and Late Capitalism".
11. Amy Goldin, "The Esthetic Ghetto: Some Thoughts about Public Art", *Art in America* 62, n? 3 (maio-junho de 1974), p. 32.
12. Richard Serra, "Extended Notes from Sight Point Road", em *Richard Serra: Recent Sculpture in Europe 1977-1985* (Bochum, Galerie m, 1985), p. 12.
13. Citado em Crimp, "Richard Serra's Urban Sculpture", p. 170.
14. Ibid., p. 168.
15. Ibid., p. 170.
16. Ibid., p. 175.
17. Sobre este tema, ver Yve-Alain Bois, "A Picturesque Stroll around Clara-Clara", *October*, n? 29 (verão de 1984), p. 32-62; ver também Richard Serra e Peter Eisenman, "Interview", *Skyline* (abril de 1983), p. 14-7.
18. Citado em Crimp, "Richard Serra's Urban Sculpture", p. 175.
19. Ibid., p. 166, 168.
20. Richard Serra, em Annette Michelson, Richard Serra e Clara Weyergraf, "The Films of Richard Serra: An Interview", *October*, n? 10 (outono de 1979), p. 91.

O FIM DA ESCULTURA **167**

21. Ibid.; nesta entrevista, no contexto de uma discussão sobre o filme *Steelmill/Stahlwerk* (1970), de Serra e Weyergraf, Serra discute em profundidade sua experiência de trabalho em siderúrgicas. *Steelmill/Stahlwerk* foi filmado na siderúrgica em que foram fabricadas as chapas de *Terminal*, embora a filmagem tenha acontecido durante a fundição de *Bloco de Berlim para Charlie Chaplin* (1977).
22. Comunicado à imprensa dos representantes do CDU no Conselho Municipal de Bochum, reproduzido em *Terminal von Richard Serra*, p. 35-8.
23. Desde 1982, quando o CDU chegou ao poder na Alemanha Ocidental, a taxa de desemprego atingiu um recorde no pós-guerra: havia, em 1985, 2,2 milhões de desempregados computados e uma estimativa de 1,3 milhão de pessoas à procura de trabalho não computadas. As regiões mais atingidas foram aquelas semelhantes ao distrito do Ruhr, onde se localiza a indústria pesada. Em outubro de 1985, a Federação dos Sindicatos Alemães promoveu uma semana de protesto contra as medidas econômicas do CDU, de forma que coincidisse com os acalorados debates sobre o assunto que ocorriam no Bundestag. Nesses debates, a oposição atacou em peso o CDU por sua contribuição à deterioração das condições sociais na Alemanha.
24. Ao alegar que o aço não é uma matéria-prima porque é produzido a partir do ferro, o CDU busca mistificar, através de um apelo à distinção entre o que é natural *versus* o que é feito pelo homem, o lugar do aço dentro da produção capitalista. É claro que o aço é um produto do Departamento 1, sendo usado para produzir os meios de produção; ver nota 10.
25. "Para cada capitalista, o conjunto total de todos os trabalhadores, com a exceção de seus próprios trabalhadores, não aparece como trabalhadores, mas como consumidores, possuidores de valores de troca (salários), dinheiro, o qual trocam por sua mercadoria." Karl Marx, *Grundrisse: Foundations of the Critique of Political Economy*, Marx Library (org.), trad. de Martin Nicolaus (Nova York, Vintage Books, 1973), p. 419. Na Alemanha do pós-guerra, as tentativas de fazer com que a classe trabalhadora se conforme com suas condições sociais têm operado precisamente no nível simbólico, incluindo a própria linguagem. Desse modo, as palavras *Arbeiter* (trabalhador) e *Arbeitklasse* (classe trabalhadora) não são mais usadas nas discussões oficiais, já que a Alemanha é considerada agora uma sociedade sem classes. Nesta sociedade, só existe *Arbeitnehmer* (aquele que *toma* o trabalho, empregado) e *Arbeitgeber* (aquele que dá o trabalho, empregador). A ironia dessa reviravolta linguística não escapa aos trabalhadores, que, de sua parte, sabem perfeitamente bem que é o trabalhador que dá o trabalho (*Arbeitgeber*) e o empregador que o toma (*Arbeitnehmer*). Não surpreende, em um ambiente como esse, que o partido da extrema direita veja a arte como mais uma forma possível de mistificação das condições sociais.
26. John Beardsley, "Personal Sensibilities in Public Places", *Artforum* 19, n? 10 (junho de 1981), p. 44.
27. Ibid.
28. Louis Althusser especificou o papel daquilo que ele chama de Aparelhos Ideológicos do Estado, entre os quais inclui a cultura como "a reprodução das condições de produção". Para que essa reprodução tenha lugar, deve ser assegurada a "submissão dos trabalhadores à ideologia dominante". Desse modo, uma das funções do objeto cultural diante dos trabalhadores seria a de ensiná-los a suportar seu jugo. Ver Louis Althusser, "Ideology and the Ideological State Apparatuses (Notes towards an Investigation)", em *Lenin and Philosophy*, trad. de Ben Brewster (Nova York, Monthly Review Press, 1971), p. 127-86.
29. Douglas Stalker e Clark Glymour, "The Malignant Object: Thoughts on Public Sculpture", *The Public Interest*, n? 66 (inverno de 1982), p. 3-21. Para outros ataques neoconservadores ao gasto público com arte, ver Edward C. Banfield, *The Democratic Muse: Visual Arts and the Public Interest* (Nova York, Basic Books, 1984); e Samuel Lipman, "Cultural Policy: Whither America, Whither Government?" *The New Criterion* 3, n? 3 (novembro de 1984), p. 7-15.
30. Beardsley, "Personal Sensibilities", p. 45.
31. Sobre este tema, os textos mais importantes são os primeiros escritos de Karl Marx sobre o Estado e a sociedade civil; ver particularmente "On the 'Jewish Question'", em *Karl Marx: Early Writings*, trad. de Rodney Livingstone e Gregor Benton (Nova York, Vintage Books, 1975), p. 211-41. Ver também a reinterpretação da relação entre Estado e sociedade civil e a importância do consenso na obra de Antonio Gramsci.

32. Para quem acompanhou o caso de perto, a audiência pública relativa a *Arco inclinado* foi uma piada. A audiência foi presidida por William J. Diamond, administrador regional do Departamento de Serviços Gerais, e foi ele também que escolheu os outros quatro membros da comissão. Diamond já pedira publicamente que *Arco inclinado* fosse removida, fizera circular abaixo-assinados e buscara depoimentos favoráveis à remoção. E, embora dois terços das pessoas que depuseram na audiência fossem favoráveis à permanência de *Arco inclinado* na Federal Plaza, a comissão presidida por Diamond recomendou, contudo, sua remoção à GSA. Para uma descrição completa do caso *Arco inclinado*, incluindo as infrutíferas tentativas de Serra de reverter a decisão da GSA nos tribunais, ver Wyergraf-Serra e Buskirk, *The Destruction of* Tilted Arc.
33. Ver Weyergraf-Serra e Buskirk, *The Destruction of* Tilted Arc, p. 26-9.
34. Ibid., p. 28.
35. Ibid., p. 117.

Três

Objetos

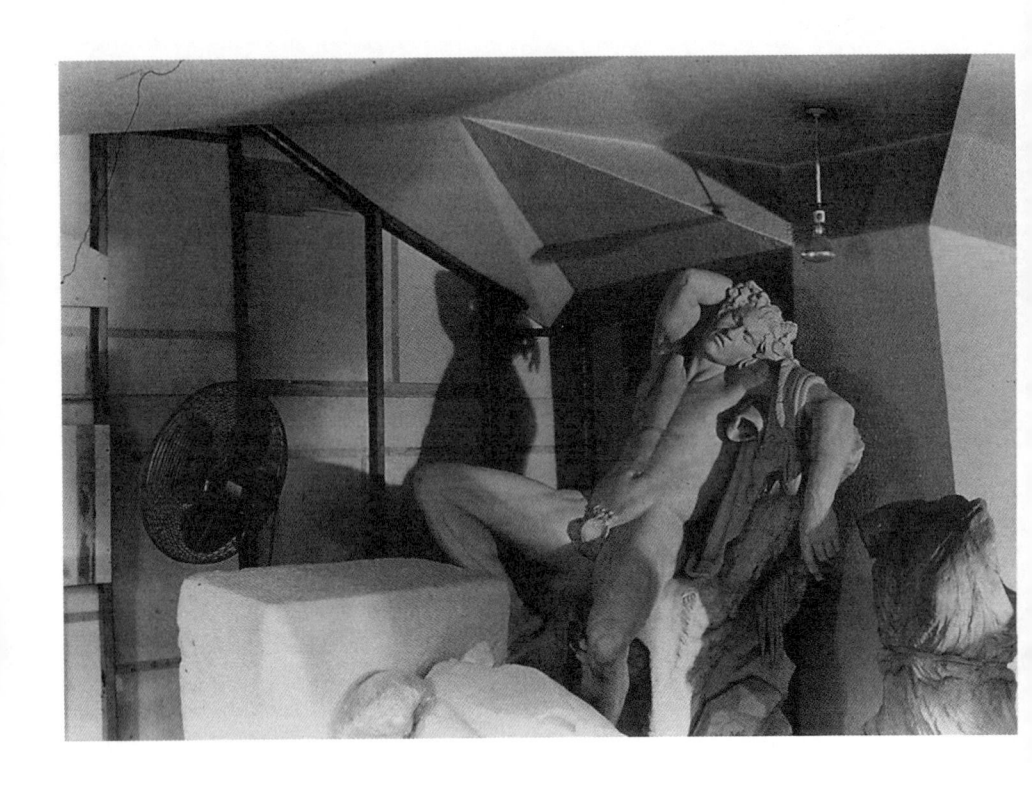

Armazenagem

Museu de Queens, Flushing Meadow–Corona Park, Nova York, cedido por empréstimo pelo Museu Metropolitano de Arte e restaurado com fundos do Chase Manhattan Bank, em 1984.

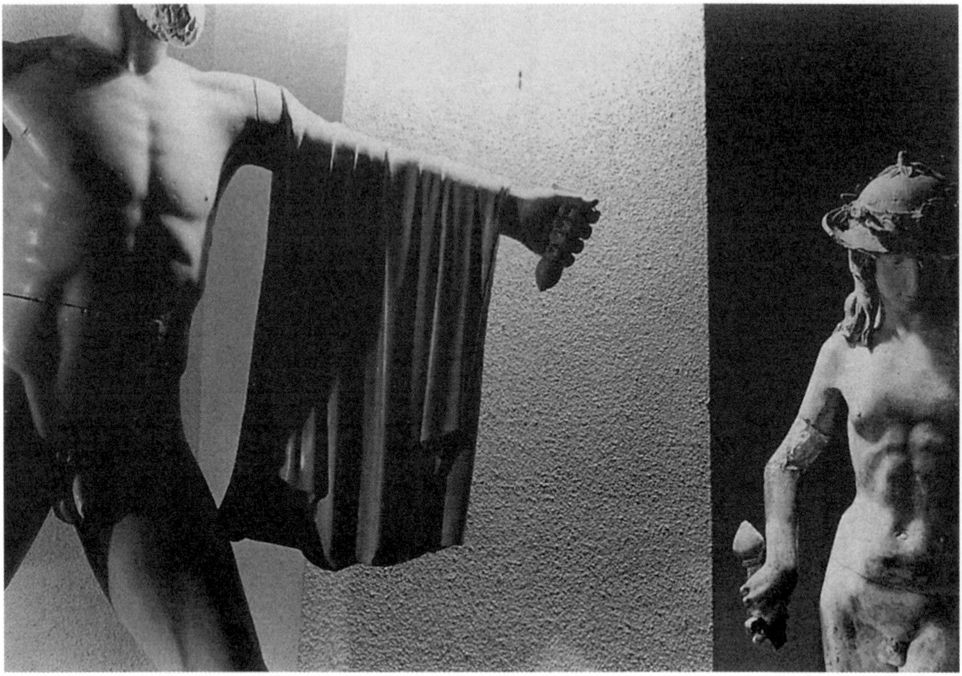

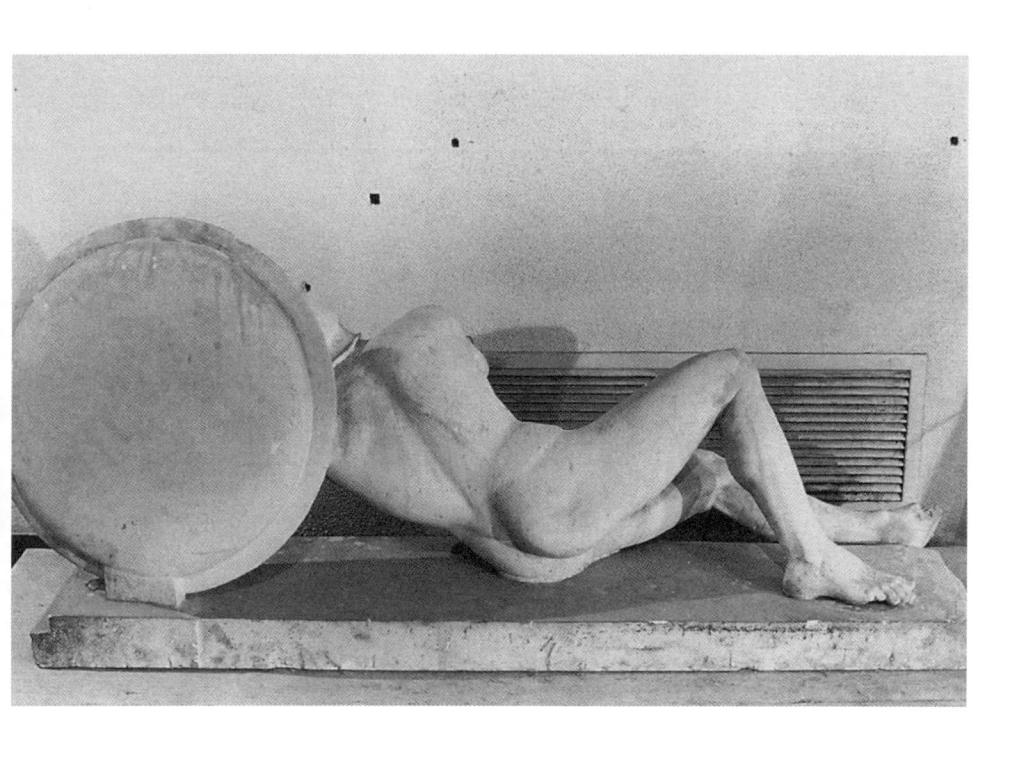

Você viu seu genitor do sexo oposto sem roupa? Aconteceu por acaso ou não foi feito nada que o/a impedisse de ficar nu(a) em sua presença?

HISTÓRIA PÓS-MODERNA

ISTO NÃO É UM MUSEU DE ARTE

> A ficção permite-nos apreender a realidade e, ao mesmo tempo, o que é oculto pela realidade.
>
> MARCEL BROODTHAERS

> "Ficciona-se" a história a partir de uma realidade política que a faz verdadeira; "ficciona-se" uma política ainda inexistente a partir de uma verdade histórica.
>
> MICHEL FOUCAULT

Contrariamente ao ideal romântico, o artista não é, como o mexilhão "perfeito", uma "coisa esperta" que consegue "escapar do molde da sociedade e fundir-se no seu próprio molde"[1]. Portanto, quando resolveu virar artista "no meio da carreira", Marcel Broodthaers apresentou duas explicações. A primeira delas, a mais citada, apareceu como texto do convite para sua exposição na Galeria Saint-Laurent, em Bruxelas, em 1964:

> Também eu me perguntei se não seria capaz de vender alguma coisa e ser bem-sucedido na vida. Não tinha feito nada de útil havia um bom tempo. Estou com quarenta anos... Ocorreu-me por fim a ideia de criar algo fictício, e comecei imediatamente a trabalhar[2].

A segunda foi escrita no ano seguinte e saiu publicada no jornal belga *Phantomas*:

Em geral eu ficava meditando nas exposições de arte... Tentaria, finalmente, me transformar em um amante da arte. Iria me deleitar com minha má-fé... Já que não teria condições de formar minha própria coleção, por absoluta falta de recursos, tinha que encontrar outra maneira de lidar com a má-fé que me permitia fraquejar diante de tantas emoções fortes. Disse, portanto, a mim mesmo: serei um criador[3].

Embora possamos suspeitar que muitos "criadores" hoje em dia sejam "insinceros" e ajam de "má-fé", quase nunca se admite tão francamente que tais características negativas sejam a postura indispensável que o artista que trabalha nas condições do capitalismo tardio tem que assumir. Contudo, ao adotar essa atitude desde o início, Broodthaers podia seguir adiante como se toda a sua obra de artista fizesse parte de um truque ficcional. Embora sempre se tenha observado que a curiosa persona artística de Broodthaers começou com a aceitação da condição de mercadoria da arte, passou praticamente despercebido que ela também implicava a frustração de ser incapaz de "formar uma coleção". A admissão específica de "má-fé" talvez possa explicar por que Broodthaers não se tornaria apenas um "criador" fictício, mas também um criador de "ficções de museu". Pois, "com a sagaz clarividência do materialista"[4], ele revelaria nessas ficções as reais condições históricas da coleção como existem hoje.

Em um verbete enigmático da letra "H" de *Passagen-Werk*, Walter Benjamin anotou a seguinte frase: "Animais (pássaros, formigas), crianças e velhos como colecionadores"[5]. A sugestão biológica dessa anotação, que implica a existência de um *Sammeltrieb* (impulso primevo de colecionar), dificilmente poderia ser mais surpreendente, sobretudo na medida em que as variadas anotações que Benjamin fez a respeito do colecionador, em particular seu ensaio sobre Eduard Fuchs, ligam o ato de colecionar à tarefa do materialista histórico. A dimensão positiva do ato de colecionar está apontada, embora de maneira negativa, no texto que se segue, tirado também da letra "H":

O contratipo *positivo* do colecionador – e que é ao mesmo tempo a consumação deste, na medida em que liberta as coisas da servidão da utilidade – deve ser descrito de acordo com estas palavras de Marx: "A propriedade privada nos fez tão idiotas e passivos que um objeto só se torna *nosso* se o possuímos, ou seja, se ele existe para nós enquanto capital ou se é *usado* por nós"[6].

Para Benjamin, os verdadeiros colecionadores, o contratipo daquilo que entendemos como colecionador, resistem às exigências do capital "retirando o uso" dos objetos que compõem sua coleção; os contratipos dos colecionadores são capazes, portanto, de destrinchar o significado histórico secreto das coisas que acumulam:

> Em uma coleção, é crucial que o objeto esteja livre de todas as suas funções originais para que possa se relacionar da maneira mais próxima possível com seus equivalentes. Isto é algo diametralmente oposto ao uso e situa-se na curiosa categoria de completude. Que "completude" é essa? É uma tentativa grandiosa de transcender o atributo completamente irracional de um mero estar-aí por meio da integração com um novo sistema histórico criado com propósitos específicos – a coleção. E, para o verdadeiro colecionador, cada uma das coisas vira, nesse sistema, uma enciclopédia de todo o conhecimento do período, da paisagem, da indústria e do proprietário do qual provém. O que dá mais prazer ao colecionador é inserir o específico em um círculo mágico onde ele se petrifica, enquanto a emoção final (a de ser adquirido) o percorre. Tudo que é recordado e pensado, tudo que é consciente, torna-se agora o suporte, a moldura, o pedestal e a marca de sua propriedade. Não se deve pensar que o colecionador, em particular, estaria alienado do *topos hyperuranios* que, segundo Platão, contém as Ideias eternas dos objetos. Ele se perde, evidentemente. Mas consegue refazer o caminho com facilidade, e, do mar de neblina que lhe tolda a mente, emerge como uma ilha o objeto recém-adquirido. A coleção é uma forma prática de memória, e, entre as manifestações seculares de "proximidade", a mais convincente. Portanto, mesmo o mais ínfimo gesto de comemoração política no comércio de antiguidades torna-se, de certo modo, extremamente significativo. Estamos construindo aqui um relógio que desperta o *kitsch* do século passado na forma de "re-coleção"[7].

"Aqui" refere-se ao próprio *Passagen-Werk*; Benjamin, portanto, dá o nome de coleção ao seu próprio projeto de história materialista da Paris do século XIX (na verdade o que chegou até nós dela foi apenas uma coleção de fragmentos, citações e notas). Um trecho dessa passagem aparece também no ensaio autobiográfico "Unpacking My Library", no qual Benjamin já descrevera a si próprio como um colecionador. É também nesse antigo ensaio que ele profetiza a morte do gênero, uma vez que seu papel foi usurpado pela coleção *pública*:

> O fenômeno da coleção perde seu significado quando perde a pessoa do proprietário. Embora as coleções públicas possam ser menos objetáveis socialmente e mais úteis academicamente que as coleções particulares, é só nestas últimas que se faz justiça aos objetos. Sei que o tempo do gênero que estou discutindo aqui e o qual tenho representado diante de vocês um pouco *ex officio* está se esgotando. Mas, como diz Hegel, a coruja de Minerva só levanta voo quando escurece. O colecionador só é compreendido com seu desaparecimento[8].

Se achamos difícil compreender o conceito de contratipo positivo do colecionador, não é apenas porque o gênero se extinguiu, mas também porque em seu lugar surgiram dois fenômenos distintos, embora relacionados. O primeiro deles – a coleção *particular* contemporânea, oposta à coleção *pessoal* de Benjamin – está ocupado pelos colecionadores "estúpidos e passivos", cujos objetos só existem para eles na medida em que, literalmente, os possuem e os utilizam. O segundo é a coleção pública, o museu. E é este último que faz com que a compreensão das ideias de Benjamin seja extremamente difícil, dificuldade por ele admitida quando diz que a coleção pública surge como menos objetável socialmente e mais útil academicamente. Benjamin faz alusão aqui à visão convencional e não dialética do museu como um acontecimento histórico progressista, sintetizada no título de um livro de documentos sobre o nascimento das instituições públicas de arte no início do século XIX, *The Triumph of Art for the Public*[9]. Pode-se começar a compreender o verdadeiro significado desse "triunfo" – ou seja, quem *dentro* "do público" se beneficiou dele – com a leitura da crítica de Benjamin ao programa educacional do Partido Social-Democrata feita na virada do século, a qual "levantou todo o problema da *popularização do conhecimento*. Ele não foi resolvido", segundo Benjamin.

E não se podia chegar a nenhuma solução enquanto se pensasse que o objeto do trabalho educacional era o *público* e não a classe... [O Partido Social-Democrata] pensava que o mesmo conhecimento que assegurava o domínio da burguesia sobre o proletariado permitiria que o proletariado se libertasse desse domínio. Na verdade, um conhecimento que não tinha ligação com a práxis, um conhecimento que não era capaz de ensinar nada ao proletariado acerca de sua condição de classe, não oferecia perigo algum aos opressores. Isto era particularmente verdadeiro quanto ao conhecimento relacionado às humanidades. Ele fora deixado para trás pela economia, permanecendo intocado pela revolução ocorrida na teoria econômica. Ele só tentava *estimular, oferecer variedade, despertar interesse*. Para afastar a monotonia, deram uma sacudida na história; o resultado foi a *história cultural*[10].

A história cultural, à qual Benjamin opõe o materialismo histórico[11], é exatamente o que o museu oferece. Ele arranca os objetos de seus contextos históricos originais não como um ato de celebração política, mas com o objetivo de criar a ilusão do conhecimento universal. Ao expor os produtos de histórias particulares em um *continuum* histórico reificado, o museu os fetichiza, o que, como diz Benjamin, "bem pode aumentar o fardo dos tesouros amontoados nas costas da humanidade. Mas não lhe dá a força de sacudi-los para poder lançar as mãos sobre eles"[12]. Reside aqui a verdadeira diferença entre a coleção como Benjamin a descreve e a coleção como a conhecemos no museu. O museu constrói uma história cultural ao tratar seus objetos independentemente tanto das condições materiais da própria época desses objetos quanto das do presente. Na coleção de Benjamin, os objetos também são arrancados da história, mas "lhes é feita justiça", e são re-colecionados em conformidade com a percepção política do momento. Daí a diferença: "O historicismo apresenta uma imagem eterna do passado, o materialismo histórico um envolvimento particular e único com ele... A tarefa do materialismo histórico é pôr em marcha um envolvimento com a história que seja original a cada novo presente. Ele recorre a uma consciência do presente que destrói o *continuum* da história"[13].

Foi precisamente essa consciência do presente e o envolvimento particular e único com o passado determinado por tal consciência que produziram as ficções de museu de Broodthaers. Broodthaers não conseguia mais desempenhar a tarefa do materialista histórico vestido de contratipo do colecionador. Em vez disso, comemorou o abandono dessa figura ultrapassada assumindo outra aparência – a de "contratipo" do diretor de museu. Começando com a Section XIXème siècle, Broodthaers fundou o seu Musée d'Art Moderne, Département des Aigles, "sob pressão da perspicácia política de seu tempo"[14] – "esta invenção, que era uma mistura de nada, partilhava o caráter ligado aos acontecimentos de 1968, ou seja, a um tipo de acontecimento político por que todos os países passaram"[15]. O "museu" foi inaugurado poucos meses depois de maio de 1968, ocasião em que, juntamente com artistas, estudantes e ativistas políticos colegas seus, Broodthaers participara da ocupação do Palais des Beaux Arts de Bruxelas. Agindo em solidariedade com as manifestações políticas que tinham lugar em toda a Europa e Estados Unidos[16], os ocupantes declararam que a tomada do museu era um protesto contra o controle que a cultura belga sofria da parte das instituições oficiais, bem como uma condenação a um sistema que só conseguia conceber a cultura como mais uma forma de consumo capitalista[17].

Mas, apesar de participar de uma ação política que tinha esses objetivos explícitos, não se percebe de imediato de que modo Broodthaers pretendia que seu museu fictício "partilhasse de seu caráter". Ao término da ocupação, Broodthaers escreveu uma carta aberta endereçada "A mes amis" e datada de "Palais des Beaux Arts, 7 de junho de 1968". Começava assim:

> Calma e silêncio. O gesto fundamental que aqui foi feito lança uma clara luz sobre a cultura e a ambição de determinadas pessoas que

aspiram a controlá-la de uma maneira ou de outra: o significado disso é que a cultura é uma matéria obediente.
O que é cultura? Escrevo. Tomei a palavra. Por uma ou duas horas sou um negociador. Eu digo eu. Reassumo minha postura pessoal. Temo o anonimato. (Gostaria de controlar o/a *significado/direção* [sentido] da cultura[18].)

Ao reconhecer que a cultura obedece àqueles que exerceriam controle sobre ela, Broodthaers reconhece por sua vez que ele também gostaria de exercer tal controle. Tendo se dedicado conscientemente à profissão de artista há apenas quatro anos, e participando agora da ocupação do museu, Broodthaers hesita entre o papel de negociador e a retomada de uma postura pessoal, situação basicamente dúplice. Na carta que, três meses depois, anuncia a abertura de seu museu, ele reafirma essa duplicidade com ironia. Enquanto os ocupantes do Palais des Beaux Arts contestavam precisamente o poder dos ministros de cultura, é sob os auspícios destes que Broodthaers faz seu anúncio, imprimindo no alto da carta: "CABINET DES MINISTRES DE LA CULTURE. Ostende, le 7 sept. 1968"[19], e assinando-a "Pour l'un des Ministres, Marcel Broodthaers". Este é o texto da carta:

> Temos o prazer de anunciar aos clientes e curiosos a abertura do "Département des Aigles" do Musée d'Art Moderne.
> As obras estão sendo realizadas; sua conclusão determinará a data na qual esperamos fazer que a poesia e as artes plásticas brilhem de mãos dadas.
> Esperamos que nossa fórmula "Imparcialidade mais admiração" seduza a todos[20].

A ideia de que um museu possa querer seduzir "clientes e curiosos" empregando uma contrafação da fórmula kantiana "imparcialidade mais admiração" talvez seja a crítica mais elíptica – ainda que precisa – que o modernismo institucionalizado já recebeu. Mas Broodthaers compromete-se uma vez mais com esse jogo de sedução.

Uma carta posterior (a qual, conforme Benjamin Buchloh demonstrou, tornou-se a base, com alterações significativas, do "poema industrial" intitulado *Museu*) precede a verdadeira abertura do Musée d'Art Moderne. Primeira carta aberta a trazer no cabeço um dos diversos departamentos do museu – "DEPARTEMENT DES AIGLES", neste caso –, ela oferece um outro exemplo da posição contraditória de Broodthaers:

> Sou solidário com todas as abordagens que têm por meta a comunicação objetiva, a qual pressupõe uma crítica revolucionária da desonestidade dos extraordinários meios que temos a nossa disposição: imprensa, rádio e televisão preta [sic] e em cores.

Mas o que se pode entender por "comunicação objetiva" em uma carta que começa com

MUSEU
...Um diretor retangular. Um empregado gordo...
...Um caixa triangular. Um guarda quadrado...

e termina com

> ... proibido o acesso do povo. Aqui se brinca todo dia até o fim do mundo[21].

O Musée d'Art Moderne, Département des Aigles, Section XIXème Siècle foi aberto "oficialmente" uma semana depois na casa/estúdio de Broodthaers, no n? 30, rue de la Pépinière, em Bruxelas. Apesar da advertência (ou, quem sabe, como sua confirmação) "proibido o acesso do povo"[22], umas sessenta personalidades do mundo artístico convidadas compareceram ao evento, no qual Johannes Cladders, diretor do Städtisches Museum de Mönchengladbach, fez o discurso inaugural. O que havia para os convidados ver eram embalagens de quadro vazias, emprestadas pela Menkes Continental Transport para a ocasião, com típicas frases de advertência como "manter seco", "transportar com cuidado" e "frágil" aplicadas com letra *set*; juntamente com trinta postais de pinturas francesas do século XIX de "mestres" como David, Ingres, Courbet, Meissonnier e Puvis de Chavannes. Uma escada encostada numa parede, números nas portas que pare-

Marcel Broodthaers, *Musée d'Art Moderne, Département des Aigles, section XIXème Siècle*, rue de la Pépinière, Bruxelas, 27 de setembro de 1968–27 de setembro de 1969. Broodthaers falando na abertura, tendo de pé à sua direita o dr. Johannes Cladders, diretor à época do Städtisches Museum de Mönchengladbach (foto de Ruth Kaiser, cortesia de Johannes Cladders).

Ônibus levando convidados do encerramento da Section XIXème, em Bruxelas, para a abertura da Section XVIIème Siècle na galeria A 37 90 89, em Antuérpia, 27 de setembro–4 de outubro de 1969 (foto de Ruth Kaiser, cortesia de Johannes Cladders).

ciam indicar as salas de uma galeria, e as palavras "musée/museum" escritas nas janelas e legíveis do lado de fora. Durante o evento foram projetados *slides* de gravuras de Grandville.

Passados dois meses, Broodthaers descreveu a Section XIXème Siècle em uma carta aberta:

POEMA
Sou o diretor. Não ligo. Pergunta? Por que você faz isso?

POLÍTICA
O Département des Aigles do Musée d'Art Moderne, Section XIXème Siècle, foi de fato inaugurado no dia 27 de setembro de 1968, na presença de destacados representantes públicos e militares. Os discursos abordaram o tema do destino da Arte (Grandville). Os discursos abordaram o tema do destino da Arte (Ingres). Os discursos abordaram o tema do relacionamento entre violência institucional e violência poética. Não posso e não discutirei os detalhes, os suspiros, os pontos altos e as repetições dessas discussões introdutórias. Lamento.

186 SOBRE AS RUÍNAS DO MUSEU

```
Departement
    des        Paris, le 29 novembre 1968.
A i g l e s
```

```
Chers Amis,
    Mes caisses sont vides. Nous sommes au bord du gouffre.
Preuve: Quand je n'y suis pas, il n'y a personne. Alors?
Assumer plus longtemps mes fonctions? Le système des musées
serait-il aussi compromis que celui des galeries? Cependant,
notez que le Département des Aigles est encore indemne bien
que l'on s'efforce à le détruire.
    Chers amis, mes caisses sont superbes; ici un peintre
célèbre, là un sculpteur connu; plus loin une inscription qui
fait prévoir l'avenir de l'Art   Vive l'histoire d'Ingres!
Ce cri résonne au fond de ma conscience. Cri de guerre. Je suis
en péril. Je renonce à vous donner des explications qui
m'exposent à un péril supplémentaire ....
                        P o è m e
Je suis le directeur. Je m'en fous. Question ?
Pourquoi le faites-vous ?
                        P o l i t i q u e
Le département des aigles du musée d'art moderne, section XIXᵉ
siècle, a été effectivement inauguré le 27 septembre 1968 en
présence de personnalités du monde civil et militaire. Les
discours ont eu pour objet le destin de l'Art.(Grandville). Les
discours ont eu pour objet le destin de l'Art.(Ingres). Les
discours ont eu pour objet le rapport entre la violence institu-
tionnelle et la violence poétique.
    Je ne veux, ni ne peux vous exposer les détails, les soupirs,
les étoiles, les calculs de cette discussion inaugurale. Je le
regrette.
                        I n f o r m a t i o n
Grâce au concours d'une firme de transport et de quelques amis,
nous avons pu composer ce département qui comprend en ordre
principal: 1/ des caisses
           2/ des cartes postales            "surévaluées"
           3/ une projection continue d'images  ( à suivre )
           4/ un personnel dévoué.
Chers amis, je suis désolé du trop long silence dans lequel je
vous ai laissés depuis mes lettres datées de ............
Je dois, pour l'instant, vous quitter.Vite, un mot d'affection,
                        votre Marcel Broodthaers.

P.S.Mon ordre, ici, dans l'une des villes de Duchamp est peuplé
    de poires; on en revient à Grandville.
  Correspondance: Musée d'Art Moderne, Département des Aigles,
                  30 rue de la Pépinière,Bruxelles 1.  Tél.02/12.09.54
```

Marcel Broodthaers, carta aberta, Paris, 29 de novembro de 1968.

INFORMAÇÃO
Conseguimos, graças à cooperação de uma transportadora e de diversos amigos, criar este departamento, o qual inclui principalmente o seguinte:
1) embalagens
2) postais "supervalorizados"
3) projeção permanente de imagens (a ser mantida)
4) uma equipe dedicada[23]

Dois aspectos fundamentais da instalação inicial do museu de Broodthaers, ambos diretamente relacionados a outras facetas de sua obra, são cruciais: o foco nas condições institucionais da estrutura de produção artística e o fascínio pelo século XIX. O primeiro está indicado – de maneira meio óbvia – pela presença dos meios de transporte e de instalação; pelos pastiches de uma abertura de exposição de arte que incluíam carta de divulgação, convite, *buffet froid* e discurso inaugural; pelos postais (o lembrete de mau gosto do museu quanto à "supervalorização" que faz da arte um objeto de consumo de luxo)[24]; e pelo próprio fato de apontar a casa do artista como um museu. Ao fazer coincidir o local da produção com o da recepção, Broodthaers revela suas interdependências e questiona a determinação ideológica de sua separação: as categorias burguesas liberais de *privado* e *público*. Três anos após Broodthaers ter convertido seu estúdio em museu, Daniel Buren, que comparecera à abertura da rue de la Pépinière, escreveu:

> O museu e a galeria, por um lado, e o estúdio, por outro, ligam-se para compor o fundamento do mesmo edifício e do mesmo sistema. Questionar um enquanto se deixa o outro intacto não leva a lugar nenhum. As análises do sistema artístico têm que ser obrigatoriamente efetuadas a partir do estúdio enquanto *único espaço* de produção e do museu enquanto *único espaço* de recepção[25].

No caso de Broodthaers, esse tipo de análise teve início por decreto, que destruiu a singularidade de cada um ao torná-los idênticos. Contudo, diferentemente de Buren, cuja polêmica contra o estúdio concentra-se em suas manifestações do século XX, a análise de Broodthaers o conduz ao século precedente, quando se consolidou a separação definitiva entre estúdio e museu, sendo atribuído a cada um deles seu respectivo papel no sistema artístico[26].

O retorno ao passado empreendido por Broodthaers fica evidente no título da seção do museu, nas pinturas reproduzidas nos postais e em Grandville – uma "aura de cultura burguesa do século XIX absolutamente datada a que muitas de suas obras parecem remeter pode facilmente conduzir o observador a rejeitá-las como algo obviamente obsoleto e de modo algum preocupado com os pressupostos da arte contemporânea"[27]. Pelo contrário, contudo, é exatamente nessa preocupação – compartilhada por Walter Benjamin em muitos de seus pontos de referência (Baudelaire, Offenbach, Grandville; publicidade, moda, *kitsch*) – que podemos ver com extrema clareza a consciência que Broodthaers tem do presente. Pois foi no início do século XIX que a "inclinação romântica", que Broodthaers constantemente aponta como a origem das atitudes contemporâneas em relação à cultura, tomou conta da arte e forneceu-lhe um álibi sempre à mão para sua alienação da realidade social. E foi nessa mesma época que surgiu o museu para institucionalizar esse álibi. A concepção idealista da arte, o sistema de catalogação imposto a ela e a construção de uma história cultural que a contivesse – todos esses aspectos foram assegurados pelo museu enquanto se desenvolvia durante o século passado. Essa "supervalorização" institucional da arte teve um efeito secundário que Benjamin chamou de "desintegração da cultura em mercadorias"[28], e ao qual Broodthaers se referiu como "transformação da arte em mercadoria"[29]. Conforme Benjamin escreveu e Broodthaers certamente percebeu, este "era o tema secreto da arte de Grandville"[30].

O dilema da arte contemporânea no final da década de 1960 – enquanto tentava escapar da asfixia imposta pelo museu e pelo mercado e se envolver nas lutas políticas de seu tempo – tinha raízes no século XIX. Trabalhando como um arqueólogo do presente, Broodthaers revelaria o lugar de origem com a ficção que durou quatro anos, e cujo primeiro episódio foi a Section XIXème Siècle.

Ao longo do ano em que a Section XIXème Siècle permaneceu aberta, e prosseguindo até o "fechamento" do Musée d'Art Moderne na *Documenta 5* em 1972, Broodthaers produziu regularmente cartas abertas com o cabeçalho do museu. (O cabeçalho varia do "Département des Aigles" manuscrito ou carimbado ao "Musée d'Art Moderne, Section Littéraire, Département des Aigles," datilografado ou impresso.) Essas cartas compõem a Section Littéraire fictícia do museu[31]. Como se concordasse com aquilo que Benjamin precisara como tarefa do materialista histórico – "pôr em marcha um envolvimento com a história que seja original a cada novo presente" –, uma característica central dessas cartas é a permanente reflexão sobre as atividades, obras e declarações precedentes³². O tom geralmente cômico e contraditório esconde um empreendimento consideravelmente mais sério e coerente (e provavelmente impossível): fazer frente à extraordinária capacidade da indústria cultural de passar a perna no produtor individual. Mas as seguidas observações de Broodthaers não se limitam a sua própria produção; elas estendem-se à dos colegas. "Nas artes visuais", disse ele, "só posso me envolver com meus adversários³³." De fato, operando na era da arte conceitual – categoria na qual a obra de Broodthaers foi por vezes enfiada –, a Section Littéraire pode ser vista como uma crítica das afirmações geralmente ingênuas feitas pelo conceitualismo de que teria escapado dos mecanismos dominantes de institucionalização, disseminação e comercialização da arte³⁴. É precisamente a designação de "literária" que Broodthaers contrapõe – novamente com sua conotação "pejorativa" e "arcaica" – à suposta inovação da "arte enquanto ideia" ou da "arte enquanto linguagem".

A cerimônia que marcou o fechamento da Section XIXème Siècle do Musée d'Art Moderne teve lugar na casa de Broodthaers em Bruxelas. A Section XVIIème Siècle abriu logo em seguida em A 37 90 80, um espaço alternativo em Antuérpia. O convite para o evento informava que haveria um ônibus para levar os convidados até Antuérpia – "De Bruxelas a Antuérpia são cinquenta quilômetros. É pouco tempo para refletir sobre este museu. Pensei, portanto, em parênteses sem palavras dentro"³⁵. Composta de objetos semelhantes aos do museu da rue de la Pépinière em Bruxelas, a nova seção apresentava postais com reproduções de obras de Rubens em lugar dos que reproduziam pintores do século XIX. Ficou aberta uma semana.

Passados muitos meses, a seção do século XIX ressurgiu, sob uma aparência diversa (e com a duração de dois dias apenas), como a Section XIXème Siècle (bis) da exposição *Entre 4* do Städtische Kunsthalle de Dusseldorf. Para esta "continuação" da seção do século XIX, Broodthaers escolheu e instalou oito pinturas do século XIX, cedidas por empréstimo pelo Kunstmuseum

190 SOBRE AS RUÍNAS DO MUSEU

J. J. Grandville, *Uma galeria de exposição*, ilustração do livro *Un autre monde*, Paris, 1844.

Dusseldorf; com isso, o espaço temporário de exposição ganhou, por um breve período, a aparência de uma galeria de museu[36]. Ao amontoar as pinturas em duas fileiras de quatro, a instalação de Broodthaers lembra os métodos de pendurar usados no século XIX, mas a ordenação dos quadros por tamanho e formato sugere também um momento museológico anterior, no século XVIII, quando as galerias de quadros constituíam uma espécie de "décor"[37]. Como muitas das intervenções de Broodthaers, a Section XIXème Siècle (bis) é um mero gesto, mas que ressoa longe. Grande parte da movimentação presente hoje nas atividades do museu consiste numa reordenação similar dos objetos-fetiche, seja na forma de coleções permanentes ou de empréstimos – reconfigurações que apenas demonstram que a construção da história cultural feita pelo museu pode continuar passando indefinidamente por novas transformações sem que se rompa a ideologia historicista. No que diz respeito ao século que desperta o interesse específico de Broodthaers, é só pensar no novo Musée d'Orsay de Paris, uma "Section XIXème Siècle" de proporções enormes. Objetos transportados através do Sena, vindos do Louvre e do Jeu de Paume e retirados das províncias francesas, são agora reagrupados em um cenário de tal grandiosidade que chega a anular por completo a memória política[38].

A forma em que se materializou a seguir o museu fictício de Broodthaers foi como a Section Cinéma, na Haus Burgplatz 12, em Dusseldorf. O convite dizia que, a partir de janeiro de 1971, seriam exibidos "filmes didáticos" todas as quintas-feiras das 14h00 às 19h00. Do lado de fora da sala térrea que abrigava a Section Cinéma, Broodthaers espalhou diferentes objetos, identificando-os com um número ou uma letra impressos – "fig. 1", "fig. 2", "fig. A" –, como se representassem ilustrações de uma antiga enciclopédia. "Didaticamente" identificados dessa maneira, os objetos incluíam uma lâmpada, uma cadeira, a folha do dia 12 de setembro de um calendário, uma caixa de acordeão e um prendedor de filme. Uma cópia de *L'invention du cinéma*, de

Georges Sadoul, estava dentro de um baú com outros objetos. Encostada na parede, uma caixa de piano forrada com a etiqueta "Les Aigles" trazia as inscrições "Musée" e "Museum". Recordando a recente reinstalação dos objetos que, sob o nome de *Théorie des figures*, acontecera no museu Mönchengladbach, Broodthaers enumerou outros ainda: "Uma caixa de papelão, um relógio, um espelho, um cachimbo, e também uma máscara e uma bomba de fumaça"[39]. Continua presente nesse estranho conjunto o antigo charme do século XIX, época, de fato, da "invenção do cinema"[40]. Além de, pela primeira vez, vermos formar-se uma *coleção* entre as ficções do museu. De todo modo, uma vez que o "contratipo do colecionador" de Benjamin já não mais existe, Broodthaers só consegue recuperar sua imagem pendurando de propósito um número em cada objeto. "Se formos acreditar no que está escrito na etiqueta", observava Broodthaers, "então os objetos adquirem um caráter ilustrativo que remete a algo de novo a respeito da sociedade"[41]. Mas podemos acreditar nela? Ou será que a Section Cinéma homenageia apenas aquele tipo de coleção em que "o objeto é libertado de suas funções originais" para que "cada coisa individualmente se torne uma enciclopédia de todo o conhecimento do período..."?

É com a obra intitulada *Ma collection* – uma "coleção" de documentos das exposições de que ele participou, cada um deles, uma vez mais, com um número – que Broodthaers confessa de modo mais explícito que se tornaria criador para compensar a incapacidade de ser colecionador. A obra foi exposta na Galeria Amplo Espaço Branco da Feira de Arte de Colônia, em 1971. "Devido à falência", o Musée d'Art Moderne foi posto à venda na mesma época, sob os auspícios da Section Financière. A oferta aconteceu sob a forma de uma edição especial de dezenove exemplares do catálogo da feira de arte, cada um deles envolto em uma capa na qual se lia "Musée d'Art Moderne à vendre, 1970 bis 1971, pour cause de faillite". Evidentemente, contudo, o

Marcel Broodthaers, Musée d'Art Moderne, Département des Aigles, Section Financière, Kunstmarkt, Colônia, 5-10 de outubro de 1971. Anúncio da venda do museu com o formato da capa do catálogo da Feira de Arte de Colônia.

museu não encontrou comprador[42], porque sua manifestação mais importante, a Section des Figures, aconteceu no verão seguinte no Städtische Kunsthalle, em Düsseldorf.

A Section des Figures compreendia 266 objetos que representavam águias, os quais haviam sido emprestados de quarenta e três museus "de verdade", bem como de coleções particulares entre as quais a de Broodthaers, e cuja datação cobria "do Oligoceno ao presente". Apresentados dentro de mostruários de vidro e vitrines, pendurados nas paredes ou isolados, cada objeto trazia uma etiqueta em inglês, francês e alemão que dizia: "Isto não é uma obra de arte" – "enunciado obtido pela contração de um conceito de Duchamp com um conceito antitético de Magritte"[43]. No catálogo em dois volumes da primeira exposição, sob o título "Método", esses dois conceitos – o *readymade* e aquilo que Michel Foucault chamou em seu texto "Ceci n'est pas une pipe" de "caligrama partido" – estão ilustrados com reproduções de *Fountain*, de Duchamp, e *La trahison des images*, de Magritte[44]. Depois destas, Broodthaers escreve:

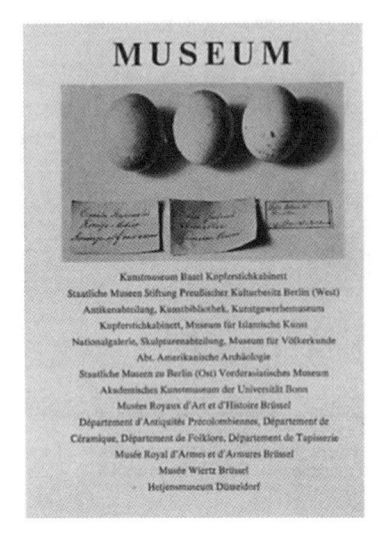

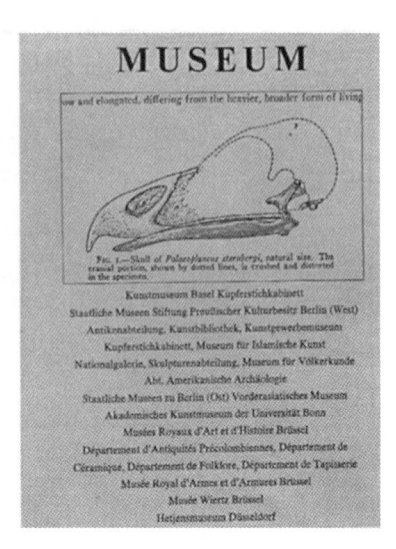

Marcel Broodthaers, capas dos dois volumes do catálogo do Musée d'Art Moderne, Département des Aigles, Section des Figures *(Der Adler vom Oligozän bis heute)*, Städtische Kunsthalle, Düsseldorf, 16 de maio–9 de julho de 1972.

Aqui o público se defronta com os seguintes objetos de arte: águias de todo tipo, algumas das quais carregam conceitos simbólicos e históricos de peso. O caráter desse confronto é determinado pela inscrição negativa: "Isto não é... isto não é uma obra de arte". Isto significa apenas o seguinte: Mas que público cego!

Portanto, de duas uma: ou a informação na assim chamada arte moderna tem tido um papel eficaz, caso em que a águia inevitavelmente se tornaria parte de um método; ou a inscrição apresenta-se como mero absurdo – ou seja, não corresponde ao nível de discussão que diz respeito, por exemplo, à validade das ideias de Duchamp e Magritte –, e então a exposição segue simplesmente os princípios clássicos: a águia na arte, na história, na etimologia, no folclore[45]...

Duas leituras possíveis, dependendo da eficácia alcançada pela arte moderna: ou o museu de Broodthaers opõe-se à história cultural, ou, ao tomar a águia como tema, é simplesmente mais um exemplo dela[46].

A Section des Figures é a coleção mais "completa" de Broodthaers, "uma tentativa grandiosa", de fato, nas palavras de Benja-

HISTÓRIA PÓS-MODERNA **195**

Detalhe da instalação do Musée d'Art Moderne, Département des Aigles, Section des Figures *(Der Adler vom Oligozän bis heute)*, Städtische Kunsthalle, Düsseldorf, 16 de maio-9 de julho de 1972 (foto de Walter Klein).

min, "de transcender o atributo completamente irracional de um mero estar-aí por meio da integração com um novo sistema histórico criado com propósitos específicos...". E esse novo sistema histórico tem um objetivo "de época": a anulação de um outro. Como ficou claro com os *readymades* de Duchamp, a função do museu de arte (e do artista que trabalha no âmbito de sua autoridade discursiva) é declarar, diante de cada um dos objetos que abriga: "Isto é uma obra de arte". As etiquetas de Broodthaers revertem essa proposição por meio da aplicação da fórmula linguística de Magritte "Ceci n'est pas une pipe". O "isto é uma obra de arte" do museu – aparentemente tautológico – é exposto como uma *designação* arbitrária, uma mera representação[47].

"O conceito da exposição", escreveu Broodthaers, "baseia-se na identidade entre a águia como ideia e a arte como ideia"[48]. Mas "a águia como ideia" resulta neste caso em uma diversidade tão ampla de objetos – de pinturas a tiras de humor, de fósseis a máquinas de escrever, de objetos etnográficos a marcas de produtos – que sua justaposição só pode parecer "surrealista". Contudo, quando lhe perguntaram se "essa espécie de pretensão de abraçar formas artísticas tão diversas e tão distantes entre si como é o caso de um objeto e de uma pintura tradicional" não lhe recordava "o encontro de uma máquina de costura e de um guarda-chuva sobre uma mesa de trabalho", Broodthaers meramente comentou o sistema de classificação do museu:

> Um pente, uma pintura tradicional, uma máquina de costura, um guarda-chuva e uma mesa podem ser postos nos diferentes departamentos do museu, conforme a classificação. Encontramos a escultura em um espaço à parte, a pintura em outro, as cerâmicas e as porcelanas... animais empalhados... Cada espaço, por sua vez, é compartimentalizado, com o propósito talvez de constituir uma seção – cobras, insetos, peixes, pássaros – que possa ser dividida em segmentos – papagaios, gaivotas, águias[49].

Ao apresentar-nos uma outra ordem, "impossível", a Section des Figures demonstra como é estranho o modo pelo qual o museu ordena o conhecimento. A ficção de Broodthaers lembra, nisso, a arqueologia de Foucault, método que ele inicialmente pensou em opor à história cultural. Segundo o relato de Foucault, *The Order of Things* surgiu de uma passagem em Borges, da risada que demolia, à medida que eu a lia, todas as referências que eram familiares ao meu pensamento – ao *nosso* pensamento... Essa passagem cita "uma certa enciclopédia chinesa" na qual se lê que "os animais dividem-se em: a) pertencentes ao imperador; b) embalsamados; c) mansos; d) leitõezinhos; e) sereias; f) míticos; g) cães sem dono; h) incluídos na presente classificação; i) furiosos; j) incontáveis; k) desenhados com um pincel de pelo de camelo de superior qualidade; l) *et cetera*; m) aqueles que acabaram de quebrar o jarro de água; n) aqueles que vistos a distância parecem moscas". O que, com uma grande tacada, apreendemos com sua maravilhosa taxonomia, aquilo que se apresenta, por intermédio da fábula, como o encanto exótico de mais um sistema de pensamento, é a limitação do nosso próprio sistema, a absoluta impossibilidade de pensar *aquilo*[50].

Foucault explica que é impossível pensar *aquilo* porque Borges "suprime o *lugar*, a base muda sobre a qual é possível justapor as entidades... O que se remove, em suma, é a famosa 'mesa de trabalho'"[51]. O propósito da arqueologia de Foucault é mostrar que o lugar que nos permite justapor entidades heterogêneas é o do discurso, e que as formações discursivas sofrem mutações históricas de tal magnitude que acabam se tornando incompatíveis umas com as outras. Foucault explica, ao mesmo tempo, que nosso próprio sistema historicizante de pensamento, surgido no início do século XIX, enfia o conhecimento dentro de um desenvolvimento cronológico contínuo que na verdade oculta a incompatibilidade[52]. Nossa história cultural universaliza – e em última análise *psicologiza* – todo o conhecimento ao traçar seu percurso como um infinito retorno das origens[53].

O título que Broodthaers deu à Section des Figures – *Der Adler vom Oligozän bis heute* (A águia do Oligoceno até hoje) – só pode ser uma paródia desse esforço historicizante. No segundo volume do catálogo, sob o título de "Figura 0", Broodthaers escreveu:

> Tais noções são perigosas. Elas conduzem às vezes a uma sensação de anestesia da qual não se consegue sair. Extremamente apavorados... sem nada conhecer... e, por fim, admirando sem reserva. A sublime ideia da arte e a sublime ideia da águia. Do Oligoceno ao presente – é tudo muito sublime. Por que Oligoceno? A relação direta entre o fóssil de águia, que foi encontrado em escavações do extrato terciário, e as diversas formas de apresentação do símbolo talvez não se sustente, se é que existe. A geologia, contudo, precisava fazer parte do título sensacionalista para imbuí-lo de um falso ar de academia, a qual aceita o símbolo da águia sem refletir, sem nem mesmo submetê-lo à discussão[54].

Para a história da cultura, as categorias que surgem em um determinado momento histórico – como a arte – nunca são questionadas; desse modo, a arte pode ser vista como algo que nasce junto com o "próprio homem" e seu "instinto criador". De modo semelhante, um fenômeno profundamente histórico como o ato de colecionar também é psicologizado, passando a ser explicado como um *impulso* trans-histórico e transcultural[55]. E o museu, compreendido de maneira reducionista como a instituição que somente abriga uma coleção, sempre esteve, portanto, simplesmente *ali* como a resposta "natural" às "necessidades" do colecionador. Apesar do fato de o museu ser uma instituição que emergiu com o desenvolvimento da moderna sociedade burguesa, os historiadores da cultura vão buscar suas origens, juntamente com as do ato de colecionar, nas "épocas imemoriais".

Não há nenhuma história cultural do museu de arte que não encontre sua própria origem no curioso livro de Julius von Schlosser – considerado, de todo modo, um clássico – *Die Kunst- und Wunderkammern der Spätrenaissance*, publicado originalmente em 1908. Schlosser, diretor do Kunsthistoriches Museum de Viena – museu cujo próprio nome é uma homenagem à história cultural (e que cedeu uma armadura aquilina à Section des Figures) –, começa o livro com uma breve reflexão sobre a universalidade de seu objeto:

> Quem quer que se disponha a escrever uma história do ato de colecionar desde suas origens e em suas diversas ramificações e desdobramentos – o que seria um tema de interesse tanto da psicologia como da história cultural –, talvez não deva desconsiderar uma descida aos *gazza ladra*, nem as diversas e admiráveis observações que podem ser feitas em relação ao *Sammeltrieb* no reino animal[56].

Partindo das profundezas morais da pega, o pássaro ladrão, Schlosser ascende pela cadeia evolutiva até as coleções das crianças e dos "selvagens", passa para as fabulosas coleções dos incas e dos astecas, para o Aladim das *Mil e uma noites* e, finalmente, para o advento da *história*: os tesouros do templo grego e da catedral medieval enquanto museus, a galeria de antiguidades do Renascimento enquanto museu. Só depois dessa ladainha é que Schlosser dirige a atenção para seu verdadeiro objeto, a *Wunderkammer*. É este "gabinete de curiosidades" que ele considera o precursor imediato do Kunsthistorisches Museum, cuja "pré-história" na *Wunderkammer* de Schloss Ambras ele pretendeu escrever.

Qualquer um que já leu a descrição de uma *Wunderkammer*, ou *cabinet des curiosités*, percebe o despropósito de situar nela a origem do museu, a total incompatibilidade entre a seleção de objetos e o sistema classificatório da *Wunderkammer* e os nos-

HISTÓRIA PÓS-MODERNA **199**

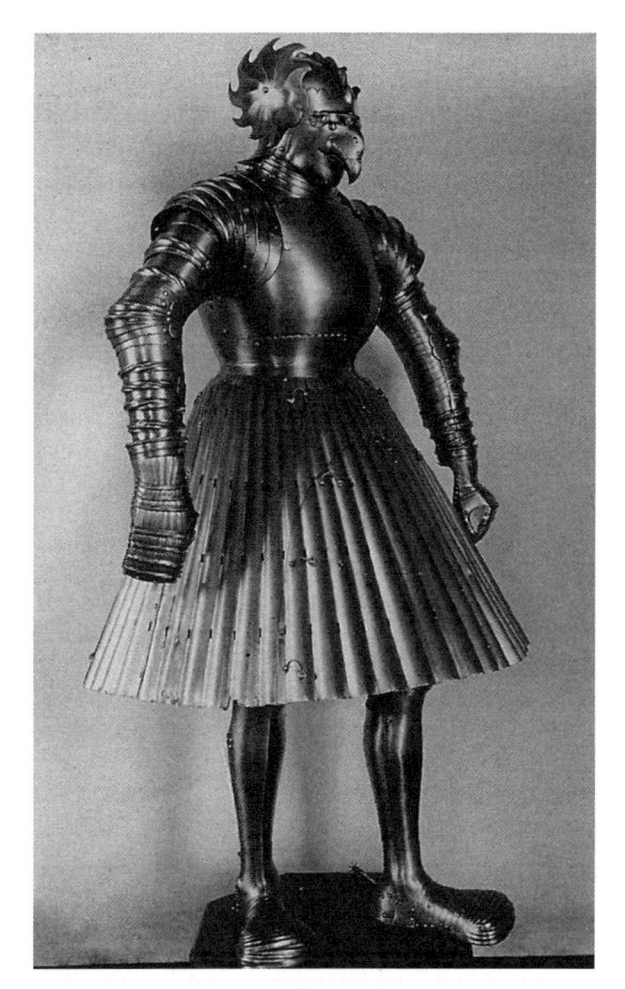

Armadura, norte da Alemanha, início do século XVI, coleção Kunsthistorisches Museum, Viena, incluída no Musée d'Art Moderne, Département des Aigles, Section des Figures *(Der Adler vom Oligozän bis heute)*, Städtische Kunsthalle, Düsseldorf, 16 de maio–9 de julho de 1972 (foto: cortesia do Kunsthistoriches Museum de Viena).

sos[57]. Esse tipo de coleção do final do Renascimento não *evoluiu* para o museu moderno. Pelo contrário, *foi espalhado*; sua única relação com as coleções dos dias de hoje está no fato de que algumas de suas "curiosidades" acabaram se ajeitando em nossos museus (ou departamentos de museu) de história natural, de etnografia, de artes decorativas, de armas e armaduras, de história... e mesmo, em alguns casos, em nossos museus de arte.

É claro que a Section des Figures não remete à *Wunderkammer*. Mas certamente recupera a profusa heterogeneidade de seus objetos e a reclassificação que delas fez o museu durante o século XIX. Broodthaers listou, na capa e na contracapa dos dois volumes do catálogo da Section des Figures, os museus dos quais tomou emprestadas suas águias:

> Kunstmuseum Basel Kupferstichkabinett / Staatliche Museen Stiftung Preussischer Kulturbesitz Berlin (West)... Museum für Islamische Kunst / Nationalgalerie, Skulpturenabteilung... Musée Royal d'Armes et d'Armures Brüssel / Musée Wiertz Brüssel... Departamento Etnográfico do Museu Britânico de Londres / Museu Imperial da Guerra de Londres / Museu Albert & Victoria de Londres... Museu da Fundação Heye do Índio Americano de Nova York / Musée de l'Armée, Hôtel des Invalides, Paris / Musée des Arts Décoratifs Paris... Musée d'Art Moderne Département des Aigles Brüssel Düsseldorf.

Ao conjugar os nomes dos lugares com as classificações museológicas, a lista chama a atenção para a dimensão *verdadeiramente* histórica das modernas coleções "públicas": sua ligação com o poder – não apenas o poder imperial que a águia tão coerentemente representa, mas também o poder que se constitui através de seus sistemas de conhecimento. Mais importante, chama a atenção para a *relação* do poder imperial com o poder do conhecimento[58]. Como foi recentemente mostrado por um setor radical da academia, o "conhecimento" etnocêntrico e patriarcal tem sido tão essencial para os regimes imperialistas como os exércitos invasores, desde Napoleão até hoje.

HISTÓRIA PÓS-MODERNA **201**

Enquanto a Section des Figures continuava exposta, uma Section Publicité que mostrava fotografias da exposição de Düsseldorf foi aberta na *Documenta*, a importante exibição de arte que periodicamente tem lugar em Kassel. Essa apresentação final do museu de Broodthaers também contava com mais duas partes. A primeira delas, o Musée d'Art Moderne, Département des Aigles, Section d'Art Moderne, ficou exposta desde a abertura da *Documenta*, no final de junho, até o final de agosto. Na assim chamada Abteilung Individuelle Mythologien ("Seção das Mitologias Pessoais")[59], organizada por Harald Szeemann, Broodthaers pintou um quadrado negro no chão da Neue Galerie e escreveu dentro, com tinta branca e em três idiomas, "Propriedade Privada". O quadrado estava protegido nos quatro lados por correntes apoiadas em mourões. As palavras "musée/museum" estavam escritas na janela e podiam ser lidas do lado de fora, exatamente como apareceram quatro anos antes na rue de la Pépinière, só que agora estavam acompanhadas da "Fig. 0", legível de dentro. Havia também a sinalização habitual do museu: "entrée, sortie, caisse, vestiaire", e assim por diante, junto com "Fig. 1, Fig. 2, Fig. 0...".

No início de setembro, a ficção mudou de nome e de caráter. Chamada agora de Musée d'Art Ancienne, Département des Aigles, Galerie du XXème Siècle, o quadrado negro foi repintado e recebeu a seguinte inscrição:

Ecrire Peindre Copier
Figurer
Parler Former Rêver
Echanger
Faire Informer Pouvoir[60]

Tomados em conjunto, esses três derradeiros gestos apontam, com pessimismo, uma nova fase na história do museu, aquela que estamos vivendo agora: o momento da exposição como uma forma de relações públicas, de redução final da arte à propriedade privada e da evolução das estratégias artísticas para uma situação de puro alinhamento com o poder. Broodthaers

Interior do Museum Wormianum, Copenhague, da obra de Ole Worm, *Museum Wormianum*, 1655 (cortesia da Smithsonian Institution).

não viveu para ver suas previsões mais sombrias se cumprirem, com o atual controle da indústria cultural pelos interesses corporativos, e, ao mesmo tempo, o eclipse final do papel comemorativo do colecionador como materialista histórico. Mas não deixou de antever o que seu próprio Musée d'Art Moderne se tornaria:

> Este museu, fundado em 1968 sob a pressão da percepção política de seu tempo, fechará as portas agora por ocasião da *Documenta*. Terá trocado, desse modo, sua forma heroica e solitária por outra que beira o consagrado, graças ao Kunsthalle de Düsseldorf e à *Documenta*.
> Nada mais lógico que ele agora passe a se conformar com a mesmice. É claro que esta é uma visão romântica, mas o que é que eu posso fazer? Quer olhemos para São João Evangelista, quer para Walt Disney, quando se trata da palavra escrita o símbolo da águia sempre tem um peso considerável. Escrevo estas linhas, contudo, porque penso na atitude romântica como uma nostalgia de Deus[61].

HISTÓRIA PÓS-MODERNA **203**

Notas

Foram os ensaios "Marcel Broodthaers: Allegories of the Avant-Garde", *Artforum* 18, n.º 9 (maio de 1980), p. 52-9; e "The Museum Fictions of Marcel Broodthaers", em *Museums by Artists* (Toronto, Art Metropole, 1983), p. 45-6, de Benjamin H. D. Buchloh, que me apresentaram a obra de Broodthaers. Tive também a oportunidade de trabalhar com Buchloh no número especial de *October* sobre Broodthaers (n.º 42, outono de 1987), do qual ele foi editor convidado. Além disso, ele me emprestou as cópias de muitos dos documentos que consultei para preparar este ensaio.
Entre as fontes primárias, à parte os textos do próprio Broodthaers, as teses fundamentais de Dirk Snauwaert ("Marcel Broodthaers: Musée d'Art Moderne, Département des Aigles, Section des Figures. Der Adler vom Oligozän bis heute: Een Analyse", Rijksuniversiteit, Gent, 1985) e Etienne Tilman ("Musée d'Art Moderne, Département des Aigles, de Marcel Broodthaers", Université Libre de Bruxelles, Faculté de Philosophie et Lettres, Bruxelas, 1983-84) foram particularmente úteis na reconstrução de diversos aspectos das ficções do museu de Broodthaers, nenhuma das quais tive a oportunidade de ver.
1. "This clever thing has avoided society's mold./She's cast herself in her very own./Other lookalikes share with her the anti-sea./She's perfect" ("Esta coisa esperta escapou do molde da sociedade./Fundiu-se no seu próprio molde./Outros semelhantes partilham com ela o antimar./Ela é perfeita" [Marcel Broodthaers, "O mexilhão"], trad. para o inglês de Michael Compton, em "Selections from *Pense-Bête*", *October*, n.º 42 [outono de 1987], p. 27).
2. Marcel Broodthaers, texto do anúncio da exposição, Galerie Saint-Laurent, Bruxelas, 1964.
3. Marcel Broodthaers, "Comme du beurre dans um sandwich", *Phantomas*, n.º 51-61 (dezembro de 1965), p. 295-6; citado em Birgit Pelzer, "Recourse to the Letter", *October*, n.º 42 (outono de 1987), p. 163.
4. Benjamin H. D. Buchloh, "Introductory Note", *October*, n.º 42 (outono de 1987), p. 5.
5. Walter Benjamin, *Das Passagen-Werk*, vol. 1 (Frankfurt, Suhrkamp, 1982), p. 280.
6. Ibid., p. 277 (itálicos no original). Esta afirmação de Marx é esclarecida posteriormente por outra, que vem logo a seguir nas observações de Benjamin: "O lugar de todos os sentimentos físicos e mentais foi ocupado pela simples alienação de todos esses sentimentos pelo sentimento de posse".
7. Ibid., p. 271.
8. Walter Benjamin, "Unpacking My Library" (1931), em *Illuminations*, trad. de Harry Zohn (Nova York, Schocken Books, 1969), p. 67.
9. Elizabeth Gilmore Holt, org., *The Triumph of Art for the Public* (Garden City, N.Y., Anchor Books, 1979).
10. Walter Benjamin, "Eduard Fuchs, Collector and Historian" (1937), em *One-Way Street and Other Writings*, trad. de Kingsley Shorter (Londres, New Left Books, 1979), p. 355-6 (grifos no original).
11. Desde que Engels, em 1892, definiu o *materialismo histórico* como "a visão do curso da história que busca a causa última e a grande força que move todos os acontecimentos históricos importantes no desenvolvimento econômico da sociedade, nas transformações nos modos de produção e de troca, na consequente divisão da sociedade em classes distintas, e na luta dessas classes entre si", esse conceito tem sido objeto de considerável discussão no interior da teoria marxista, particularmente no que diz respeito à noção de uma única "causa última". A concepção materialista da história de Walter Benjamin – elaborada ao longo de seus escritos e objeto de seu último texto terminado, "Theses on the Philosophy of History" (em *Illuminations*, p. 253-64) – é uma das mais sutis e complexas de todo o pensamento marxista.
12. Benjamin, "Eduard Fuchs", p. 361.
13. Ibid., p. 352.
14. Marcel Broodthaers, carta aberta por ocasião da *Documenta 5*, Kassel, junho de 1972.
15. Marcel Broodthaers, em conversa com Jürgen Harten e Katharina Schmidt, que circulou na forma de comunicado de imprensa por ocasião da exposição *Section des Figures: Der Adler vom Oligozän bis heute*, Düsseldorf, Städtische Kunsthalle, 1972; citado em Rainer Borgemeister,

"Section des Figures: The Eagle from the Oligocene to the Present" October, n? 42 (outono de 1987), p. 135.

16. Na verdade, Broodthaers especifica – em uma carta aberta datada de 27 de junho de 1968 e redigida em Kassel (reimpressa em *Museum in Motion?: The Art Museum at Issue*, Karel Blotkamp et al., orgs. [Haia, Government Printing Office, 1979], p. 249), e, com algumas exclusões, na placa de plástico relacionada a ela e intitulada *Tirage illimité (le noir et le rouge)* – o conjunto de cidades em que aconteceram as atividades políticas de 1968: "Amsterdã, Praga, Nanterre, Paris, Veneza, Bruxelas, Louvain, Belgrado, Berlim e Washington." Ver Benjamin H. D. Buchloh, "Open Letters, Industrial Poems", *October*, n? 42 (outono de 1987), p. 85-7.

17. Ver os documentos publicados como fac-símile em *Museum in Motion*, p. 248.

18. Marcel Broodthaers, carta aberta datada de 7 de junho de 1968 e redigida no Palais des Beaux Arts, endereçada "A mes amis" e publicada em *Museum in Motion*, p. 249 (grifos do original).

19. Conforme escreveu Benjamin Buchloh, o balneário de Ostend é "o lugar menos adequado da Bélgica para instalar os escritórios dos ministros da cultura" (Buchloh, "Open Letters, Industrial Poems", p. 91).

20. Marcel Broodthaers, carta aberta, Ostend, 7 de setembro de 1968, publicada em *Museum in Motion*, p. 249.

21. Marcel Broodthaers, carta aberta, Düsseldorf, 19 de setembro de 1968, publicada em *Museum in Motion*, p. 250.

22. Por faltar-nos a tradição revolucionária francesa, a palavra *povo* não guarda as conotações políticas de *peuple*, que também pode ser traduzida como "as massas, a gente comum, a multidão, as classes baixas". Benjamin Buchloh observa a diferença entre o texto da carta aberta e o da placa de plástico intitulada *Museum*, de 1968: "A afirmação 'proibido o acesso do povo' – plena de conotações de classe e políticas – foi trocada na versão da placa por uma mais grotesca e autoritária: 'Proibido o acesso de crianças'" (Buchloh, "Open Letters, Industrial Poems", p. 96).

23. Marcel Broodthaers, carta aberta, Paris, 29 de novembro de 1968, endereçada aos "Chers Amis".

24. "A foto de um postal com uma pintura de Ingres vale alguns milhões?" (Marcel Broodthaers, citado em Benjamin H. D. Buchloh, "Formalism and Historicity – Changing Concepts in American and European Art since 1945", em *Europe in the Seventies: Aspects of Recent Art* [Chicago: Art Institute of Chicago, 1977], p. 98).

25. Daniel Buren, "The Function of the Studio", trad. de Thomas Repenseke, *October*, n? 10 (outono de 1979), p. 51.

26. Que esta separação era um ponto contestado no século XIX é algo que se pode ver com a tentativa de Alois Hirt de fazer do Museu de Berlim uma espécie de estúdio, única pista que sobrou para se localizar o próprio museu na inscrição feita no friso de Hirt. Ver, neste volume, "O museu pós-moderno".

27. Buchloh, "Formalism and Historicity", p. 98.

28. Benjamin, "Eduard Fuchs", p. 360.

29. Marcel Broodthaers, "To Be *Bien Pensant*... or Not to Be. To be Blind", trad. de Paul Schmidt, *October*, n? 42 (outono de 1987), p. 35.

30. "Correlato a isso [a exaltação da mercadoria] era a ambivalência entre o elemento cínico e o utópico. O refinamento com que ela representava os objetos mortos correspondia àquilo que Marx chamava de 'travessuras teológicas' da mercadoria. Elas assumiram uma forma clara na *specialité*: sob o lápis de Grandville, um modo de designar os bens que transformou o todo da Natureza em especialidades entrou em voga na indústria de luxo dessa época. Ele apresentava a Natureza do mesmo modo que as propagandas – a palavra (*réclames*) também passou a existir nessa época – começavam a apresentar os produtos. Acabou louco" (Walter Benjamin, "Paris – the Capital of the Nineteenth Century", em *Charles Baudelaire: A Lyric Poet In the Era of High Capitalism*, trad. de Harry Zohn [Londres, New Left Books, 1973], p. 165). Ver também a letra "G" de "Ausstellungswesen, Reklame, Grandville", em Benjamin, *das Passagen-Werk*, p. 232-68.

31. Como o museu de Broodthaers era uma ficção, às vezes fica difícil decidir o que constitui uma de suas seções "verdadeiras" e o que existe meramente como elemento de seus obscuros pronunciamentos. Portanto, só se pode dizer que a Section Littéraire existe na medida em que

Broodthaers usava de vez em quando essa rubrica no início de suas cartas. Nas duas ocasiões em que o próprio Broodthaers especifica as seções de seu museu – no convite da Section Cinéma, em 1971, e no segundo volume do catálogo da Section des Figures, em 1972 –, ele só enumera estas: Section XIXème Siècle, Bruxelas, 1968; Section XVIIème Siècle, Antuérpia, 1969; Section XIXème Siècle (bis), Düsseldorf, 1970; Section Cinéma, Düsseldorf, 1971; Section des Figures, Düsseldorf, 1972. Além dessas, contudo, houve também a Section Financière da Feira de Arte de Colônia de 1971 e a Section Publicité, a Section d'Art Moderne e o Musée d'Art Ancien, Galerie du XXème Siècle da Documenta 5, Kassel, em 1972. O convite para a exposição das placas de plástico de Broodthaers na Librairie Saint-Germain des Prés em 1968 identificava outra seção do seguinte modo: "M.U.SE.E .D'.A.R.T./CAB.INE.T D.ES. E.STA.MP.E.S./ Département des Aigles". Broodthaers menciona também uma Section Documentaire (pela qual agradece Herman Daled) em Marcel Broodthaers: Catalogue/Catalogus (Bruxelas, Palais des Beaux-Arts, 1974), p. 26; e uma Section Folklorique aparece na lista de seções de museu em diversos catálogos publicados postumamente.
32. Para uma análise em profundidade das cartas abertas, ver Pelzer, "Recourse to the Letter".
33. Marcel Broodthaers, "Ten Thousand Francs Reward", trad. de Paul Schmidt, October, n.º 42 (outono de 1987), p. 45. Broodthaers guardou a crítica política mais aguda para um colega em especial – Joseph Beuys. Para uma análise da carta de Broodthaers a Beuys – escrita na forma de uma carta "descoberta" de Offenbach a Wagner – relacionada ao cancelamento da exposição de Hans Haacke no Museu Guggenheim em 1971, ver Stefan Germer, "Haacke, Broodthaers, Beuys", October, n.º 45 (verão de 1988), p. 63-75. Foi também com uma carta a Beuys, de 14 de julho de 1968, que Broodthaers fez o primeiro convite para seu "museu". Escreveu: "Comunicamos aqui a criação do Musée d'Art Moderne em Bruxelas. Ninguém acredita".
34. Esta interpretação das cartas abertas de Broodthaers tem sido amplamente contestada por Benjamin Buchloch em diversos artigos sobre Broodthaers. Ver particularmente "Formalism and Historicity" e "Open Letters, Industrial Poems".
35. Marcel Broodthaers, carta aberta, Antuérpia, 10 de maio de 1969, endereçada a "Chers amis".
36. Uma vez que, fora da Alemanha, as funções do museu de arte (abrigar uma coleção) e do salão de exposições (montar exposições temporárias) geralmente são realizadas pela mesma instituição, a troca de um pelo outro que Broodthaers faz perde muito significado em nosso contexto. Deve-se observar também que a Kunsthalle é um acontecimento do século XIX da mesma forma que o Kunstmuseum.
37. Diversas instalações criadas por Broodthaers em 1973-74, depois da dissolução de seu museu fictício, foram chamadas Décors.
38. Ver Patricia Mainardi, "Postmodern History at the Musée d'Orsay", October, n.º 41 (verão de 1987), p. 31-52.
39. Broodthaers, "Ten Thousand Francs Reward", p. 43.
40. Como Broodthaers disse: "Jamais teria obtido esse tipo de complexidade com objetos tecnológicos cuja simplicidade condena a mente à monomania: a arte minimalista, o robô, o computador" (Ibid.).
41. Ibid.
42. O próprio material da oferta, contudo, encontrou. Os dezenove catálogos especialmente marcados por Broodthaers foram vendidos para o negociante de arte Michael Werner.
43. Broodthaers, "Ten Thousand Francs Reward", p. 47
44. Marcel Broodthaers, "Method", em Der Adler vom Oligozän bis heute, vol. 1 (Düsseldorf, Städtische Kunsthalle, 1972), p. 11-5; ver também October, n.º 42 (outono de 1987), p. 152-3. Debaixo do nome de Magritte, nesta seção sobre método, Broodthaers escreve simplesmente: "Leia o texto de M. Foucault 'Ceci n'est pas une pipe'". Ver Michel Foucault, "Ceci n'est pas une pipe", trad. de Richard Howard, October, n.º 1 (primavera de 1976), p. 7-21.
45. Marcel Broodthaers, "Adler, Ideologie, Publikum", em Der Adler vom Oligozän bis heute, vol. 1, p. 16.
46. Ao imprimir no segundo volume do catálogo os comentários dos visitantes da exposição, Broodthaers dá uma boa ideia de como as lições da arte moderna tinham sido bem aprendidas. Ver "Die Meinung des Publikums", em ibid., vol. 2, p. 8-12.

47. Para uma discussão mais completa do "método" de Broodthaers, ver Borgemeister, "Section des Figures".
48. Marcel Broodthaers, "Sections des Figures", em *Der Adler vom Oligozän bis heute*, vol. 2, p. 19. A identificação feita por Broodthaers entre a águia e a arte indica uma substituição linguística à qual ele nunca aludiu de modo particular. Em francês, a frase "Il n'est pas un aigle" significa "ele não é nenhum gênio". Portanto, podemos supor que "Ceci n'est pas un objet d'art", acompanhada pela imagem ou objeto que representa a águia, nega a costumeira associação entre arte e gênio. Na maioria das vezes, as observações de Broodthaers a respeito da águia associam-na, contudo, não ao gênio, mas ao poder. Ver, por exemplo, seus diversos pronunciamentos sobre a águia em "Section des Figures", p. 18-9.
49. Broodthaers, "Ten Thousand Francs Reward", p. 46.
50. Michel Foucault, *The Order of Things* (Nova York, Pantheon, 1970), p. XV.
51. Ibid., p. XVII. "...como o guarda-chuva e a máquina de costura na mesa de trabalho; por mais desconcertante que seja a proximidade entre elas, de todo modo ela é garantida por aquilo e... por aquilo *em* cuja solidez se prova a possibilidade da justaposição" (ibid., p. XVI).
52. É exatamente contra isto que o materialismo histórico se opõe: "O materialista histórico deixa que outros sejam esvaziados pela prostituta chamada 'Era uma vez' no bordel do historicismo. Mantém sua força sob controle, homem o bastante para arrebentar com o *continuum* da história" (Benjamin, "Theses on the Philosophy of History", p. 262).
53. Ver Foucault, "The Retreat and Return of the Origin", em *The Order of Things*, p. 328-35.
54. Broodthaers, "Section des Figures", p. 18.
55. Assim, por exemplo: "Vinte anos de experiência como curador e diretor de museus americanos convenceram-me de que o fenômeno de colecionar arte é instintivo demais e amplo demais para que seja rejeitado como uma simples moda ou desejo de fama. É uma expressão complexa e irreprimível do interior do indivíduo, uma espécie de demônio que frequentemente toma conta de personalidades importantes" (Francis Henry Taylor, *The Taste of Angels: Art Collecting from Ramses to Napoleon* [Boston, Little, Brown & Co., 1948]).
56. Julius von Schlosser, *Die Kunst- und Wunderkammern der Spätrenaissance: Ein Beitrag zur Geschichte des Sammelwesens* (Braunschweig, Alemanha, Klinkhardt & Biermann, 1978), p. 1.
57. Para descrições de diversos gabinetes de curiosidades, ver Oliver Impey e Arthur MacGregor, orgs., *The Origins of Museums: The Cabinet of Curiosities in Sixteenth- and Seventeenth-Century Europe* (Oxford, Clarendon Press, 1985). O título desta publicação – originário de um simpósio realizado para comemorar o tricentenário do Ashmolean Museum – é um exemplo da omissão dos historiadores da arte tradicionais diante das questões que a arqueologia de Foucault apresenta à história cultural.
58. O rumo que a obra de Foucault tomaria na fase "genealógica" posterior à *The Archeology of Knowledge* [Arqueologia do saber] é, naturalmente, a análise explícita do poder/conhecimento. Mesmo que ele possa não ter tomado conhecimento dela, a Section des Figures antecipa esse rumo, uma vez que a primeira manifestação deste, *Discipline and Punish* [*Vigiar e punir*], foi publicada em 1975, três anos após o "fechamento" do museu de Broodthaers.
59. Quase chegamos ao ponto de nos perguntar se essa categoria absurda não teria sido inventada com o único objetivo de ser ridicularizada por Broodthaers.
60.   Escrever Pintar Copiar
                         Representar
                   Falar Formular Sonhar
                           Trocar
                    Fazer Informar Poder
Pouvoir também é, naturalmente, um verbo que significa "ser capaz, ter o poder", mas é a única palavra da lista que, em francês, também pode ser um substantivo – daí a ambiguidade da inscrição.
61. Marcel Broodthaers, carta aberta, Kassel, junho de 1972.

A ARTE DA EXPOSIÇÃO

No inverno de 1880-81, Edward J. Lowell escreveu uma série de cartas para o *New York Times* sobre o que ele considerava ser um aspecto pouco documentado da Revolução Americana. Seu balanço começava com o seguinte parágrafo:

> Para um estrangeiro de passagem, a cidadezinha de Kassel é uma das mais atraentes do norte da Alemanha. As alamedas, os parques e jardins e os palácios imponentes são projetados para despertar admiração e surpresa. Napoleão III passou aqui os meses de cativeiro em meio a um cenário que devia lhe recordar o esplendor de Versalhes, o qual, de fato, aqueles que conceberam os belos jardins desejaram imitar. Pois quase todos os seus fundamentos foram lançados no século passado, quando a maior parte das cabeças coroadas do continente tinha seu olhar voltado para a corte francesa; e talvez nenhuma outra corte tenha trilhado o caminho da corte francesa com maior zelo ou proximidade, ao menos quanto à manifestação externa, que a dos langraves de Hesse-Kassel. A despesa com essa quantidade de edifícios e jardins era enorme, mas geralmente havia recursos no tesouro. Ainda assim, era uma região pobre. Os trezentos ou quatrocentos mil habitantes viviam basicamente da terra; os langraves, entretanto, eram negociantes. Estavam à frente de um negócio lucrativo, vendendo ou liberando uma mercadoria muito procurada naquele século, como em todos. Pois os langraves de Hesse-Kassel eram negociantes de homens; foi dessa forma que o langrave Frederico II e seus súditos vieram a participar da história americana e a palavra

"hessiano"* tornou-se um nome familiar, embora não um título honorífico, nos Estados Unidos.¹

Quando, um século depois de estas palavras terem sido escritas, a maior e mais prestigiosa exposição internacional de arte divulga a si própria com uma fotografia de cartão-postal onde aparece o monumento em forma de escultura erguido para esse mesmo Frederico II, talvez valha a pena refletir novamente sobre esses fatos históricos. Pois sobre os cadáveres e corpos mutilados de milhares desses mercenários hessianos e dos homens contra os quais eles combateram – bem como sobre o árduo trabalho daqueles que viviam da terra – ergue-se o Museum Fridericianum, sempre orgulhosamente apresentado como o primeiro museu construído na Europa. Faríamos bem, portanto, em relembrar o que Walter Benjamin escreveu apenas alguns meses antes de se suicidar na fronteira da França, durante os dias mais terríveis da Ocupação:

> O materialista histórico encara [os tesouros culturais] com um distanciamento cauteloso. Pois os tesouros culturais que ele observa têm, sem exceção, uma origem que ele não pode contemplar sem se horrorizar. Devem sua existência não apenas aos esforços das grandes cabeças e dos grandes talentos que os criaram, mas também às dores anônimas de seus contemporâneos. Não existe nenhum documento da civilização que não seja ao mesmo tempo um documento da barbárie. E, do mesmo modo que um tal documento não está livre da barbárie, a barbárie também contamina o modo como ele foi transmitido de um proprietário para outro. O materialista histórico, portanto, desvincula-se o máximo possível dele. Ele o encara como uma tarefa: ir contra a tendência histórica².

... *Documenta 7*. O nome não é ruim, porque sugere uma agradável tradição de bom gosto e sutileza. Não há dúvida de que é um nome honrado. Pode, portanto, ser seguido de um subtítulo, como naquelas

---

* *Hessian*, além de designar o natural da região de Hesse, adquiriu – devido à participação dos mercenários oriundos dessa região na Guerra de Independência americana – nos Estados Unidos a conotação de baguenceiro e rufião. (N. T.)

Johann Heinrich Tischbein, o Velho, *Inauguração do monumento ao langrave Frederico II na Friedrichsplatz de Kassel, 14 de agosto de 1783* (foto: cortesia do Staatliche Kunstsammlungen, Kassel).

novelas de antigamente: *Nas quais nossos heróis, depois de uma longa e extenuante viagem através de inóspitos vales e negras florestas, chegam finalmente ao Jardim Inglês e aos portões de um magnífico palácio.*

Foi o que escreveu o diretor artístico Rudi Fuchs na introdução do catálogo da exposição *Documenta* de 1982[3]. Não era com nenhum tipo de herói, contudo, que as pessoas deparavam ao chegar diante dos portões do magnífico palácio, o Museum Fridericianum, e sim com um *trailer* de trabalhadores de aparência molambenta que expunha diversos objetos para venda. Não era possível perceber, de imediato, se os objetos eram obras de arte ou meros suvenires. Em meio às camisetas, reproduções e outros produtos que podiam ser encontrados ali e em outros estandes em todo o jardim inglês, havia blocos de papel com frases impressas em corpo pequeno nas margens superiores e inferiores. No alto de uma das folhas podia-se ler o seguinte:

> Se não for recebida com respeitosa gravidade, dificilmente, ou de modo algum, a arte conseguirá se afirmar no ambiente: o mundo que

a rodeia, os costumes, a arquitetura, a política e a culinária – tudo isso se tornou opressivo e bárbaro. Não é fácil ouvir os suaves acordes da lira de Apolo em meio ao permanente alarido. A arte é delicada e discreta, e busca a profundidade e a paixão, a exatidão e o fervor.

Na parte de baixo da página, a fonte dessa espantosa declaração: "Trecho da carta enviada pelo diretor da *Documenta 7*, R. H. Fuchs, aos artistas participantes, editada e publicada por Louise Lawler".

Não tendo sido oficialmente convidada para a *Documenta*, Lawler não foi uma das destinatárias da carta citada no bloco de papel. Foi, contudo, representada na mostra de modo marginal por meio de um subterfúgio. Jenny Holzer, que fora convidada, pediu que Lawler contribuísse com uma obra para a aventura na qual ela estava se lançando juntamente com a Fashion Moda, galeria alternativa localizada na parte sul do Bronx. Ou seja, a Fashion Moda está situada bem no coração de um ambiente de fato opressivo e bárbaro, um dos mais famigerados guetos de negros e latinos dos Estados Unidos, e não está ali para se firmar contra o meio, mas, ao contrário, para se envolver de modo construtivo com ele.

Embora não tivesse recebido a carta de Fuchs, Lawler, assim como muitos de nós, ficara interessada em lê-la, pois esta passara a ocupar o centro da fofoca do mundo artístico em relação ao maior acontecimento da arte contemporânea que estava por vir. Com um título absurdo – "*Documenta 7*: Uma História" – e uma frase de abertura igualmente absurda – "Como posso descrever a exposição para você: a exposição que flutua em minha mente como uma estrela?" –, a carta revelava os objetivos fundamentalmente contraditórios de Fuchs. Por um lado ele declarava que iria restituir à arte sua preciosa autonomia, enquanto por outro deixava claro o desejo de manipular as obras de arte individuais de acordo com sua autoimagem inflada de artista mestre da exposição. Fosse ou não fosse essa a intenção dos artistas participantes, Fuchs faria um esforço para assegurar que as obras não refletissem de modo algum seu ambiente: o mundo ao redor, os costumes e a arquitetura, a política e a culinária.

Eu também lera a carta, que circulara na primavera de 1982 e me despertara a curiosidade em relação à coletiva de imprensa que Fuchs daria na Casa de Goethe de Nova York como parte da campanha promocional da mais cara exposição internacional de arte. Esperava que Fuchs confirmasse plenamente os boatos de que sua exposição consistiria em um retorno aos modelos convencionais de pintura e escultura, rompendo dessa maneira com a inclusão, nas primeiras *Documentas*, de obras experimentais em outros meios tais como vídeo e performance, bem como de práticas que criticavam abertamente as formas institucionalizadas tanto de produção como de recepção. Fuchs fez isso, é claro, enquanto passava uma sequência de *slides* de pinturas e esculturas, a maior parte no estilo neoexpressionista que ultimamente passara a dominar o mercado de arte de Nova York e de outras paragens do mundo ocidental. O que eu não esperara da coletiva de imprensa, entretanto, é que o diretor artístico viesse a usar pelo menos metade da apresentação não para falar das obras de arte, mas dos trabalhos de preparação que estavam em curso nos espaços da exposição para receber as instalações. "Sinto", disse, "que ficou para trás o tempo em que a arte contemporânea podia ser exibida em espaços improvisados, fábricas adaptadas e assim por diante. A arte é uma realização nobre e deve ser tratada com dignidade e respeito. Foi por esse motivo que, finalmente, construímos paredes de verdade[4]." E foram essas paredes, juntamente com o *design* da iluminação e outros detalhes de caráter museológico, que ele apresentou detalhadamente aos ouvintes.

Fuchs expôs de maneira sucinta sua arte da exposição no prefácio do catálogo da *Documenta*. "Pomos em prática um ofício maravilhoso", escreveu, "construímos uma exposição depois de ter criado os ambientes dessa exposição. Os artistas, enquanto isso, procuram dar o melhor de si, como deve ser[5]." Tudo como deve ser: o diretor artístico ergue paredes – agora permanentes, uma vez que não se voltará mais ao tempo em que as estruturas temporárias bastavam, ou até eram preferíveis, para dar conta das exigências das práticas de uma arte não convencional – e, enquanto isso, os artistas dedicam-se à criação de obras de arte apropriadas a esse cenário sagrado.

Não é de estranhar, então, que se continue a questionar o *status* dos objetos presentes nos pavilhões da Fashion Moda. O material de papelaria de Louise Lawler, os pôsteres com as provocações malandras de Jenny Holzer, os penduricalhos produzidos pelos membros do Colab, as camisetas de *silkscreen* de Christy Rupp com um rato atacando – seja lá o que for esse tipo de coisa, certamente não está de acordo com os sagrados preceitos da arte reafirmados por Rudi Fuchs. Pois aqui se trata de práticas deliberadamente marginais, obras feitas com baixo custo e vendidas por preço baixo, não como a maior parte das pinturas e esculturas que estão no interior do museu, que se situam, embora disfarçadamente, no mercado internacional de arte, dominado cada vez mais pela especulação corporativa. Além do mais, as obras da Fashion Moda enfrentam de propósito as bases sociais de sua produção e circulação, em vez de negá-las, dissimulá-las ou mistificá-las. Tomemos, por exemplo, a imagem do rato de Christy Rupp.

Rupp e eu moramos no mesmo prédio, na região sul de Manhattan, a apenas alguns quarteirões do paço municipal onde o prefeito mais reacionário da história recente de Nova York entrega a cidade aos poderosos empreendedores imobiliários enquanto os serviços municipais decaem e os cidadãos mais pobres são ainda mais marginalizados. Os cortes nos programas federais de ajuda aos pobres feitos pela administração Reagan combinados com uma cínica manipulação da falta de moradias em Nova York resultaram em aproximadamente 30 mil sem-teto, que agora moram nas ruas da cidade[6]. Para se ter uma ideia das difíceis e brutais condições de vida dessas pessoas, basta observar algumas delas toda noite no beco atrás do nosso prédio, disputando com os ratos o lixo que foi deixado ali pelo McDonald's e pelo Burger King. Na primavera de 1979, o prefeito Edward I. Koch passou vergonha diante do público quando a imprensa contou a história de uma funcionária de um escritório da vizinhança atacada por ratos na saída do trabalho. Tivesse acontecido em um dos bairros da cidade onde estão os guetos, esse tipo de acontecimento certamente teria sido considerado algo corriqueiro, mas nesse caso a Secretaria de Saúde foi acionada. E descobriu algo

Christy Rupp, *Patrulha de ratos*, 1979.

de certo modo espantoso: no terreno baldio ao lado do beco havia trinta e duas toneladas de lixo e aproximadamente 4 mil roedores[7]. Mas, além disso, a Secretaria de Saúde também descobriu outra coisa ainda mais difícil de explicar ao público. Sobre o muro provisório que separava o terreno da rua haviam sido grudadas fotos de um rato enorme, sinistro e ameaçador, réplicas de uma fotografia do próprio arquivo da Secretaria de Saúde. E as fotos não se encontravam apenas ali, mas em todos os outros lugares da vizinhança onde o costumeiro acúmulo de lixo em decomposição da cidade podia, de fato, atrair ratos. Era como se uma ação de guerrilha da Secretaria de Saúde tivesse alertado antecipadamente sobre o incidente que agora acontecera. A coincidência entre o acontecimento escandaloso e as fotos que pareciam prevê-lo era um aspecto da história que a mídia estava ávida por noticiar; foram atrás, portanto, de Christy Rupp, a guerrilheira em pessoa. Mas quem era essa mulher? Entrevistada pela TV, ela mostrou-se muito bem informada a respeito do problema de ratos na cidade, mais até que os burocratas da Secretaria de Saúde. Então por que ela se considerava uma artista?

E por que se referia àquelas fotos horríveis como sendo sua arte? A fotografia de um rato emprestada dos arquivos da Secretaria de Saúde e reproduzida mecanicamente não é, certamente, fruto da imaginação artística; ela não tem pretensão alguma à universalidade; seria impensável vê-la exposta em um museu.

Mas isso, naturalmente, faz parte de seu objetivo. A *Patrulha de ratos* de Rupp, conforme ela chamou sua atividade, é uma daquelas práticas artísticas, existentes hoje em dia em número razoável, que não faz nenhuma concessão às instituições da exposição, chegando mesmo a confundi-las de propósito. Como resultado, a maioria das pessoas não a considera arte, pois, na atual conjuntura histórica, qualquer prática só pode ser plenamente legitimada como arte pelas instituições da exposição. Nossa compreensão desse fato tem aumentado ultimamente, porque, desde o final da década de 1960, ele tem sido objeto de um trabalho muito importante por parte dos próprios artistas. E é exatamente essa compreensão que Rudi Fuchs procurou suprimir na *Documenta 7* com suas estratégias de exposição e sua retórica. Só se pode pressupor que essas tentativas foram extremamente calculadas, uma vez que Fuchs, na condição de diretor do Stedelijk van Abbemuseum de Eindhoven, na Holanda, fora um dos principais defensores das práticas artísticas que usavam as maneiras de expor para revelar ou criticar as condições às quais a arte estava submetida, ou da arte que rompera com a noção de autonomia estética por meio do confronto direto com a realidade social.

Não é preciso dizer que Fuchs não foi inteiramente bem-sucedido na *Documenta* em impor sua nova visão da arte como algo meramente delicado e discreto, que se afirma contra o ambiente. Como trabalhava com outros quatro curadores, foi forçado a incluir alguns artistas que assumiam a responsabilidade de desmascarar a arte de exposição dele. Assim, ao se aproximar do Fridericianum, a pessoa se via diante de várias rupturas do decoro que Fuchs quisera assegurar. Já mencionei o estande da Fashion Moda, que o curador encarregado da seleção americana, Coosje van Bruggen, insistira em aceitar. Talvez a obra de Daniel Buren fosse ainda mais provocativa. Ela era composta por

Daniel Buren, *Les guirlandes*, 1982, na *Documenta 7*, tendo em
primeiro plano o *Monumento a Frederico II*, de Johann August Nahl
(foto de Daniel Buren).

bandeirolas feitas com o conhecido material usado por Buren em suas tiras, esticadas entre postes compridos nos quais também havia alto-falantes. Apresentados em ordem cronológica, os alto-falantes transmitiam fragmentos de composições musicais cuja autoria vinha de Lully, passava por Mozart e Beethoven e chegava a Verdi e Scott Joplin. A música era interrompida a intervalos regulares pela enumeração das cores em catorze idiomas. Desse modo, Buren criou na entrada da exposição uma atmosfera que o crítico Benjamin Buchloh descreveu como "adequada a um parque de diversões ou à grandiosa inauguração de um posto de gasolina"[8]. Tal atmosfera era muito mais adequada à autopromoção do estado de Hesse e à reunião festiva do mundo artístico internacional do que teria sido o ar de reverência que Fuchs desejara. Além do mais, Buren parodiou simultaneamente a noção simplista que a mostra tinha da história (um dos volumes do catálogo, por exemplo, ordenou os participantes de acordo com a data de nascimento) e do nacionalismo, categoria recentemente reavivada para promover uma competição de mercado mais acirrada.

No interior dos três prédios do museu – Fridericianum, Orangerie e Neue Galerie –, Fuchs espalhou deliberadamente as obras de cada artista pelas galerias de forma que ficassem em uma improvável e adversa justaposição às obras dos diversos outros artistas. O resultado foi a negação da diferença, a ocultação do sentido e a redução de tudo a um *pot-pourri* aleatório de estilos, embora Fuchs gostasse de dizer que sua estratégia fazia com que os artistas dialogassem. Contudo, o verdadeiro significado desses agrupamentos foi capturado de modo mais acurado pela frase de Lawrence Weiner impressa no friso do Fridericianum: *"Viele farbige Dinge nebeneinder angeordnet bilden eine Reihe vieler farbiger Dinge"*. Traduzida em inglês para a cinta que envolvia os dois maçudos volumes do catálogo da mostra, diz o seguinte: *"Many colored objects placed side by side to form a row of many colored objects"* ("Vários objetos coloridos dispostos lado a lado para formar uma fileira de vários objetos coloridos").

No interior do recinto dos prédios dos museus era extremamente mais difícil fazer com que as táticas de Fuchs fossem percebidas. Uma obra, contudo, contrariou profundamente seu plano de anular o envolvimento da arte com questões públicas importantes. Foi *Oelgemaelde, Hommage à Marcel Broodthaers*, de Hans Haacke, relegada à Neue Galerie em vez de ganhar um lugar de honra no Fridericianum. Sua obra era constituída de um confronto: em uma parede havia um retrato a óleo de Ronald Reagan meticulosamente pintado; na parede oposta, um gigantesco mural fotográfico de uma demonstração em favor da paz. O retrato estava rodeado pelos artefatos museológicos tradicional-

Lawrence Weiner, *Diversos objetos coloridos dispostos lado a lado para compor uma fileira de diversos objetos coloridos*, 1982 (fotos de Daniel Buren).

mente usados para destacar a aura do objeto artístico, para designar a obra de arte como algo separado, à parte, que habitasse um mundo todo seu, de acordo com a doutrina de Fuchs. Envolta em uma moldura dourada, tendo seu brilho próprio especial ressaltado por uma pequena lâmpada localizada acima do retrato, com uma discreta ficha aposta à parede, protegida por um cordão de veludo esticado entre dois mastros, a pintura era mantida, como a *Mona Lisa*, a uma distância segura do espectador admirado. Com essa paródia das armadilhas museológicas, Haacke homenageava as ficções de museu de Broodthaers enquanto simultaneamente zombava do desejo de Fuchs de promover e salvaguardar suas obras-primas.

Desse pequeno altar da arte erudita saía um tapete vermelho que ia até a parede oposta, na qual Haacke instalara uma fotografia do tamanho de um mural. A foto fora tirada em Bonn apenas uma semana antes da abertura oficial da *Documenta*, durante uma manifestação – a maior já ocorrida na Alemanha Ocidental no período do pós-guerra – contra a presença do presidente Reagan, que viera participar de um *lobby* no Bundestag em favor do deslocamento para solo alemão dos mísseis americanos Cruise e Pershing.

Com seu alto grau de especificidade, a obra de Haacke conseguiu aquilo de que a esmagadora maioria das pinturas e esculturas da exposição não era capaz. Ele não somente trouxe para este contexto um lembrete das condições históricas concretas, mas também refletiu sobre os termos do debate estético atual. Não fora pela obra de Haacke, dificilmente se teria tomado conhecimento de que recentemente a fotografia se tornara um importante meio usado pelos artistas que tentavam resistir à hegemonia das belas-artes tradicionais ou de que o ensaio clássico de Walter Benjamin sobre a reprodução mecânica tornara-se fundamental para as teorias críticas da cultura visual contemporânea. Nem se teria compreendido que este debate também encerra uma crítica da instituição museu em sua função de preservar a condição de aura da arte, alvo principal de Benjamin. Em relação a isso, Fuchs diz apenas que "nossa cultura sofre de uma ilusão midiática", que será superada por iniciativa da exposição[9].

Mais importante que esses debates, entretanto, a *Oelgemaelde* de Haacke indicava ao espectador que a história da cidade de Kassel estava mais próxima que aquela à qual o diretor artístico da *Documenta* constantemente fazia referência. Fuchs procurou situar a *Documenta* dentro da grande tradição do século XVIII, quando os aristocratas de Hesse-Kassel ergueram seu magnífico palácio. O cartão-postal oficial da *Documenta 7* era uma fotografia da estátua neoclássica do langrave Frederico II feita por Johann

HISTÓRIA PÓS-MODERNA **219**

Hans Haacke, *Oelgemaelde, Hommage à Marcel Broodthaers*, 1982 (foto: cortesia de Hans Haacke).

August Nahl, e que se encontra em frente ao Museum Fridericianum; além disso, cada um dos volumes do catálogo traz na capa a fotografia de uma das esculturas alegóricas que enfeitam a cumeeira do museu – como era de esperar, representando a antiga classificação das belas-artes, a pintura e a escultura.

Como disse, entretanto, a história recente de Kassel é muito mais urgente. Se Fuchs teve de erguer paredes no interior do museu, isso se deve ao fato de que as originais foram destruídas pelos bombardeios dos Aliados durante a Segunda Guerra Mundial. Kassel, localizada outrora bem no centro da Alemanha, era um dos principais depósitos estratégicos de munição de Hitler. Em 1982, contudo, a cidade não fica mais no centro da Alemanha; pelo contrário, está a poucas milhas da fronteira da outra Alemanha, a leste. Desse modo, a obra de Haacke deve ter recordado aos visitantes da *Documenta* não o glorioso século XVIII de Kassel, mas seu presente precário, em um momento em que as tensões da Guerra Fria haviam passado novamente por uma perigosa escalada. Talvez Fuchs quisesse que, acima de tudo, esquecêssemos essa difícil e brutal situação enquanto éramos embalados pela suave melodia da lira de Apolo.

O desejo de Fuchs de reafirmar a autonomia da arte diante da incursão de acontecimentos históricos urgentes foi realizado de modo mais completo em outra exposição internacional que aconteceu posteriormente, também na Alemanha. Bem a propósito, a mostra chamava-se *Zeitgeist*, e seus organizadores, Norman Rosenthal e Christos Joachamides, foram mais longe que Fuchs na negação das realidades do clima político e na exclusão de qualquer arte que pudesse deslocar as tendências mistificadoras apresentadas por eles como um exemplo do espírito do tempo. A exposição foi, uma vez mais, montada em um edifício histórico de museu, o Kunstgewerbemuseum de Berlim, conhecido agora como Edifício Martin Gropius, nome tirado de seu arquiteto. Joachamides fez referência, no último parágrafo da introdução do catálogo, à história do edifício:

Há alguns meses, quando veio a Berlim e visitou o Edifício Martin Gropius para conversar sobre sua contribuição para a exposição, Mario Merz fez uma observação bem espontânea: "Che bell Palazzo!" [Cá estamos nós, de novo, diante de um magnífico palácio]. Norman Rosenthal mencionou, em outra ocasião, a tensão entre o interior e o exterior, entre a realidade e as lembranças evocadas pelo edifício. Fora, um ambiente de horror composto pelo passado e pelo presente da Alemanha. Dentro, o triunfo da autonomia, a "Gesamtkunstwerk" arquitetônica que, de modo magistral e soberano, bane a realidade para longe do edifício ao criar sua própria realidade. Mesmo as feridas que lhe foram infligidas pela realidade fazem parte de sua beleza. ZEITGEIST é isso também: o lugar, *este* lugar, *estes* artistas, *neste* momento. A questão para nós é como uma obra de arte autônoma se relaciona com uma arquitetura igualmente autônoma e com o conjunto de recordações aqui presentes[10].

Pois é: como? Mas, antes, podemos ser um pouco mais específicos a respeito do que são essas recordações e em que consistia aquela realidade presente. O Edifício Martin Gropius ficou praticamente destruído depois da guerra, já que se situava nas proximidades do quartel-general da Gestapo, o prédio de escritórios da SS, do Ministério da Aviação de Ernst Sagebiel e da Chancelaria do Reich de Albert Speer. Defendido até o final, o centro administrativo do poder nazista foi a região da cidade que sofreu a mais pesada carga de bombardeios e explosivos. Ao longo do período de reconstrução, o Kunstgewerbemuseum continuou um monte de ruínas abandonadas; a restauração só foi iniciada no final da década de 1970. Ainda hoje, grande parte da ornamentação está irreparavelmente danificada. Mas talvez ainda mais relevante que as marcas das bombas seja o fato de que a entrada do edifício localiza-se na parte de trás, uma vez que sua antiga frente dista apenas alguns metros do Muro de Berlim. Presume-se que seja esse o ambiente de horror a que Rosenthal se referiu enquanto meditava sobre o triunfo da autonomia do edifício e das obras de arte que ele abrigaria.

Se Rosenthal e Joachamides tivessem convidado artistas como Hans Haacke para participar do *Zeitgeist*, suas perguntas retóricas poderiam ter recebido algumas respostas verdadeiramente importantes[11]. Pois faz parte dos procedimentos assumi-

Martin Gropius, Kunstgewerbemuseum, Berlim, 1877-81, água-forte de Lorenz Ritter (cortesia da Landesbildstelle, Berlim).

Ruínas do pós-guerra do Kunstgewerbemuseum de Berlim (foto: cortesia da Landesbildstelle, Berlim).

dos pelo projeto de Haacke, bem como pelos projetos de outros artistas que utilizam uma abordagem semelhante, a ideia de que o contexto da exposição determina a natureza da intervenção que será feita. Nas palavras de Haacke: "O contexto no qual uma obra é exposta pela primeira vez é para mim um elemento como a tela e a tinta"[12]. Isto significa, naturalmente, que a obra de Haacke tem de renunciar à pretensão de autonomia e universalidade, bem como ao *status* de mercadoria facilmente comercializável. E foi precisamente a esses aspectos da arte que Rosenthal e Joachamides demonstraram estar essencialmente dedicados. De todo modo, a ideia de encomendar obras especificamente para o contexto de *Zeitgeist* não exime inteiramente os curadores da responsabilidade. Para dar ao grande espaço do átrio do museu uma sensação de uniformidade imponente, eles pediram a oito dos artistas participantes que cada um deles criasse quatro pinturas de três metros por quatro. Os artistas aquiesceram docilmente, ajustando o tamanho e o formato de seus produtos às exigências da exposição, do mesmo modo que um costureiro alteraria as medidas de uma criação para atender às necessidades de uma cliente de porte avantajado. O pintor americano David Salle teve mesmo a ousadia de renunciar a seus habituais títulos enigmáticos, identificando suas criações feitas sob medida *Pintura n.º 1 da Zeitgeist, Pintura n.º 2 da Zeitgeist, Pintura n.º 3 da Zeitgeist* e *Pintura n.º 4 da Zeitgeist*. Sem dúvida, os potenciais colecionadores ficariam muito satisfeitos em adquirir obras identificadas com o *imprimatur* de uma mostra internacional de prestígio.

Quanto à descrição dos produtos artísticos *zeitgeistig*, fico com um dos colaboradores americanos do catálogo, o historiador de arte Robert Rosenblum, cuja rapidez de adaptação a qualquer nova tendência estética faz dele um especialista para falar em nome desta:

> As torres de marfim onde os artistas da década passada cuidadosamente calculavam geometrias milimétricas, teorias semióticas e diversas cerimônias visuais e intelectuais foram invadidas por um exército internacional de novos artistas que querem sacudir tudo com seu mau comportamento assumido. Sente-se por toda parte uma irrupção libertadora, como se um universo desordenado de mitos, de recordações, de formas e cores fundidas e gastas tivesse conseguido se libertar das restrições repressoras do intelecto que controlaram a arte mais poderosa da última década. O território objetivo da lucidez formal e das superfícies impessoais e estáticas das imagens fotográficas veio abaixo pela ação de terremotos que parecem ser tanto de ordem pessoal como coletiva, explosões das próprias fantasias dos artistas, recolhidas, contudo, na mitologia, na história ou no vasto repertório de antigas obras de arte que assal-

tam ininterruptamente o olhar e a mente contemporâneos, em todos os lugares imagináveis, de revistas a cartões-portais, de estações de metrô a interiores de classe média.

Um fluxo interminável de criaturas lendárias está emergindo dessa Caixa de Pandora, enchendo as novas telas das maneiras mais inesperadas. O ataque contra a tradicional iconoclastia da arte abstrata e os pressupostos empíricos das imagens fotográficas absorveu agressivamente uma gama variadíssima de personagens, tirados da Bíblia, das histórias em quadrinhos, das lendas históricas, dos panteões literários e da tradição clássica. Uma antologia das obras dos artistas aqui representados pode conter, por exemplo, não somente imagens de Jesus (Fetting), Pégaso (Lebrun), Brünnhilde (Kiefer), Órion (Garouste), Prometeu (Lüpertz), Vítor Hugo (Schnabel) e Picasso (Borofsky), mas também de Pernalonga (Salle) e Lucky Luke (Polke). O resultado é uma Torre de Babel visual que mistura suas culturas – erudita e popular, contemporânea e pré-histórica, clássica e cristã, lendária e histórica – com uma irreverência exuberante que reflete de perto a confusa fartura de dados enciclopédicos que preenche nosso campo visual e nos fornece a matéria do sonho e da arte[13].

É possível ficar um certo tempo analisando um texto no qual torres de marfim são invadidas por exércitos internacionais, os quais então passam a erguer, ainda no interior da torre de marfim, uma Torre de Babel; ou, novamente, uma prosa cuja terminologia errática passa das "lendas históricas" para a oposição binária de "lendário" *versus* "histórico". É, de todo modo, uma estranha visão da história a que considera que uma década foi dominada por um intelecto chamado de repressivo e a década seguinte é libertada pela irrupção de um mau comportamento assumido. Mas, afinal de contas, essa história nada mais é que a história *da arte*, uma disciplina institucionalizada na qual Rosenblum reina como mestre. A palavra *história*, para ele, pode muito bem ser substituída por *Zeitgeist*, pois existe pouca coisa além de alterações de sensibilidade e estilo. Desse modo, a mudança arte-histórica narrada na exposição *Zeitgeist* não passa de mais um movimento previsível do pêndulo do estilo, de frio para quente, de abstrato para figurativo, de apolíneo para dionisíaco. (Podemos observar que, quanto a isso, Rudi Fuchs confundiu os termos quando invocou os suaves acordes da lira de Apolo, pois, também na *Documenta*, o modelo dominante de pintura foi o neoexpressionismo bombástico.)

A história de Rosenblum enquanto *Zeitgeist* foi corroborada no catálogo da exposição por seu colega Hilton Kramer, o qual a reduziu por fim a uma simples questão de mudança de gosto. Quando tentava, em sua coluna do *New York Times*, formar uma opinião a respeito da obra de Julian Schnabel e Malcolm Morley, Kramer topara com a insólita ideia de que se podia explicar a nova arte como uma mudança de gosto. Visivelmente satisfeito por ter encontrado a solução para o dilema, decidiu citar a si próprio no ensaio de *Zeitgeist*:

> Não há nada de mais imprevisível na arte – nem mais inevitável – que uma verdadeira mudança de gosto... Embora o gosto pareça atuar por uma espécie de lei da compensação – de tal forma que a negação de certos atributos em um determinado período prepara quase automaticamente o terreno para seu retorno triunfante mais tarde –, seu cronograma nunca pode ser previsto com precisão. Suas raízes encontram-se em algo mais profundo e misterioso que uma simples moda. No âmago de toda genuína mudança de gosto existe, suponho, uma aguda sensação de perda, uma dor existencial – o sentimento de que se permitiu que algo absolutamente essencial para a existência da arte caísse em um inevitável estado de atrofia. E o gosto se volta, em seu nível mais profundo, para a reparação imediata desse vazio percebido[14].

Kramer prossegue, dizendo que aquilo que a arte perdera durante as décadas de 1960 e 1970 fora a poesia e a fantasia, o drama do eu, do visionário e do irracional; essas instâncias haviam sido negadas pelas ortodoxias da pura e cerebral abstração. Mais uma vez, trata-se apenas de uma questão de estilo e sensibilidade e da matéria temática que eles podem gerar.

Mas o que se deixa de fora nessas descrições da arte contemporânea? O que é, de fato, suprimido? A agenda oculta desta versão da história recente é a exclusão calculada dos acontecimentos realmente significativos que aconteceram com a arte nas duas últimas décadas. Ao se caracterizar a arte desse período como abstrata, geométrica e cerebral, omitem-se as verdadeiras condições da prática artística. Onde está, nesses textos, a crítica das instituições de poder que procuram limitar o sentido e a função da arte ao puramente estético? Onde está a discussão da tentativa de dissolver os meios das *beaux-arts*, substituindo-os com modos de produção capazes de oferecer uma resistência mais eficaz a essas instituições? Onde é possível encontrar uma análise da obra das feministas e das minorias, cuja marginalização pelas instituições artísticas transformou-se em um importante ponto de partida para a criação de práticas alternativas? Onde estão mencionadas as intervenções diretas que os artistas fazem em seus ambientes sociais locais? Onde, em suma, nesses ensaios, podemos tomar conhecimento da crítica política que tem sido uma força importante da arte recente?

A resposta, naturalmente, é: em lugar nenhum. Para Rosenblum e Kramer, para Rosenthal e Joachamides, e para Fuchs, a arte tem que negar a política. A arte, para eles, é suave e discreta, autônoma, e existe em uma torre de marfim. A arte, afinal de contas, é somente uma questão de gosto. Para quem pensa assim, a política é uma ameaça. Mas o que dizer da política *deles*? Só existe uma *arte* de exposição? Não existe também uma política de exposição? Escolher a estátua de um imperador do século XVIII como símbolo de uma exposição não é um gesto político? Convidar apenas uma mulher para participar de uma exposição de quarenta e três artistas não é agir politicamente[15]? Não somos capazes de identificar a política que quer limitar a discussão sobre repressão e liberação somente a questões de estilo? E, certamente, não é uma política que quer confinar a arte ao puro reino da estética?

A conversão de Hilton Kramer à estética neoexpressionista ocorreu aproximadamente na mesma época em que ele passou por outra conversão, esta um pouco mais concreta. Depois de dezesseis anos como crítico de arte do *New York Times*, possivelmente o jornal mais influente dos Estados Unidos, Kramer deixou seu posto para fundar sua própria revista. Contando com um financiamento generoso das mais importantes fundações da extrema-direita[16], a *New Criterion* de Kramer transformou-se, logo que apareceu, no principal órgão das políticas culturais da administração Reagan. Sob o disfarce de um retorno aos valores morais e aos padrões críticos estabelecidos, essas políticas na verdade preveem o esvaziamento e a posterior marginalização de todas as atividades culturais consideradas críticas da agenda política conservadora, e o desmonte gradual do apoio governamental às artes e às humanidades, o qual deve ser substituído por recursos do "setor privado". A tradução mais adequada desta última expressão, uma das prediletas do atual governo norte-americano, é interesse próprio das grandes empresas, as quais já começaram a fechar o cerco a todos os setores da atividade cultural norte-americana, da programação da televisão às exposições de arte. O empenho de Kramer nesse sentido é bem correspondido por seu editor, Samuel Lipman, que ocupa um assento no Conselho Nacional das Artes do presidente Reagan, organismo que supervisiona as atividades do Fundo Nacional das Artes. Para se ter uma ideia da eficácia da nova revista de Kramer, basta dizer que, alguns meses depois da publicação de um artigo na *New Criterion* que condenava a distribuição de bolsas de estudo para críticos de arte, o presidente do conselho anunciou seu cancelamento[17].

É nesse contexto que devemos ver a pretensão de Kramer a uma escrupulosa neutralidade em questões estéticas e sua aversão à politização da arte. Em um artigo da *New Criterion* intitulado "Atrasando o relógio: arte e política em 1984", Kramer atacou com veemência diversas exposições recentes que tratavam da questão arte e política. Seu argumento é que toda tentativa de enxergar a ação da ideologia no interior da estética é uma postura totalitária, e mesmo stalinista, que leva inevitavelmente à cumplicidade com a tirania. Mas o que é a tirania senão a forma de governo que busca silenciar toda crítica ou oposição a suas políticas? E qual produção estética é a mais aceitável para a tirania senão a que ratifica diretamente o *staus quo* ou se contenta com exercícios solipsistas da assim chamada autoexpressão? A própria cumplicidade de Kramer na eliminação tirânica da oposição fica claramente evidenciada na conclamação implícita feita por ele em seu ensaio para que os lugares que expõem arte política não recebam apoio, lugares que, conforme não se cansa de lembrar aos leitores, recebem o apoio das verbas públicas; ou ao questionar a adequação das posições acadêmicas dos críticos de arte politicamente comprometidos que tiveram o papel de curadores das mostras. Mas essas insinuações macartistas escondem-se por trás do véu de uma preocupação supostamente desinteressada pela manutenção de padrões estéticos. Do ponto de vista de Kramer, é praticamente inconcebível que a arte política possa ter uma qualidade estética elevada; mas, o que é pior, tal arte parece negar intencionalmente todo o discurso estético. Para comprovar seu argumento, Kramer escolheu a contribuição de Hans Haacke à exposição do CUNY Graduate Center Mall, organizada sob os auspícios do movimento Convocação dos Artistas Contra a Intervenção dos Estados Unidos na América Central. Eis como ele discutiu a obra de Haacke:

> Na mostra... foi apresentada, em meio a muita coisa, uma enorme caixa de madeira quadrada, sem pintura, e que ficava suspensa a aproximadamente 2,5 metros de altura. Na parte superior da caixa havia algumas aberturas pequenas e, mais abaixo, algumas palavras escritas à tinta em letras grandes. Talvez uma paródia da escultura minimalista de Donald Judd? Nada disso. Era uma declaração solene, cujos termos não deixavam dúvida: "Caixa de isolamento usada pelas tropas dos EUA no campo de prisioneiros de Point Salinas, em Granada". O autor da inspirada obra é Hans Haacke, também representado na exposição *Arte e Consciência Social* [esta exposição, alvo também do ataque de Kramer, teve lugar no Instituto Edith C. Blum do Bard College] com o pôster de uma caixa de luz fotográfica que atacava o presidente Reagan [*A rede de segurança*, 1982]. Tais obras não carecem apenas de qualquer qualidade artística perceptível, carecem até mesmo de qualquer existência artística. Não podem ser experimentadas como arte, e não pretendem sê-lo. No entanto, onde mais poderiam ser mostradas senão em uma exposição de arte? Ao penetrar no meio artístico, contudo, não pretendem apenas fazer propaganda de seus argumentos, mas querem minar a própria ideia de arte enquanto um domínio do discurso estético. O objeto imediato de ataque pode ser o presidente Reagan e suas políticas, mas, fundamentalmente, o que está sendo atacado é a própria ideia de arte[18].

Hans Haacke, *Caixa de isolamento dos EUA, Granada, 1983*, 1984
(foto: cortesia de Hans Haacke).

Mas quem tem essa ideia de arte? Quem faz esse discurso estético? De que qualidade artística estamos falando? Kramer fala como se todas essas questões fossem consensuais e como se todos, portanto, estivessem de acordo em que a obra de Haacke não passa de propaganda, ou, como foi dito em um editorial do *Wall Street Journal*, de pornografia[19]. Parece que Kramer não se deu conta de que Haacke usou a estratégia de apropriação estética validada historicamente a fim de criar uma obra com uma especificidade rigorosamente factual. A *Caixa de isolamento, Granada*, de Haacke, é uma exata reconstrução das que foram usadas pelo exército americano apenas alguns meses antes, em flagrante desrespeito à Convenção de Genebra. Ao ler a descrição feita pelo *New York Times* das células prisionais expressamente construídas para humilhar brutalmente os reféns granadinos e cubanos[20], Haacke não pôde deixar de notar a semelhança com a "escultura minimalista de Donald Judd", vendo, assim, a possibilidade de se apropriar da estética daquela escultura para realizar uma obra de cunho político. Aparentemente, contudo, Kramer considera que defender uma atitude estética com o propósito de questionar um governo que passa por cima do direito internacional para invadir um minúsculo Estado soberano, despeja bombas em um hospício por engano matando um grande número de inocentes, e durante toda a invasão impõe uma total censura à imprensa, é ser cúmplice com a tirania.

A incapacidade de Hilton Kramer de reconhecer em *Caixa de isolamento, Granada* a estratégia histórica da vanguarda não tem origem apenas em seu desejo de evitar as difíceis questões políticas levantadas pela obra de Haacke. Seu objetivo é mais abrangente: eliminar qualquer discussão sobre as ligações entre a vanguarda artística e a política radical, reivindicando, assim, para a arte moderna uma história não problemática e ininterrupta da estética, inteiramente à parte dos episódios de engajamento político. Pode-se perceber até onde Kramer está disposto a ir para atingir esse objetivo ao ler, no mesmo ensaio "Arte e política", o ataque feito por ele a um dos curadores da exposição *Arte & Ideologia* do Museu Novo, principal alvo da fúria de Kramer:

> Benjamin H. D. Buchloh, ... que ensina história da arte na Universidade Estadual de Nova York, em Westbury, para defender o material de propaganda que selecionou, ataca, entre outros, o finado Alfred H. Barr Jr. por sua suposta incapacidade de compreender "a transformação radical que os artistas e teóricos [modernos] introduziram na história da teoria e da produção estética do século XX". Isso quer dizer, aparentemente, que Alfred H. Barr jamais teria aceitado a análise marxista da história da arte moderna feita pelo professor Buchloh, que parece se basear na obra *Lenin and Philosophy* de Althusser. (É isso mesmo que se ensina como história da arte moderna na UENY de Westbury? É pena, mas é verdade[21].)

Sem me aprofundar no assunto, gostaria de simplesmente chamar a atenção para a observação entre parênteses, caso alguém tenha dúvida de que uma das táticas de Kramer é chamar os outros de vermelhos. Mais importante em nosso contexto é a deliberada falsificação alcançada pela palavra *modernos*, que Kramer colocou entre colchetes. Acusar Alfred Barr de ser incapaz de compreender os artistas e teóricos *modernos* é algo que mesmo os críticos mais extremados da posição de Barr relutariam em fazer, e não é, de modo algum, o que Buchloh fez. Aqui está um trecho mais completo da passagem citada por Kramer:

Quando um dos fundadores do modernismo americano, e primeiro diretor da instituição que ensinou a neovanguarda americana, chegou à União Soviética em 1927 em uma viagem de reconhecimento para fazer um levantamento das atividades da vanguarda internacional, visando à sua possível importação para os Estados Unidos, viu-se diante de uma situação conflituosa aparentemente incontrolável. Por um lado, havia a extraordinária produtividade da vanguarda modernista da União Soviética (extraordinária considerando-se o número de membros, homens e mulheres, os modelos de produção que iam das obras suprematistas da fase final de Malevich, passavam pelo período experimental do Construtivismo e chegavam até o Grupo LEF e o Programa Produtivista, iam das produções teatrais de Agitação e Propaganda à produção cinematográfica de vanguarda para o grande público). Por outro lado, havia entre os artistas, produtores culturais, críticos e teóricos a óbvia e generalizada percepção de que estavam participando da transformação final da estética modernista, a qual, de maneira irrecuperável e definitiva, alteraria as condições de produção e recepção herdadas da sociedade burguesa e de suas instituições (da estética kantiana e das práticas modernistas que se originaram nelas). Havia, além disso, um crescente temor de que esse processo bem-sucedido de transformação pudesse ser abortado pela emergência de uma repressão totalitária vinda de dentro do próprio sistema que gerara os fundamentos de uma nova cultura coletiva socialista. Por fim, e de fundamental importância, havia a própria predisposição de interesses e motivações de Alfred Barr de agir no interior daquela situação: buscar a mais avançada vanguarda modernista em um momento e lugar em que aquele grupo social estava quase se desmontando a si próprio e às suas atividades especializadas para poder assumir o novo papel e a nova função no processo coletivo de produção social da cultura recentemente definido.

As razões pelas quais Alfred Barr, um dos primeiros historiadores da arte "modernos", então às vésperas de descobrir e consolidar a vanguarda moderna nos Estados Unidos, estava destinado (literalmente) a não conseguir compreender a transformação radical que aqueles artistas e teóricos introduziram na história da teoria e da produção estéticas do século XX, são obviamente complexas demais para serem tratadas neste contexto[22]...

Embora Buchloh tenha dedicado um extenso parágrafo ao detalhamento das circunstâncias históricas especiais em que se encontravam *aqueles* artistas e teóricos cuja compreensão plena Barr não conseguira alcançar (novamente, como diz Buchloh, devido a razões historicamente específicas ou determinadas), Kramer pôs o termo genérico *modernos* no lugar de *outros*, usado por Buchloh – outros produtivistas que naquele momento, final da década de 1920, estavam a ponto de destruir os meios modernistas autônomos em favor de uma produção social coletiva.

Citei extensamente o ensaio de Buchloh não somente para demonstrar que a tática que Hilton Kramer usa em sua crítica é insidiosa e falsa, mas também porque esse texto é particularmente pertinente à arte contemporânea de exposição. Pois o programa atual do museu que Alfred Barr ajudou a fundar é composto exatamente do desejo de dissociar a história das perturbações do desenvolvimento da estética modernista. O propósito de Buchloh era mostrar que o Museu de Arte Moderna apresentara uma história da arte moderna para o público americano, e em especial para os artistas que faziam parte desse público, que nunca esclareceu completamente a posição histórica da vanguarda. Isso porque essa posição incluía o desenvolvimento de práticas culturais que revelariam de maneira crítica a constrangedora institucionalização da arte no interior da moderna sociedade burguesa. Ao mesmo tempo, tais práticas pretendiam ter uma função social fora desse sistema institucionalizado. No MOMA, contudo, tanto em seu período inicial como nos dias de hoje – mais ainda –, as obras da vanguarda soviética, de Duchamp e dos dadaístas alemães foram domesticadas. São apresentadas, na medida do possível, como se fossem obras-primas convencionais das belas-artes. A instituição distorceu as implicações radicais dessa obra para não permitir interferências em sua representação da arte moderna como um desenvolvimento ininterrupto dos estilos abstrato e abstracionista.

Embora esteja perfeitamente claro que a atual instalação dos acervos do MOMA não pretende meramente apresentar objetos individuais da arte moderna mas, em vez disso, uma narrativa da *história* desses objetos – "Estes acervos contam a história da

Instalação de obras da vanguarda soviética no Museu de Arte Moderna de Nova York, 1984 (foto: Louise Lawler).

arte moderna", como apregoa um recente comunicado à imprensa do MOMA –, também está claro que a justificativa para a construção enganosa dessa história é o conhecimento; a principal responsabilidade do MOMA, tal como seus diretores parecem vê-la, é oferecer ao público uma experiência direta com importantes obras de arte, livres do peso da história. Essa lógica está explicitada, na verdade, na nova instalação do museu na entrada das Galerias Alfred H. Barr Jr. Há, na placa de dedicatória, uma frase atribuída a Barr na qual ele define sua tarefa como "a consciente, contínua e resoluta distinção entre qualidade e mediocridade"[23]. Para determinar até que ponto esse princípio de conhecimento é exercido no interesse de uma história preconceituosa, seria preciso fazer uma análise detalhada, entre outras coisas, do peso e da densidade relativos atribuídos a artistas e movimentos específicos – da proeminência concedida a Picasso e Matisse, por exemplo, contrariamente a, digamos, Duchamp e Malevich;

do cuidado especial que cerca a instalação do cubismo em oposição ao que acontece com a vanguarda soviética, relegada agora a um canto apertado debaixo de uma escada; da decisão de expor certas obras pertencentes ao museu enquanto outras são banidas para o depósito.

Há, contudo, um modo menos complexo mas de longe mais eficaz empregado pelo MOMA para impor uma visão parcial dos objetos em seu poder. Trata-se da rígida divisão das práticas da arte moderna em diferentes seções dentro da instituição. Ao espalhar a obra da vanguarda por diversas seções – Pintura e Escultura, Desenhos, Material Impresso e Livros Ilustrados, Arquitetura e *Design*, Fotografia e Filme –, ou seja, ao reforçar com rigor o que parece ser a fragmentação natural dos objetos segundo o meio, o MOMA automaticamente constrói uma história formalista do modernismo[24]. Devido a esse fato simples e aparentemente neutro, o visitante do museu não tem nenhuma noção do que significou – para dar só um exemplo – o abandono da pintura por Rodchenko em favor da fotografia. Rodchenko via a pintura como um vestígio de uma cultura ultrapassada, e a fotografia como um instrumento possível para a criação de uma nova cultura – a mesma situação testemunhada por Alfred Barr durante a viagem à União Soviética mencionada por Buchloh –, mas não se consegue concatenar essa história porque as diversas obras de Rodchenko encontram-se distribuídas entre os diferentes feudos do museu. Do jeito que está, Rodchenko é percebido meramente como um artista que trabalhou com mais de um meio, ou seja, um artista versátil como muitos "grandes" artistas. Visto no interior da Seção de Fotografia, Rodchenko pode dar a impressão de ser um artista que desenvolveu as possibilidades formais da fotografia, mas não pode ser compreendido como quem enxergasse a fotografia como algo que tinha um potencial muito maior para a práxis social que a pintura, no mínimo pelo fato de que a fotografia se tornava imediatamente disponível para um sistema mais amplo de distribuição. Montadas e emolduradas como obras de arte individuais cheias de aura, as fotografias de Rodchenko nem conseguem transmitir esse fato histórico extremamente simples. Um tal erro de interpretação do modernismo e das intervenções da vanguarda no interior do modernismo, inerente à própria estrutura do MOMA, teria consequências excepcionais para a arte norte-americana do pós-guerra – aspecto levantado por Buchloh quando debate esta questão no ensaio escrito para a mostra *Arte & Ideologia* –, e estamos sofrendo plenamente agora as contradições dessas consequências na arte contemporânea da exposição, tema ao qual voltarei.

A rejeição sumária, por parte de Hilton Kramer, da análise que Buchloh faz do encontro de Barr com a vanguarda soviética, simplesmente tachando-a de althusseriana[25], pode ser mais plenamente compreendida se for colocada ao lado da caracterização que o próprio Kramer faz desse episódio crucial, o qual ocorreu logo antes da fundação do museu em 1929. Em uma edição especial de *New Criterion* dedicada inteiramente a um ensaio sobre a renovação do museu, Kramer mais uma vez tem o cuidado de separar a estética da política:

[Barr] estivera na Alemanha e na Rússia nos anos 20, e ficara profundamente impressionado com a arte que estudara lá – e com as ideias que a influenciavam. O radicalismo dessas ideias ia além da estética – embora também fossem radicais nesse aspecto. Elas eram radicais, ou ao menos assim eram consideradas à época, nas suas implicações sociais. Na Bauhaus da Alemanha e nos conselhos da vanguarda russa nos primeiros anos da Revolução, a própria concepção do que era ou devia ser a arte era modificada pela influência de uma poderosa ideologia utópica. Como resultado, a fronteira que separava as belas-artes da arte industrial encontrava-se, se não completamente abandonada por todos os interessados, no mínimo extremamente questionada e ameaçada. A partir disso, dessa perspectiva radical, não deveria haver nenhuma hierarquia estética. Um pôster pode ser igual a uma pintura, e o projeto de uma fábrica ou de uma casa tão respeitado como uma escultura de qualidade.

Tenho a impressão de que Barr nunca se interessou muito pela política. Não foram, de todo modo, as implicações políticas desse acontecimento que o atraíram. O que despertou nele um profundo interesse foram suas implicações estéticas; sob sua influência, portanto, desde o início a postura do museu guiou-se por uma visão que tentava efetuar uma espécie de grande síntese entre a estética modernista e a tecnologia do industrialismo[26].

Seja ou não imparcial ao avaliar os interesses políticos de Barr, Kramer atribui-lhe um entendimento da estética da vanguarda que a despe de todo radicalismo, embora faça questão de usar o termo *radical*[27]. A vanguarda, em seu começo, não estava interessada, de modo algum, em dar à "arquitetura, ao desenho industrial, à fotografia e ao filme uma espécie de paridade com a pintura, a escultura e as artes gráficas", a fim de elevar as obras de outros meios "ao reino das belas-artes"[28]. Pelo contrário, seu verdadeiro radicalismo consistia no abandono da própria noção de belas-artes no interesse da produção social, o que, por um lado, significava destruir a pintura de cavalete enquanto forma. O programa da vanguarda original não consistia em uma estética com implicações sociais; consistia em uma estética politizada, uma arte socialista[29].

Contudo, Kramer bem que acerta ao discutir as consequências históricas da perda de radicalismo por parte da vanguarda: "A estética que teve origem na Bauhaus e em outros grupos de vanguarda despiu-se de sua ideologia social e converteu-se no gosto predominante do mercado cultural". Arrancadas de seu cenário político e apresentadas como belas-artes, as obras da vanguarda podiam, na verdade, servir de modelos para o *design* de produtos e para a publicidade. Como se ilustrasse o processo de transformação da *agitprop* em publicidade[30], a entrada das galerias de *design* do MOMA apresenta pôsteres de autoria de membros da vanguarda soviética ao lado de peças publicitárias influenciadas direta ou indiretamente por eles. Debaixo do pôster que Rodchenko fez para o Teatro da Revolução está uma publicidade de Martini desenhada por Alexei Brodovich, um emigrante russo que claramente absorvera suas lições de *design* cedo e na fonte. Na parede oposta, os cartazes de *agitprop* "Vamos cumprir o plano da grande meta", de Gustav Klucis e Sergei Senkin, e "USSR Russische Ausstellung", de El Lissitsky, estão expostos junto a uma propaganda recente de Campari. Kramer aprova, naturalmente, essa deliberada indefinição de fronteiras entre importantes diferenças de significado, observando que quanto a isso o MOMA cumpriu sua missão. Mas agora que o modernismo foi completamente assimilado pela cultura de con-

HISTÓRIA PÓS-MODERNA **237**

Saguão de entrada das Galerias de Arquitetura e *Design* do Museu de Arte Moderna de Nova York, 1984 (fotos: Louise Lawler).

sumo, quando entramos hoje na seção de *design*, "bem, vemo-nos subitamente em um ambiente que parece sugerir vagamente a seção de móveis da Bloomingdale's", e, portanto, "fica cada vez mais difícil acreditar na necessidade de uma instalação como essa"[31]. Missão cumprida, então, o MOMA fechou o círculo. Pode retomar agora o negócio da arte tal como era antes da "ideia radical" de Barr de uma definição de tentativa estética mais abrangente. "Hoje", finaliza Kramer, "o MOMA só pode pretender ser importante e necessário se for uma instituição especializada em arte erudita[32]."

A visão oficial neoconservadora da finalidade atual do museu é, nesse aspecto, uma das consequências da distorção da vanguarda histórica de que o museu deve abandonar completamente a tarefa de apresentar quaisquer práticas que não estejam de acordo com a visão tradicional das belas-artes, ou seja, deve retornar às prerrogativas da pintura e da escultura. E, de fato, a exposição que marcou a reabertura do Museu de Arte Moderna, intitulada *Balanço Internacional da Nova Pintura e da Nova Escultura*, fez exatamente isso. Citando precisamente a *Documenta 7* e a *Zeitgeist* como precursoras da mostra, Kynaston McShine, curador responsável pela seleção, afirmou que olhara "tudo, em todo lugar", porque "era importante ter obras de vários lugares diferentes e apresentar ao grande público uma boa parte da atividade do momento. Quero que seja um cruzamento internacional do que está acontecendo"[33]. Limitar "o que está acontecendo" à pintura e à escultura, entretanto, é ignorar intencionalmente os fatos concretos da prática artística neste momento histórico. Olhar para "tudo, em todo lugar" e só enxergar pintura e escultura é ser cego – cego a todo esforço representativo para continuar a obra da vanguarda. O escândalo do balanço internacional – muito além da inclusão aleatória de praticamente todo produto banal do mercado cultural de hoje e da caótica e mequetrefe instalação – está na recusa de levar em conta a enorme variedade de práticas questionadoras que propõem uma alternativa à hegemonia da pintura e da escultura. E o escândalo torna-se mais completo quando nos lembramos que McShine também foi o organizador da última exposição internacional importante do MOMA sobre arte contemporânea, a mostra *Informação* de 1970, um amplo balanço da arte conceitual e de seus desdobramentos. Como Rudi Fuchs, portanto, McShine não pode alegar o desconhecimento da obra do final da década de 1960, a qual faz da volta à pintura e à escultura algo tão problemático historicamente. Mesmo levando-se em conta os absurdos critérios de seleção estabelecidos por McShine – que somente seriam considerados os artistas cuja reputação tivesse se consolidado depois de 1975[34] –, não nos é apresentado o menor motivo para que sejam excluídos artistas cuja obra continua e aprofunda as tendências presentes em *Informação*. A breve introdução do catálogo, não assinada, mas que presumivelmente foi escrita por McShine, contorna o problema com a seguinte declaração:

> A exposição não abrange outros meios além da pintura e da escultura. Não se pode deixar de registrar, entretanto, a tendência apresentada hoje pelos pintores e escultores de penetrar no território de outras disciplinas como a fotografia, o vídeo e mesmo a arquitetura. Enquanto essas "pontes" tornaram-se previsíveis nos últimos anos, a atração pela música e pela performance não é tão familiar ao grande público. Estão aqui representados artistas que não atuam somente no âmbito da pintura e da escultura, mas também na arte performática. É inevitável que algumas de suas preocupações teatrais estejam presentes em sua obra, na maior parte das vezes de forma narrativa ou autobiográfica[35].

Um parágrafo como este, deliberadamente fraco e vago, foi concebido para não nos dizer nada a respeito da oposição à pintura e à escultura convencionais que subsiste em determinados setores do mundo artístico. Ao escolher o termo *ponte*, McShine recorre novamente ao mito da versatilidade artística para diminuir a importância da produção artística verdadeiramente alternativa e socialmente engajada. O fato de a tradição reacionária representada no balanço internacional poder ser ameaçada por tal produção – mostrando sua falência histórica – é completamente ignorado por McShine.

É interessante, a esse respeito, recordar a entrevista que William Rubin, diretor da Seção de Pintura e Escultura do MOMA, deu a *Artforum* há dez anos. Rubin declarou nessa entrevista o que à época era considerado uma visão razoavelmente consensual das tendências estéticas contemporâneas. As novas práticas artísticas como a arte conceitual e as *earthworks*, especulava Rubin, podem assinalar o fim do modernismo, o qual possivelmente era apenas um conceito histórico circunscrito; um conceito que para Rubin estava ligado à pintura de cavalete, ao acervo particular e ao museu. As novas práticas artísticas, sugeria Rubin, "pedem outro ambiente (ou deveriam pedir) e, quem sabe, outro público"[36].

Embora Rubin relute em endossar a visão por ele apresentada, parece ter tido pleno conhecimento do que aconteceu na história da arte no final da década de 1960 e início da década de 1970. Causa, portanto, uma surpresa ainda maior o fato de que a seção do museu dirigida por Rubin monte uma exposição que, inquestionavelmente, tenta negar esse conhecimento. O que Rubin e McShine acreditam que aconteceu na década intermediária? Os esforços que Rubin considerava passíveis de criar uma ruptura com o modernismo seriam apenas "fenômenos passageiros", como ele sugeriu que os anos vindouros poderiam revelar? A julgar não somente pelo balanço de McShine, mas também pela instalação da parte do acervo permanente que compreende a arte das décadas de 1960 e 1970, a resposta só pode ser afirmativa, pois não há exemplo algum da arte "pós--moderna" de que fala Rubin. Excetuando-se algumas poucas esculturas minimalistas, não há nenhum sinal da arte de um período que até o levou a se perguntar se a arte moderna, em sua definição tradicional, teria chegado ao fim.

No entanto, quem quer que tenha presenciado os acontecimentos artísticos da década passada pode chegar a uma conclusão muito diferente. Intensificou-se, por um lado, a crítica à institucionalização da arte e o aprofundamento da ruptura com o modernismo. Tem havido, por outro lado, um esforço conjunto para suprimir esse fato e para restabelecer as categorias tradicionais das belas-artes, o qual parte de todas as forças conservadoras da sociedade, das burocracias culturais às instituições de museu, dos comitês empresariais ao mercado da arte. Isso tem sido alcançado com a conivência de uma nova linhagem de artistas empreendedores, profundamente cínicos no desprezo tanto da história recente da arte quanto da realidade política presente. Esses "gênios" recém-anunciados trabalham para uma classe de colecionadores novos-ricos que quer uma arte que tenha um valor garantido de revenda e que ao mesmo lhes satisfaça o desejo de uma leve excitação pornográfica, um clichê romântico, uma referência fácil às "obras-primas" do passado e que combine com o ambiente. Os objetos expostos na comemoração da reabertura do MOMA foram feitos, com poucas exceções, para satisfazer a esse gosto, para repousar tranquilamente acima do sofá da sala de estar de uma Trump Tower ou para ser esquecidos no cofre de um banco enquanto os preços sobem. Não é de estranhar, portanto, que McShine finalize a introdução do catálogo com a esperança muito especial de "estimular a todos para que se posicionem a favor da arte do nosso tempo". Levando em conta o que ele apresentou como a arte do nosso tempo, essa tentativa de captar nossa simpatia dificilmente estaria em desacordo com as dos patrocinadores da exposição, o conglomerado AT&T, que lançou uma campanha publicitária coincidente com a mostra. "Algumas das obras-primas de amanhã estão expostas hoje", diz a chamada do *banner* publicitário; segue-se abaixo a reprodução de uma das celebrações do estilo empresarial de autoria de Robert Longo, parte agora do acervo permanente do MOMA. O fato de que os interesses empresariais estão perfeitamente de acordo com a arte apresentada na mostra inaugural do MOMA evidencia-se no prefácio do catálogo, escrito pelo diretor do museu, e cujo longo parágrafo de louvor e agradecimento à AT&T traz a seguinte declaração: "A AT&T reconhece claramente que a experimentação e a inovação, tão apreciadas nos negócios e na indústria, precisam ser igualmente valorizadas e apoiadas nas artes"[37].

A experimentação e a inovação são apreciadas nos negócios e na indústria, naturalmente, porque resultam na expansão do mercado consumidor e em maiores lucros. É óbvio que as obras apresentadas no *Balanço Internacional da Nova Pintura e da Nova Escultura* têm também a mesma motivação. Mas, caso os milhares de visitantes que acorreram ao museu recentemente reaberto não tenham percebido esse fato, o MOMA confrontou-os com uma demonstração ainda mais persuasiva da ideia empresarial de arte, algo a que Hilton Kramer se referiu como "o mais audacioso *coup de théâtre* já tentado no MOMA"[38]. Tivemos o primeiro vislumbre disso com uma fotografia de página inteira que apareceu na *New York Times Magazine* acima da manchete: "Enquanto festeja seu acervo permanente de obras-primas do período modernista, o museu continua a expor o novo". O "novo" em questão, o *coup de théâtre*, aparecia sendo instalado no surpreendente espaço de dois andares que fica acima da escada rolante que conduz às galerias de *design*; o "novo" é um helicóptero. A nova aquisição foi descrita desta maneira por um comunicado de imprensa do museu:

> Artefato contemporâneo visível em toda parte, o helicóptero Bell 47D foi adquirido há vários meses pela Seção [de Arquitetura e Design] e permanecerá suspenso acima dos visitantes que forem entrar nas galerias do quarto andar. De aparência funcional – é o jipe dos helicópteros –, o modelo 47 começou a ser produzido em 1947, tendo estabelecido um recorde no setor por ficar mais de três décadas em produção. Como um exemplo da produção industrial em massa, ele é, de acordo com o diretor da seção Arthur Drexler, "um objeto estranhamente memorável".

Tivemos um bom exemplo de como um helicóptero pode ser memorável em janeiro de 1984, durante uma exposição realizada no Museo del Barrio de Nova York em conjunto com a Convocação dos Artistas contra a Intervenção dos EUA na América Central. A mostra era composta de aproximadamente cinquenta desenhos feitos por crianças salvadorenhas e guatemaltecas que viviam como refugiadas do outro lado da fronteira, em Honduras e na Nicarágua. Praticamente todos os desenhos descreviam o "artefato contemporâneo visível em toda parte"; que sem dúvida está em toda parte, já que tem sido o mais importante instrumento nas operações militares de contrainsurreição desde a Guerra da Coreia. Até Francis Ford Coppola não pôde deixar de compreender o sinistro valor simbólico desse "memorável obje-

HISTÓRIA PÓS-MODERNA **243**

Saguão de entrada das Galerias de Arquitetura e *Design* do Museu de Arte Moderna de Nova York (foto: cortesia do Museu de Arte Moderna de Nova York).

to" em seu retrato altamente mitificado da presença norte-americana no Vietnã. Deixando de lado o aspecto simbólico, contudo, o fato é que o fabricante dos helicópteros Bell é a empresa Textron de Fort Worth, um importante fornecedor do Departamento de Defesa dos Estados Unidos, que provê os modelos de helicóptero Bell e Huey usados contra as populações civis de El Salvador, Honduras, Nicarágua e Guatemala[39]. Mas, como a arte de exposição contemporânea nos tem ensinado a distinguir entre o político e o estético, o *New York Times* sentiu-se à vontade para escrever o editorial "Maravilhoso MOMA" sobre o novo e majestoso objeto do MOMA:

Suspenso do teto do Museu de Arte Moderna, o helicóptero paira sobre uma escada rolante... Verde brilhante, como um olho saltado e belo. E sabemos que é belo porque o MOMA nos mostrou o jeito de olhar o século XX[40].

Notas

1. Edward J. Lowell, *The Hessians* (Port Washington, N.Y., Kennikat Press, 1965), p. 1-2.
2. Walter Benjamin, "Theses on the Philosophy of History", em *Illuminations*, trad. de Harry Zohn (Nova York, Schocken Books, 1969), p. 256-7.
3. Rudi Fuchs, "Introduction", em *Documenta 7*, vol. 1 (Kassel, 1982), p. xv.
4. Citado em Coosje van Bruggen, "In the Mist Things Appear Larger", em *Documenta 7*, vol. 2, p. ix.
5. Rudi Fuchs, "Foreword", em *Documenta 7*, vol. 2, p. vii.
6. A Secretaria de Habitação e Desenvolvimento Urbano dos Estados Unidos informou em 1º de maio de 1984 que havia por volta de 28 mil a 30 mil sem-teto na cidade de Nova York. O porta-voz da Comunidade de Não Violência Criativa, uma organização privada sem fins lucrativos que trabalha com os sem-teto, disse, contudo, que as estatísticas oficiais do governo eram "extremamente ridículas" e que, por razões políticas, a administração Reagan estava subestimando enormemente o alcance do problema. As estimativas do número dos sem-teto em todo o país, feitas por organismos não governamentais de combate à pobreza, são geralmente dez vezes maiores que os números de 250 mil–300 mil apresentados pelo governo. Ver Robert Pear, "Homeless in U.S. Put at 250 mil, Far Less Than Previous Estimates", *New York Times*, 2 de maio de 1984, p. A1.
7. Ver Andy Soltis e Chris Oliver, "Super Rats: They Never Say Die", *New York Post*, 12 de maio de 1979, p. 6, onde é atribuída a um agente do Departamento de Controle de Pragas da Secretaria da Saúde a seguinte delaração: "Se você for ver a parte sul do Bronx, isso acontece sem parar. Este caso acabou ganhando destaque aqui porque a mulher foi mordida".
8. Benjamin H. D. Buchloh, "*Documenta 7*: A Dictionary of Received Ideas", *October*, nº 22 (outono de 1982), p. 112.
9. Fuchs, "Foreword", p. vii.
10. Christos Joachamides, "Achilles and Hector before the Walls of Troy", em *Zeitgeist* (Nova York, Braziller, 1983), p. 10.

HISTÓRIA PÓS-MODERNA **245**

11. Este ensaio foi escrito antes de que Haacke fizesse a obra para a Neue Gesellschaft für Bildende Kunst de Berlim Ocidental, obra que confirmou plenamente minha hipótese. *Amplitude e diversidade da brigada de Ludwig* (1984) usa, de fato, a proximidade do Muro de Berlim com o lugar da exposição, a Künsterhaus Bethanien, como ponto de partida. E, portanto, escolhe como tema as relações entre as duas Alemanhas, que à época não saíam do noticiário por causa do adiamento – sob pressão soviética – da visita que Erich Honecker sugerira fazer a Bonn (ver *October*, n? 30 [outono de 1984], p. 9-16).
Eis mais um exemplo de como Rosenthal e Joachamides podem ter recebido respostas concretas a sua pergunta: na exposição *Arte & Ideologia*, realizada em 1983 no Novo Museu de Arte Contemporânea de Nova York, Allan Sekula apresentou *Rascunho de uma lição de geografia*, obra composta de fotografias e de texto que, mais uma vez, escolheu como tema as conseqüências da volta das tensões da Guerra Fria na Alemanha, embora o fizesse de um modo bem diferente da obra *Oelgemaelde* de Haacke.
12. Citado em Jeanne Siegel, "Leon Golub/Hans Haacke: What Makes Art Political?". *Arts Magazine* 58, n? 8 (abril de 1984), p. 111.
13. Robert Rosenblum, "Thoughts on the Origins of 'Zeitgeist'", em *Zeitgeist*, p. 11-2.
14. Hilton Kramer, "Signs of Passion", em *Zeitgeist*, p. 17. É interessante ver Kramer falar aqui de transformações na arte como uma *compensação* para a sensação de perda de algo inerente a um estilo anterior, pois é exatamente essa sensação de perda e sua periódica *intensificação* que Leo Steinberg apresentou, em "Contemporary Art and the Plight of Its Public" (em *Other Criteria* [Nova York, Oxford University Press, 1972]), como sendo o próprio pré-requisito para a inovação no interior do modernismo. Annette Michelson começou a resenha de *The Age of Avant-Garde* de Hilton Kramer mostrando o contraste entre o modo como Steinberg compreendia o modernismo, de um lado, e o ressentimento de Kramer diante dessa visão, de outro; ver Michelson, "Contemporary Art and the Plight of the Public: A View from the New York Hilton", *Artforum* 13, n? 1 (setembro de 1974), p. 68-70.
15. Estes números são da exposição *Zeitgeist. Uma Nova Tendência na Pintura*, uma mostra anterior organizada em Londres por Rosenthal e Joachamides, juntamente com Nicholas Serota, apresentava as obras de trinta e oito artistas, nenhum deles mulher.
16. Para detalhes sobre o financiamento de *The New Criterion*, ver Hans Haacke, "U.S. Isolation Box, Grenada, 1983", em *Hans Haacke: Unfinished Business*, Brian Wallis, org. (Cambridge, Mass., The MIT Press, 1986), p. 258-9.
17. Ver Hilton Kramer, "Criticism Endowed: Reflections on a Debacle", *New Criterion* 2, n? 3 (novembro de 1983), p. 1-5. A argumentação de Kramer consistia em acusar um conflito de interesses, afirmando que "existia certamente no coração do programa um núcleo de amigos e de colegas de profissão dedicado a cuidar de seus interesses recíprocos" (p. 3). É assim que Kramer caracteriza aquilo que se conhece também como sistema de julgamento por comitê de pares, no qual os membros de uma profissão são solicitados a julgar a obra de seus colegas críticos. Não é preciso dizer que, ao longo de alguns anos, acaba havendo um certo grau de sobreposição entre bolsistas e jurados. Tudo leva a crer, entretanto, que o verdadeiro motivo pelo qual Kramer se opõe às bolsas dadas aos críticos deve-se ao fato de que, "como era de esperar, um grande número delas foi para gente que simplesmente se opõe a qualquer política do governo americano, exceto aquela que põe dinheiro em seu próprio bolso ou nos bolsos de seus amigos e companheiros políticos" (p. 4).
Frank Hodsell, presidente da Fundação Nacional das Artes, negou que a decisão de cancelar as bolsas tenha sido influenciada pelo artigo de Kramer. Admitiu, contudo, que "as dúvidas expressas pelo Conselho Nacional das Artes" tiveram papel decisivo; comenta-se que Samuel Lipman forneceu pessoalmente a cada um dos membros do conselho uma cópia do artigo de Kramer. Ver Grace Glueck, "Endowment Suspends Grants for Art Critics", *New York Times*, 5 de abril de 1984, p. C16.
18. Hilton Kramer, "Turning Back the Clock: Art and Politics in 1984", *New Criterion* 2, n? 8 (abril de 1984), p. 71.
19. "Até onde estamos sabendo, a exposição do CCNY [sic] ainda não foi comentada por nenhum crítico de arte de renome de Nova York. Os críticos talvez tenham percebido que na rua 42,

alguns quarteirões mais abaixo, se pode ver o que talvez seja o maior acervo de obscenidade e pornografia dos Estados Unidos, e, quanto a esse aspecto, a interpretação que os artistas da CCNY dão daquilo que os EUA fizeram em Granada está em boa companhia" ("Artists for Old Grenada", *Wall Street Journal*, 21 de fevereiro de 1984, p. 32). Para a resposta ao editorial, escrita por Hans Haacke e Thomas Woodruff, ver "Cartas", *Wall Street Journal*, 13 de março de 1984.
20. Ver David Shribman, "U.S. Conducts Grenada Camp for Questioning", *New York Times*, 14 de novembro de 1983, p. A1, A7. O trecho que descreve as caixas de isolamento diz o seguinte: "Atrás do portão de controle e do arame farpado, e entre dois agrupamentos de tendas, estão os lugares de maior destaque do campo: duas filas de compartimentos de madeira recém-construídos, cada um deles medindo 2,70 por 2,70 m... Além delas [as celas de interrogatório], contudo, havia dez solitárias, cada uma com quatro pequenas janelas e vários orifícios de ventilação com pouco mais de 1 cm de raio. Para entrar nas celas os prisioneiros têm que rastejar por uma fenda cuja altura vai do chão das celas até aproximadamente o joelho".
21. Kramer, "Turning Back the Clock", p. 71.
22. Benjamin H. D. Buchloh, "Since Realism There Was... (On the Current Conditions of Factographic Art)", em *Art & Ideology* (Nova York, the Museum of Contemporay Art, 1984), p. 5-6. Uma versão levemente diferente desta mesma discussão aparece no ensaio de Buchloh "From Faktura to Factography", *October*, n.º 30 (outono de 1984), p. 83-119. Buchloh desenvolve aí, de maneira muito mais aprofundada, as circunstâncias precisas que Barr presenciou em sua viagem à União Soviética, bem como acontecimentos posteriores.
23. Hilton Kramer cita, de modo favorável, o conhecimento de Barr em "MOMA Reopened: The Museum of Modern Art in the Postmodern Era", edição especial da *New Criterion* (Verão de 1984), p. 14. De fato, toda a crítica feita por ele às instalações e às exposições de abertura do novo MOMA baseia-se naquilo que ele considera a incapacidade dos atuais dirigentes do museu de aplicar o conhecimento na mesma plenitude e com o mesmo discernimento de Barr. Ele condena, por exemplo, *Balanço Internacional da Nova Pintura e da Nova Escultura* como "a bagunça mais incrível que o museu já apresentou", graças ao fato de que "não há vestígio algum de qualquer coisa que se assemelhe a conhecimento ou perspicácia crítica" (p. 41).
24. Os problemas criados pela separação das seções do MOMA ficaram explícitos em uma entrevista feita em 1973 pela *Artforum* com membros da PASTA MOMA (Associação dos Funcionários Técnicos e Administrativos do Museu de Arte Moderna), à época em greve: "... o último lugar em que o crescente inter-relacionamento das artes pode manter algum tipo de abertura é o Museu de Arte Moderna. Nossa possibilidade de fazer isso seria maior se dirigíssemos um museu em Timbuktu".
– Qual é o obstáculo em Nova York?
– Os chefes das seções dirigem-nas como se fossem feudos. Apesar de ter sido o fato de [Alfred] Barr perceber que as artes se relacionavam e ver que uma poderia realçar a outra, o que levou a que se pusessem debaixo do mesmo teto essas disciplinas, o inter-relacionamento é ignorado. O lugar funciona, na verdade, como um grupo de museus independentes ciumentos que se bloqueiam mutuamente... A seção de Pintura e Escultura deve aceitar um filme ou uma fotografia? Naturalmente o que acontece é que as seções de Filme e Fotografia não aceitam, de modo algum, obras de pintores e escultores, porque consideram que eles têm uma abordagem estética diversa. Como consequência disso, nunca realizamos nada, enquanto há museus na Europa empenhados em colecionar obras de qualidade, independentemente de que meio sejam. Lembro-me de que há dois anos este assunto veio à baila, conversamos muito sobre como reorganizar o Museu, a tentativa de acabar com a estrutura de seções, bem esse tipo de coisa. Há dois anos, estávamos preparando, literalmente, uma "carta de reivindicação". Uma das coisas sobre as quais conversávamos era a necessidade de transformá-lo em uma instituição muito mais flexível. Esta é uma das coisas em que fracassamos ("Strike at the Modern", *Artforum* 12, n.º 4 [dezembro de 1973], p. 47).
25. A discussão que Buchloh faz sobre esse momento bem específico da história da arte moderna não se refere, de fato, à obra *Lenin and Philosophy* de Althusser, mas sua discussão a respeito da obra contemporânea politizada de Allan Sekula e Fred Lonidier sim. Ele observa: "Se o argumento de Althusser de que o estético só se constitui no interior do ideológico é correto, qual

HISTÓRIA PÓS-MODERNA 247

é então a natureza da prática dos artistas que, como afirmamos, estão de fato tentando desenvolver uma prática que seja operacional fora e dentro do aparato ideológico? Naturalmente, o primeiro argumento a ser levantado contra essa espécie de obra é que ela simplesmente não pode ser 'arte'..." (Buchloh, "Since Realism There Was", p. 8). Foi precisamente esse "primeiro argumento" que Kramer usou contra Hans Haacke e outros artistas políticos que ele atacou.
26. Kramer, "MOMA Reopened", p. 42
27. A versão que Kramer dá do encontro de Barr com a vanguarda soviética é praticamente idêntica à de Buchloh, chegando ao ponto de observar que Barr separava a arte da política que a motivava. A diferença, é claro, é que Buchloh mostra que essa separação resultou precisamente no fracasso de Barr em compreender "a transformação radical trazida por esses artistas e teóricos", enquanto Kramer simplesmente repete o fracasso de Barr.
28. Kramer, "MOMA Reopened", p. 42.
29. Para uma discussão detalhada sobre essa questão, ver Buchloh, "From Faktura to Factography".
30. Esse processo, na verdade, é um processo de re-transformação, uma vez que originalmente a agitprop transformara as técnicas publicitárias com propósitos políticos. Ver Buchloh, "From Faktura to Factography", p. 96-104.
31. Kramer, "MOMA Reopened", p. 43-4.
32. Ibid., p. 44.
33. Citado em Michael Brenson, "A Living Artists Show at the Modern Museum", New York Times, 21 de abril de 1984, p. 11.
34. Ibid. Mesmo esse critério assumido é desmentido completamente pela exposição de uns trinta artistas cuja reputação estava bem consolidada em meados da década de 1970; cinco dos artistas da mostra estão relacionados no arquivo de catálogos como tendo participado de exposições individuais no MOMA antes de 1977.
Balanço Internacional da Nova Pintura e da Nova Escultura, assim como Zeitgeist, não foi capaz de dar conta das realizações das mulheres artistas. Entre 165 artistas, apenas catorze eram mulheres. Uma manifestação de protesto realizada pelo Comitê de Mulheres pela Arte não conseguiu arrancar nenhuma resposta pública dos dirigentes do museu. Isso precisa ser comparado com as diversas manifestações do início da década de 1970 contra as políticas injustas dos museus, quando, pelo menos, o MOMA teve sensibilidade suficiente para participar de um diálogo público a respeito dos motivos das queixas. Mas, claro, se as mulheres estavam representadas em um número muito pequeno na mostra de reabertura do MOMA, isto se deve, em grande medida, ao fato de elas estarem basicamente envolvidas com as práticas alternativas. Admiti-las significaria ter que reconhecer que a pintura e a escultura tradicionais não são as formas mais importantes, e certamente não são as únicas, da atual prática artística.
35. "Introduction", em Balanço Internacional da Nova Pintura e da Nova Escultura (Nova York, Museum of Modern Art, 1984), p. 12. O fato de este ensaio introdutório não ser assinado e só ter duas páginas faz-nos pensar no grau de seriedade com que a arte contemporânea está sendo tratada no MOMA. O Times citou a seguinte declaração de McShine: "A mostra é um sinal de esperança. É um sinal de que a arte contemporânea está sendo levada a sério como deveria, um sinal de que o museu vai restituir o equilíbrio entre arte contemporânea e história da arte, parte daquilo que faz deste espaço um espaço único" (citado em Brenson, "A Living Artists Show", p. 11). Mas, se é disso que se trata, por que o curador da mostra não se sente na obrigação de permitir que se discuta criticamente a escolha dos artistas e dos temas apresentados na exposição de arte contemporânea? Contrastando com essa postura, a primeira mostra histórica aberta no museu, Primitivismo na Arte do Século XX, vem acompanhada de um catálogo de dois volumes que contém dezenove alentados ensaios escritos por quinze acadêmicos e críticos. Talvez a resposta encontre-se no parágrafo final da introdução do Balanço Internacional: "Acreditamos que aqueles que virem esta exposição hão de compreender que a arte é para ser vista, não para ser lida ou ouvida".
36. William Rubin, em Lawrence Alloway e John Coplan, "Talking with William Rubin: 'The Museum Concept is Not Infinitely Expandable'", Artforum 13, n° 2 (outubro de 1974), p. 52; ver também, neste livro, "O fim da pintura". Nessa entrevista, Rubin tenta defender o museu da acusa-

ção de que se tornou insensível à arte contemporânea. Insiste em que essa arte simplesmente não tem lugar no museu, que para ele é basicamente um templo da arte erudita. Isso, naturalmente, o coloca em total sintonia com a posição de Kramer. O que nunca se reconhece, contudo, é que ao se ignorar as formas de arte que transcendem o museu – seja a obra da vanguarda histórica ou da vanguarda atual – inevitavelmente se passa uma visão distorcida da história.
37. Richard E. Oldenburg, "Preface", em *An International Survey of Recent Painting and Sculpture*, p. 9.
38. Kramer, "MOMA Reopened", p. 43.
39. Em setembro de 1984, o *New York Times* noticiou que o governo americano estava pretendendo dobrar até o final do ano o número de helicópteros de combate das forças salvadorenhas: "Nas últimas poucas semanas, mais 10 Hueys foram enviados para El Salvador, e outros 10 a 15 devem seguir até o final do ano... Dentro desse cronograma, El Salvador terá passado, em seis meses, de 24 para 40 helicópteros" (James LeMoyne, "EUA reforçam o número de helicópteros de El Salvador: o plano é dobrar a capacidade até o final do ano para que os latinos ponham em prática novas táticas contra os rebeldes", *New York Times*, 19 de setembro de 1984, p. A1). O artigo prosseguia dizendo que "tais ataques de helicóptero eram o pilar das operações americanas no Vietnã. Se o exército salvadorenho dominar essa tática, terá dado um grande passo para deixar de ser a força que, em geral incapaz militarmente, nos últimos dois anos não tem conseguido conter as ofensivas rebeldes".
Em uma reportagem escrita em outubro para *Nation*, Scott Wallace descreveu os efeitos dos helicópteros americanos sobre o povo de El Salvador: "Embora os oficiais americanos neguem que serão usadas equipes de assalto transportadas de helicóptero para aterrorizar os civis que apoiam a guerrilha, as forças do governo já estão treinando essa tática. No dia 30 de agosto, mais ou menos na época em que os carregamentos de Hueys chegaram, unidades do exército lançaram assaltos de helicóptero contra os distritos de Las Vueltas e San José de las Flores, zonas da província de Chalatenango controladas pelos rebeldes.
"Dez dias depois os jornalistas chegaram ao local e ficaram sabendo pelos camponeses que pelo menos trinta e sete mulheres, crianças e velhos haviam sido mortos na operação. Segundo os habitantes dos vilarejos, helicópteros com tropas salvadorenhas, liderados pelo Batalhão Atlactl treinado pelos americanos, emboscaram um grupo de centenas de camponeses salvadorenhos que estavam acompanhados de um pequeno destacamento de guerrilheiros armados. Os camponeses contaram o espanto e o pavor que sentiram quando viram as tropas desembarcando dos helicópteros no alto dos morros ao redor deles, isolando-os. Ao verem os soldados se aproximando, algumas pessoas entraram em pânico e se lançaram nas corredeiras do rio Gualsinga, onde muitos se afogaram. Outros foram abatidos pelas rajadas de metralhadoras ou feitos prisioneiros" (Scott Wallace, "Hueys in el Salvador: Preparing for a Stepped-Up War?". *Nation*, 20 de outubro de 1984, p. 337).
40. "Marvelous MOMA", *New York Times*, 13 de maio de 1984, seção 4, p. 22.

O MUSEU PÓS-MODERNO

Plenamente consciente de que a arquitetura pós-moderna está carregada de truques historicistas, referências sutis e duplos sentidos visuais, devo admitir, contudo, que sou o alvo de uma de suas brincadeiras recentes. Refiro-me à que foi tramada por James Stirling em sua famosa Neue Staatsgalerie de Stuttgart. A refinada presença de espírito de Stirling se manifesta, neste caso, em um detalhe do novo muro liso da frente do museu, um ponto em que o muro se desfaz em ruínas – uma rápida homenagem, suponho eu de maneira pouco modesta, a meu ensaio "Sobre as ruínas do museu". Sei, igualmente, que é uma referência à tradição histórica de se erguer ruínas pitorescas; que também expõe a pretensão à monumentalidade ao revelar parcialmente, por trás da imponente fachada do museu, um estacionamento; e que orgulhosamente desafia a verdade axiomática que o modernismo atribui aos materiais ao mostrar que os imponentes blocos de mármore travertino e de arenito são na verdade um fino revestimento cerâmico, e que as únicas pedras "de verdade" são as que estão no chão. Esta concepção sarcástica até pode ser a paródia que o arquiteto pós-moderno faz de uma produção artística recente que se compõe apenas de grandes blocos espalhados pelo chão, frequentemente na frente dos museus – por exemplo, *Granito (Normandia)* de Ulrich Ruckriem,

James Stirling, Michael Wilford e Associados, Neue Staatsgalerie, Stuttgart, 1977-82, detalhe da fachada ao nível da rua (foto de Louise Lawler).

que se estende ao longo da Neue Nationalgalerie de Berlim, de Mies van der Rohe, ou o *Bloco de Berlim para Charlie Chaplin* de Richard Serra, socado sutilmente na praça do mesmo museu. Mas ainda vou pretender ser paranoico o bastante para considerar que Stirling está esculachando minha afirmação de que o pós-modernismo tem suas raízes no colapso do sistema discursivo do museu. Se o museu é uma instituição cujo tempo passou, Stirling parece perguntar de modo zombeteiro por que então eu estaria construindo um novo anexo para a Staatsgalerie. E por que é que, ao entrarmos no período pós-moderno, presenciamos o maior crescimento na construção de museus desde o século XIX?

Uma exposição organizada em 1985 por um dos novos museus de Frankfurt, o Deutsches Architekturmuseum – projetado por Oswald Mathias Ungers –, em comemoração da abertura de um outro novo museu de Frankfurt, o Museum für Kunsthandwerk – projetado por Richard Meier –, dava uma ideia do alcance dessa nova expansão. A exposição apresentava fotografias e plantas dessas duas construções, além das de outros quinze novos museus alemães, inclusive a Neue Staatsgalerie de Stirling. Na ocasião em que a exposição foi montada em Berlim, no novo Bauhaus-Archiv, Berlim já contava com seu próprio museu de artes e ofícios. Mas este foi um dos mais de quinze novos museus alemães que não fizeram parte da exposição por ainda não estarem terminados no momento em que ela foi organizada.

A mostra de Frankfurt também fazia alusão a um outro aspecto desse ressurgimento: sua relação simbiótica com a retomada de um tipo de produção artística que se sente perfeitamente à vontade nesses novos museus. Ela o fez publicando no catálogo da mostra um ensaio intitulado "Arte e Arquitetura", escrito pelo pintor neoexpressionista Markus Lüpertz. Lüpertz proclama orgulhosamente a reação triunfante prenunciada por esses acontecimentos:

> Nos últimos anos, na década de 1970 para ser exato, entramos em contato com o arquiteto politicamente engajado que se lançava na luta de classes, comportava-se como um "esquerdinha", questionava

Richard Serra, *Bloco de Berlim para Charlie Chaplin*, 1977 (foto de Reinnard Friedrich).

Ulrich Ruckriem, *Granito (Normandia)*, 1985 (foto de Thomas Marquard).

tanto a si próprio como ao seu papel e tentava minar a noção inabalável da arquitetura como algo sólido, construído, permanente...
É típico desse período o fato de que não existia arte artística (como sempre, só uns poucos levavam adiante a tradição) e a opinião predominante era que podíamos passar sem a arte, sem o gênio, sem uma elite, sem os mestres construtores.
Esse *cul-de-sac*, esse impasse político – pois sempre que a política entra em cena a arte fracassa – será superado agora pela Velha Mãe ARTE... Como sempre, a arte tem que prover quando outras propostas altamente louvadas, propostas políticas e sociais, fracassam.

Mas a Arte está viva, existem artistas elitistas, e artistas de gênio, artistas distantes da necessidade, além dos sentidos, que conseguem se virar mesmo sem ter paredes para pendurar os quadros[1]...

Nesta sentença final, Lüpertz reveste sua retórica de hipocrisia, pois ele sabe que suas pinturas foram concebidas para a parede do museu e que são extremamente dependentes dela; e que, ao rejeitar a dimensão crítica das práticas artísticas do passado recente, ele na verdade fica felicíssimo por abastecer os museus com suas pinturas. De fato, quando visitei a Neue Staatsgallerie de Stirling vi, reinstalada nas galerias de exposição temporária, uma seleção meio condensada de seus acervos moderno e contemporâneo; nela, uma sequência de obras desses "gênios elitistas" apresentava uma transição absolutamente suave das pinturas de Jackson Pollock, Mark Rothko e Barnett Newman para as de Georg Baselitz, Anselm Kiefer e do próprio Lüpertz. A arte das décadas de 1960 e 1970, período de propostas sociais e políticas na caracterização de Lüpertz, tinha sido banida dessa sequência, do mesmo modo como a exposição instalada um pouco mais tarde nas galerias principais da Neue Staatsgalerie – a exposição *Arte Alemã do Século XX*, organizada pela Real Academia de Londres sob o patrocínio dos governos Kohl e Thatcher[2] –, do mesmo modo como essa exposição excluiu propostas estéticas problemáticas como as de John Heartfield, Hanne Darboven e Bernd e Hilda Becher, e como as de Ulrich Ruckriem, Lothar Baumgarten e Hans Haacke. *Arte Alemã do Século XX* era uma exposição que reivindicava para a moderna arte alemã uma tradição nacional muito específica – e mesmo nacionalista –, a tradição do expressionismo. Por meio de uma série de exclusões, falsificações e sub-representações, particularmente da arte de Weimar e da arte das décadas de 1960 e 1970, ela montou o cenário para o triunfo do expressionismo, supostamente representado agora por um artista do quilate de Lüpertz[3].

Essa é a postura que, no ambiente cultural mais amplo, passou a ser associada ao termo *pós-modernismo* – a postura que repudia as práticas materialistas politizadas das décadas de 1960 e 1970 "redescobre" linhagens nacionais ou históricas e nos devolve ao ininterrupto *continuum* do museu de arte. O ressurgimento de uma arte que se sente à vontade no espaço do museu, tanto física como discursivamente, o retorno à pintura de cavalete e à escultura de bronze, a retomada da arquitetura dos mestres construtores – é isso que popularmente se conhece hoje como pós-modernismo.

Portanto, se diante da brincadeirinha de Stirling escolho ficar com minha paranoia, é porque sua versão do pós-modernismo – ou a versão de Lüpertz – é diametralmente oposta à versão proposta por mim no ensaio "Sobre as ruínas do museu". Enquanto a versão deles depende do obscurecimento das práticas politizadas, a minha dependera da atenção que se dava a elas. A arte pós-moderna, para mim, *eram* essas práticas, práticas como as de Daniel Buren e Marcel Broodthaers, Richard Serra e Hans Haacke, Cindy Sherman, Sherrie Levine e Louise Lawler. Empregando estratégias variadas, esses artistas têm trabalhado para revelar as condições sociais e materiais da produção e da recepção artística – condições cuja dissimulação tem sido a função do museu. Podemos acrescentar a esses nomes uma lista de outros artistas que se voltaram para modelos de produção absolutamente incompatíveis com o espaço do museu, que buscam novos públicos e tentam construir uma práxis social fora dos limites do museu. Em suma, "meu" pós-modernismo submeteu o idealismo dominante do modernismo majoritário a uma crítica materialista, mostrando portanto que o museu – fundado nos pressupostos do idealismo – era uma instituição ultrapassada que não tinha mais um relacionamento tranquilo com a arte inovadora contemporânea.

Do encontro com essas práticas artísticas veio-me a ideia de um projeto complementar que pudesse fornecer profundidade histórica a uma teorização do pós-modernismo que partisse da análise do papel do museu na determinação da produção e da recepção da arte na cultura do modernismo. Embora todos concordassem que o museu – e mais especificamente o imaginário sobre o museu, conforme formulado por André Malraux – tivera um papel formador na própria maneira de sermos capazes de pensar sobre a arte, ninguém se propusera explorar detalhadamente a história da instituição. Parecia-me que precisávamos de uma arqueologia do museu nos moldes das análises de Foucault sobre o hospício, a clínica e a prisão. Pois o museu também parecia ser um espaço de exclusões e confinamentos.

Tentei, em 1986, dar uma contribuição a tal projeto por intermédio de uma pesquisa sobre o antigo e paradigmático Museu de Arte de Berlim de Karl Friedrich Schinkel. Portanto, o fato de James Stirling ter baseado deliberadamente a ampliação da Staatsgalerie de Stuttgart na planta de Schinkel tem para mim um interesse especial: o edifício que tem sido chamado de uma ruptura pós-moderna voltou-se para o edifício que é tido como a mais perfeita concretização da ideia de museu no momento de sua fundação.

Já que Hegel tem um papel central no Museu de Berlim e que Marx indicou como podemos interpretar esse papel, gostaria de convocá-los: "Hegel observa em algum lugar", escreve Marx nas tão citadas frases iniciais do *Dezoito Brumário*, "que todos os fatos e personagens de grande importância na história do mundo acontecem, por assim dizer, duas vezes. Ele esqueceu-se de dizer: a primeira como tragédia, a segunda, como farsa"[4]. Na minha versão do drama histórico do museu de arte, o ator trágico é Alois Hirt, enquanto o ator da farsa já foi apresentado. Seu nome é Markus Lüpertz, e são dele as primeiras linhas:

> É assim que se constrói o museu clássico: quatro paredes, a luz vinda de cima, duas portas – uma de entrada, outra de saída. Em geral, todos os *novos* museus são prédios bonitos e atraentes, mas, como

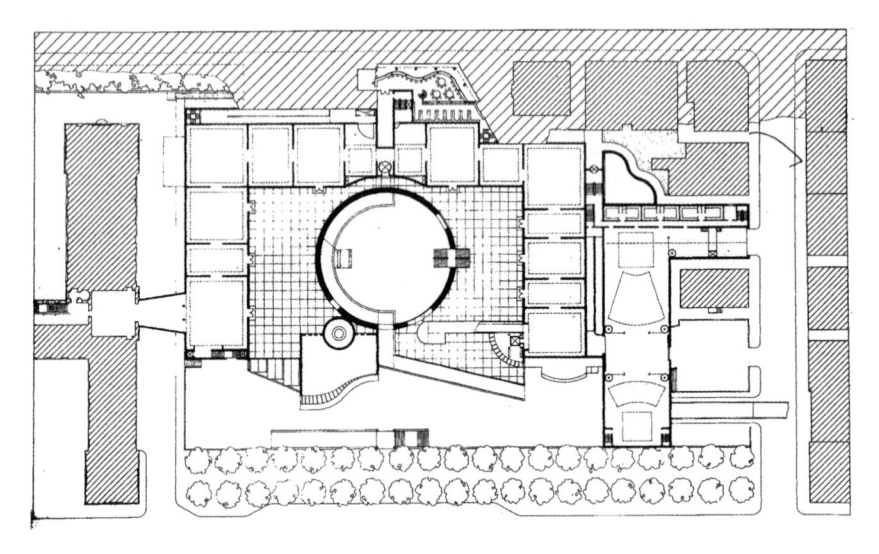

James Stirling, Michael Wilford e Associados, Neue Staatsgalerie, Stuttgart, 1977-82, planta do nível da galeria (cortesia de James Stirling, Michael Wilford e Associados).

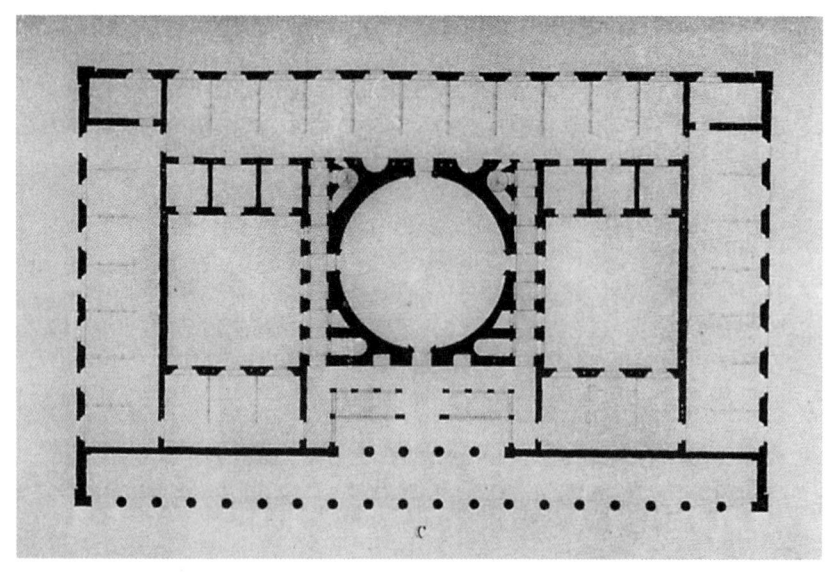

Karl Friedrich Schinkel, Altes Museum, Berlim, 1823-30, planta das galerias dos retratos, extraído de *Sammlung Architektonishcer Entwürfe* de Schinkel, 1841-43 (cortesia da Biblioteca Pública de Nova York).

toda arte, hostis a "outros" tipos de arte. Quadros e esculturas simples e inocentes não têm vez neles...
A arquitetura deve ter a grandeza de se apresentar de uma maneira tal que torne a arte possível em seu interior, que sua própria pretensão à condição de arte não afaste a arte para longe, e que – muito pior – a arte não seja explorada pela arquitetura como "decoração"[5].

Bem, Lüpertz é, de fato, um pintor "inocente", e, em sua "inocência", não sabe que emitiu, uns 160 anos depois, a mesma crítica que Alois Hirt fez ao Museu de Berlim de Schinkel. Mas Hirt está longe de ser o único ator desse drama inicial. É precedido em minha narrativa por Carl Friedrich von Rumohr.

Talvez nem todos saibam, no campo da história da arte, que von Rumohr, cujo *Italienische Forschungen* é a obra fundamental das modernas pesquisas de história da arte[6], é também autor de um livro sobre a arte de cozinhar que foi publicado três anos antes do de Brillat-Savarin. Quando se fica sabendo que o título do primeiro é *Geist der Kochkunst*[7] e já se tendo provado a cozinha alemã, pode-se ser levado a pensar que se trata de mais um exemplo, ainda que bem mais banal, da desproporção entre especulação filosófica e realidade material na Alemanha do início do século XIX. Pode-se dizer, com Marx, que os alemães só *pensaram* o que os franceses *fizeram*[8].

Mas aí seria levar ao pé da letra o emprego que von Rumohr faz da palavra *Geist* em relação a *wurst* e *saurkraut*, e também não compreender a comparação entre este título e o do ensaio sobre estética com o qual von Rumohr inicia suas *Pesquisas Italianas*. Este último ensaio chama-se "Haushalt der Kunst"[9], e sua austeridade tem uma intenção polêmica. Hegel é o alvo. Da mesma forma que von Rumohr escolhe cuidadosamente a grande palavra *Geist* para seu livro de culinária, assim também ridiculariza Hegel por aquilo que ele chama "a pequena palavra 'ideia', cujo significado, oscilando entre os sentidos e o intelecto, dá margem a todo gênero de disparate que aceita toda espécie de indeterminação e vagueza"[10]. No decurso de suas conferências extremamente concorridas sobre estética, Hegel simplesmente descartava a crítica primária de von Rumohr[11], e o fazia conferindo a seu método de conhecimento da história da arte o prosaico lugar de fornecedor de detalhes concretos que seriam incluídos dentro da especulação filosófica[12]. Quanto a isso, dava exatamente o mesmo tratamento a von Rumohr e a seu arquiinimigo, o acadêmico diletante Alois Hirt.

Embora tenha sido Hirt, já em 1797, quem primeiro houvera proposto ao rei da Prússia a construção de um museu para abrigar suas coleções de arte[13], e embora Hirt continuasse a ser uma figura central nas discussões sobre o caráter da instituição até sua abertura em 1830, considera-se que von Rumohr exerceu uma influência maior na forma definitiva do museu[14]. Sem jamais ter sido membro da comissão do museu em Berlim, von Rumohr desempenhou sua única tarefa museológica na Itália, para onde foi enviado para adquirir pinturas que preenchessem os vazios de uma coleção destinada a representar uma completa história da arte[15]. Mas enquanto professor, conselheiro e confidente de vários artistas, acadêmicos e burocratas responsáveis pelo museu, diz-se que von Rumohr atuou como uma eminência parda. Em vez disso, penso que esse papel deve ser atribuído, contudo, ao homem que deu um novo significado à cor cinza, o homem cuja frase mais citada é: "Quando a filosofia pinta de cinza o cinza, um modo de vida envelheceu, e esse cinza sobre cinza não consegue rejuvenescê-lo, apenas compreendê-lo. É quando anoitece que a coruja de Minerva levanta voo"[16]. Esse homem, naturalmente, é Hegel.

Em 1817, Karl von Altenstein foi indicado o primeiro ministro da cultura da Prússia, tornando-se, como tal, a mais alta autoridade responsável perante o rei pelo novo museu. Já em sua primeira semana no exercício do cargo, convocou Hegel a Berlim para assumir a cátedra de filosofia que ficara vaga com a morte de Fichte. Hegel não desapontaria as expectativas do assim chamado burocrata-filósofo[17]: passados dois anos publicaria *Filosofia do Direito*, apologia do *status quo* do Estado prussiano e texto que contém a frase a respeito do cinza sobre cinza da filosofia.

O círculo de amigos de Hegel em Berlim inclui Alois Hirt, que ensinava história da arquitetura na universidade, e Karl Friedrich Schinkel, arquiteto-chefe da coroa e construtor do museu. Hegel deu aulas sobre estética entre os anos de 1823 e 1829, mesmo período de construção do museu. Mas parte dessas aulas fora desenvolvida por ele em Heidelberg, e um de seus alunos era o jovem Gustav Friedrich Waagen. No período em que lá estiveram, ambos viajaram para Stuttgart para ver a famosa coleção de arte dos irmãos Boisserée, à época o mais importante acervo de pintura do Norte. Esse encontro foi responsável em parte pelo tema do primeiro livro de Waagen, uma monografia sobre Jan e Hubert van Eyck publicada em 1822[18]. Contando com uma bolsa nesse campo completamente novo da história da arte, Waagen foi convidado a Berlim para participar do planejamento da galeria de pintura, da qual acabou se tornando o primeiro diretor[19].

Mal fora inaugurado o museu e Waagen já teve que se dedicar a uma tarefa desagradável, sua própria defesa e a defesa de seu mentor, von Rumohr, de um ataque lançado por Hirt na resenha do terceiro volume da obra *Pesquisas italianas* de von Rumohr[20]. Usando como palco o prestigiado *Jahrbücher für wissenschaftliche Kritik*, cujo conselho editorial foi presidido por Hegel até sua morte naquele ano, Hirt aproveitou a ocasião para extravasar a fúria contra a criação de uma instituição que era absolutamente oposta à sua concepção de museu. Embora grande parte da polêmica travada entre o ensaio de Hirt e a réplica de Waagen – do tamanho de um livro – se ativesse a mesquinharias do tipo quem conhece Rafael melhor[21], ela nada mais é que o capítulo final de uma longa série de disputas entre Hirt e a comissão encarregada do museu sobre que tipo de instituição ele seria[22]. Hirt só levou a melhor uma vez, e isso devido à negligência da outra parte. Hirt havia providenciado a inscrição no friso do museu, e, antes que alguém pudesse protestar, os andaimes que possibilitariam a alteração tinham sido derrubados[23]. Ainda hoje, portanto, no lugar que tem agora o nome de Marx-Engels-Platz, pode-se ler em latim: "Frederico Guilherme III fundou este museu para o estudo de todo tipo de objetos antigos e das belas-artes"[24].

Uma medida de como cada detalhe do Museu de Berlim foi cuidadosamente pensado está no fato de haver nada menos que seis memorandos sobre a inscrição, depois que ela se tornou um *fait accompli*, e de o rei haver ordenado ao corpo de filólogos da academia de ciências que emitissem uma opinião sobre o assunto[25]. Em um memorando confidencial ao Conselheiro do Gabinete von Albrecht, membro da comissão do museu, Alexander von Humboldt escreveu que o professor de filologia Böckl comunicara a Hirt que todas as palavras da inscrição proposta por ele tinham que ser mudadas; e que portanto ficara horrorizado quando, ao retornar de uma temporada de verão em Göttingen, vira, espalhada com destaque por todo o museu, a mesma inscrição, a qual, disse ele, toda a Alemanha considerava ridícula[26]. Parte desse ridículo tem a ver com a falta de rigor gramatical do latim empregado na inscrição[27], mas as principais objeções dizem respeito aos nomes empregados por Hirt, ao nome *museum*, aos nomes dos objetos que ele abrigaria, e ao fato de identificar o propósito da instituição.

Foram feitas duas propostas alternativas à inscrição, uma pelo poeta romântico Ludwig Tieck e outra pelo corpo de filólogos, assinada por Friedrich Schleiermacher. A proposta de Tieck, escrita em um alemão que continha ecos de fraseado latino, alteraria o nome da instituição para "monumento da paz para as obras das belas-artes"[28]. Schleiermacher propunha chamá-la de "tesouro da escultura e da pintura identificadas por época e por ramo artístico"[29]. Ambas evitam enunciar o propósito da instituição, e essa omissão nos leva de volta à rejeição do termo *museum* por parte deles. Hoje é difícil compreender a oposição à escolha feita por Hirt da palavra *museu*, tanto porque ele foi sempre chamado assim ao longo dos trinta anos que durou seu planejamento como porque o Museu de Berlim passou a ser considerado a mais perfeita materialização do conceito de museu do século XIX. Por que, nos perguntamos, alguém se oporia ao nome *museu* dado ao primeiro e paradigmático museu de arte? Por que teriam preferido *monumento* ou *tesouro*?

A resposta está na palavra latina *studio*, escolhida por Hirt para designar o propósito do museu. Pois, quando Hirt usou a palavra *museu* e as pessoas ficaram com um pé atrás, tinham todas em mente a mesma coisa, o assim chamado museu de Ptolomeu de Alexandria, de fato um lugar de estudo[30]. Residência de acadêmicos, possuindo uma biblioteca e coleções de artefatos, o museu da Antiguidade era, conforme afirmava um dos memorandos a respeito da inscrição, "uma espécie de academia"[31]. Era essa identificação do museu com a academia que as pessoas envolvidas com a nova instituição queriam evitar – exceto Hirt, é claro.

Quando Tieck propôs *monumento da paz* no lugar de *museu*, referia-se à paz instaurada pelo Congresso de Viena, a qual estaria adequadamente representada pela exposição da produção artística prussiana trazida de volta de Paris para Berlim após a derrota de Napoleão. Foi nesse momento, em 1815, que em Berlim a ideia de museu assumiu, pela primeira vez, o caráter de necessidade. Durante as guerras contra Napoleão, o acervo prussiano saqueado passou a simbolizar o patrimônio nacional e não meramente a propriedade perdida do rei; por conta disso, Friedrich Wilhelm III atendeu ao pedido para que sua arte se tornasse acessível ao público[32]. A "conquista da arte para o público" é um acontecimento histórico que raramente é posto em questão pelos historiadores da arte, que geralmente se veem como seus beneficiários diretos. Arte e público passaram a ser aceitos como categorias permanentes e não como construções históricas e ideológicas. Mas, quando se considera o público como universal e incólume às divisões de classe, o que se perpetua é a concepção idealista do Estado e da sociedade civil de Hegel, não a crítica dessa concepção feita por Marx[33]. E quando se pensa a arte como algo naturalmente alojado num museu, uma instituição do Estado, se está a serviço de uma estética idealista e não de uma estética materialista. Quem tem acesso? Que tipo de acesso? E acesso a quê, exatamente? Essas perguntas precisam ser respondidas. No momento em que o museu é fundado, tais questões estavam longe de ser consensuais. O problema de dar nome à instituição e especificar seu propósito como um estúdio, um lugar da práxis, é só um detalhe que serve como amostra da absoluta complexidade das questões em jogo.

Os planos iniciais do Museu de Berlim exigiam a construção de uma nova ala na academia de ciências para abrigar um acervo de pesquisa para artistas e acadêmicos[34]. Com esse formato, o museu direcionaria a produção artística para um objetivo prático, colocando acervos de objetos heterogêneos – escultura antiga, fragmentos, moedas, pedras preciosas, esculturas de gesso e pinturas modernas – à disposição de turmas de desenho, pesquisadores acadêmicos e os assim chamados *Kunstfreunde*. Um museu assim seria, de fato, um estúdio. Mas Schinkel, que fora contratado para planejar a expansão da academia, tinha uma ideia radicalmente diferente de museu, o que já ficara evidente nas suas fantasias de juventude sobre o tema, esboçadas provavelmente sob a tutela de Friedrich Gilly em 1800[35].

No inverno de 1822, Wilhelm von Humboldt acompanhou o rei da Prússia à Itália, onde esperava convencê-lo da importância simbólica de que Berlim possuísse um museu de arte importante no momento em que aspirava à condição de Atenas às margens do Spree[36]. Logo após o retorno do rei, Schinkel apresentou-lhe, de chofre, plantas cuidadosamente desenhadas e análises de custos detalhadas de um museu inteiramente novo, separado da academia, a ser erguido precisamente no espaço existente entre o *schloss* e o Lustgarten. O projeto envolvia muito mais que um novo museu. Schinkel propunha uma renovação completa de toda a área central de Berlim, por meio do desvio do rio Spree, da melhora das instalações para a navegação e da reconstrução das docas de embarque e do armazém da extremidade norte daquilo que depois se tornaria o Museumsinsel[37]. O ponto alto do projeto era o museu de arte neoclássico absolutamente imponente.

A nova proposta de Schinkel convenceu de imediato a comissão do museu[38]; Alois Hirt foi a única voz dissonante. No relatório que representava a minoria e que foi anexado aos termos de aprovação da comissão[39], Hirt confessou que preferia que o museu ficasse na academia. De todo modo, se o museu fosse erguido sozinho no Lustgarten, um grande número de alterações teria que ser feito. Ao enumerar essas mudanças, Hirt passou a rebater, uma a uma, todas as características importantes do mu-

HISTÓRIA PÓS-MODERNA **263**

Karl Friedrich Schinkel, Altes Museum, Berlim, 1823-30, vista em perspectiva, extraída de *Sammlung Architektonishcer Entwürfe* de Schinkel, 1841-43 (cortesia da Biblioteca Pública de Nova York).

Karl Friedrich Schinkel, Altes Museum, Berlim, 1823-30, vista da galeria a partir da escadaria principal, extraída de *Sammlung Architektonishcer Entwürfe* de Schinkel, 1841-43 (cortesia da Biblioteca Pública de Nova York).

Karl Friedrich Schinkel, Altes Museum, Berlim, 1823-30, perspectiva da rotunda, extraída de *Sammlung Architektonishcer Entwürfe*, de Schinkel, 1841-43 (cortesia da Biblioteca Pública de Nova York).

seu de Schinkel – a série de colunas da fachada sul com a altura de dois andares, o fato de edificar o prédio sobre uma fundação alta com uma grande escadaria na entrada, a rotunda de dois andares de altura no centro do museu e as colunas isoladas no piso principal, onde seriam instaladas as esculturas. Hirt sugeriu alternativas a todos esses elementos arquitetônicos e insistiu que a redução do museu a duas divisões simples, um piso para a escultura e um para a pintura, teria que ser repensada para acomodar pelo menos cinco seções. Estas conteriam, além da pintura e da escultura, esculturas de gesso e os acervos dos objetos anteriormente classificados como o Antikenkabinet e o Kunstkammer. Na disposição proposta por Schinkel, estes últimos tinham sido ou completamente banidos, como era o caso das esculturas de gesso, ou relegados a pequenas salas no subsolo, como era o caso das moedas, fragmentos, inscrições e assim por diante[40].

Schinkel refutou, ponto por ponto, a crítica de Hirt, estendendo-se longamente ao fazê-lo[41], mas seu argumento principal está contido na seguinte frase: "Um projeto como este", escreveu, "é um todo cujas partes funcionam tão precisamente juntas que nada de essencial pode ser alterado sem que o conjunto seja lançado em confusão". O final da frase, difícil de ser traduzido com precisão, em alemão é assim: "*ohne aus der Gestalt eine Missgestalt zu machen*"[42]. Schinkel usou sua concepção de museu como *gestalt* inviolável para argumentar contra qualquer objeção que Hirt pudesse levantar, ainda que fosse relativa à escolha das pinturas ou à sua disposição em uma parede específica. Qualquer mudança, por menor que fosse, representaria uma ameaça ao conjunto. Diante de uma pessoa tão intratável, Hirt fez um derradeiro apelo ao rei, alegando que, afinal de contas, "os objetos artísticos não estão ali por causa do museu; ao contrário, o museu é que foi construído para os objetos"[43]. Argumentou que Schinkel havia subordinado a arte à arquitetura em vez de pôr a arquitetura a serviço da arte. Isto desafiava o princípio mais importante que Hirt ensinava em suas aulas de arquitetura: o princípio do *Zweckmässigkeit*, ou aquilo que poderíamos chamar de funcionalismo[44]. Zombando de Hirt porque, segundo ele, este tinha uma ideia "vulgar" do que era função ou finalidade, Schinkel avaliou que sua argumentação estava impregnada daquele racionalismo primitivo que considera que as contradições são insolúveis[45]. Para Schinkel, a questão não era aquilo que ele chamava de finalidade "pura" do museu – abrigar as obras de arte –, nem se a arte ou a arquitetura deviam ser privilegiadas, mas como transcender a antítese em uma unidade superior. Abordando dialeticamente o problema da relação entre arte e arquitetura, o museu de Schinkel constituir-se-ia no *Aufhebung* hegeliano, ou imersão, no qual, conforme escreveu Schinkel, "o destino da arte é a representação de seus objetos que torna visível o maior número possível de relações"[46].

Um exemplo concreto da atenção dada por Schinkel à estética de Hegel é a parte do museu que Hirt mais detestava: a rotunda em seu centro. Lembrem-se que Schleiermacher queria designar o conteúdo do museu de "escultura e pintura identificadas por época e por ramo artístico". Ele continuava sua explicação dizendo que isso determinava uma finalidade dupla para o museu: "De um lado, expor obras que são excepcionais nelas próprias e por elas próprias; de outro, expor obras que são importantes para a história da arte"[47]. Schleiermacher alude aqui à questão central da estética idealista, o conflito entre beleza normativa e a marcha progressiva da história. A devoção de Hirt à norma clássica em arte era inseparável de suas esperanças quanto ao presente. Sua insistência para que o museu fosse um estúdio era determinada pelo desejo de que o museu estimulasse o rejuvenescimento da arte através do estudo da Antiguidade clássica. Para a filosofia da história, contudo, tal desejo só podia ser uma enganadora nostalgia, a negação da concretização imediata do progresso histórico[48]. "Nada pode ser ou vir a ser mais belo", disse Hegel referindo-se à escultura antiga[49]. A arte clássica representa a adequação perfeita da aparência sensorial com a Ideia. Mas o objetivo da história vai além da aparência bela, e, portanto, a arte romântica – que é o mesmo que dizer arte moderna, arte cristã – inevitavelmente suplanta a arte clássica. "Ao tomar a unidade cristã entre o divino e o humano como seu conteúdo", escreve Hegel na *Aesthetics*, "a arte romântica abandona completamente a noção de adequação recíproca entre conteúdo e forma que a arte clássica alcançara. E no esforço para se libertar do imediatamente sensível como tal, a fim de expressar um conteúdo que *não* seja inseparável da representação sensorial, a arte romântica torna-se, de fato, a autotranscendência da própria arte[50]."

É na rotunda que Schinkel preservaria o universo da perfeição clássica, destinada a ser o primeiro contato do visitante com o museu. "A visão desse espaço belo e arrebatador", escreveu, "deve preparar o clima e tornar as pessoas suscetíveis para o prazer e o bom senso que lhes estão reservados em todo o edifício[51]." Ou, conforme a afirmação ainda mais sucinta que ele e Waagen fizeram em um memorando posterior: "Primeiro o prazer, depois a educação"[52]. Esse "santuário", como Schinkel o chamava, conteria as obras de primeira linha da monumental escultura clássica – escolhidas independentemente de cronologia histórica – que seriam postas em pedestais altos situados entre imensas colunas e banhadas por uma luz tênue que desceria das alturas. Com o espírito assim preparado, os espectadores estariam prontos para para percorrer a história da luta do homem pelo Espírito Absoluto. Longe de encontrar pelo caminho qualquer sinal das condições materiais da arte que von Rumohr esperou resgatar com seu trabalho nos arquivos italianos[53], os frequentadores do museu encontrariam apenas a *gestalt* de Schinkel, na qual todas as relações entre os objetos estavam claramente definidas.

Talvez possamos perceber agora por que a Alemanha inteira considerou ridícula a inscrição de Hirt, pois o museu de Schinkel não era nenhum estúdio. Ele não representava a possibilidade de rejuvenescimento da arte, e sim o caráter irrevogável de sua morte. "O espírito do mundo de hoje", diz Hegel na introdução da *Estética*, "parece ter deixado para trás o patamar no qual a arte é o modelo supremo de conhecimento do Absoluto. A natureza peculiar da produção artística e das obras de arte já não preenche nossas carências mais profundas. Deixamos de reverenciar as obras de arte como se fossem deuses, deixamos de adorá-las. A impressão que nos causam precisa de um parâmetro mais elevado e de um teste diferente. O pensamento e a reflexão estenderam as asas sobre as belas-artes[54]." Uma vez mais é a coruja de

Minerva mencionada por Hegel – e a rotunda de Schinkel, banhando de crepúsculo as mais belas obras da antiguidade clássica – que prepara o observador para a contemplação da arte, a qual, ainda nas palavras de Hegel, "perdeu, para nós, a verdade e a vida autênticas; ao contrário, em lugar de manter na realidade sua necessidade inicial, ela transferiu-se para o interior de nossos *pensamentos*... Não é para criarmos mais arte que a arte nos convida a uma reflexão intelectual, é para que saibamos filosoficamente o que é a arte"[55]. A estética idealista e o museu ideal baseiam-se no sequestro da arte de sua necessidade ancorada na realidade; e é contra a força de sua herança que devemos continuar a lutar em prol de uma estética e de uma arte materialistas.

A discussão precedente sobre o Altes Museum foi apresentada originalmente em um encontro da College Art Association presidido por Linda Nochlin e intitulado "O Inconsciente Político na Arte do século XIX"[56]. Atuou como debatedor Fredric Jameson, de cujo livro *The Political Unconscious* o encontro retirou o nome e cujo grande número de ensaios sobre o pós-modernismo tem ocupado uma posição de destaque no debate teórico sobre o assunto. Jameson, que parece ter se sentido particularmente atingido com o floreio retórico do final de minha apresentação, replicou:

> Tenho que admitir que sempre me senti incomodado com esse tipo de oposição entre materialismo e idealismo, considerados, de certo modo, como posições supra-históricas, ou como forças, tendências e tentações permanentes. ... Tendo a duvidar, por exemplo, de que o "idealismo" seja sempre uma posição reacionária, ou se, em determinadas circunstâncias – leia-se, enquanto uma atitude ideológica em um contexto histórico preciso e com um certo conteúdo social e de classe definido –, ele não pode ter também consequências progressistas e até revolucionárias... Acho que me sinto tentado a pensar... a respeito dessa oposição entre materialismo e idealismo que se tornou um exemplo da doxa de esquerda não questionada desde a década de 1960 e o maoísmo, se ela própria não é um pouquinho "idealista"[57].

Se ao levantar essa objeção Jameson pretende sugerir que, no início de sua história, o museu foi uma instituição progressista, então minha resposta é que ele foi progressista apenas na medida da própria consolidação da hegemonia burguesa, na medida em que o museu é uma das instituições cuja ação visa garantir aquela hegemonia na esfera cultural. Era de esperar que, uma vez materializada no interior do museu, a estética idealista neutralizaria a possibilidade da arte enquanto práxis revolucionária ou de resistência. O museu passou a ter como missão remover eficazmente a arte de seu envolvimento direto com o processo social, criando para ela um domínio "autônomo"; e foi contra isso que se voltaram as formas radicais da teoria e da prática modernistas. Portanto, a crítica da autonomia e de sua institucionalização que Peter Bürger reivindica para a vanguarda histórica[58] – e que também tem que ser reivindicada para certas práticas artísticas contemporâneas – equivale ao que pretendi assinalar com a frase "uma estética e uma arte materialistas"[59].

Agora que para nós a história do museu chega ao fim, fica mais claro do que nunca o quanto o idealismo se tornou uma posição reacionária, pois o ressurgimento do idealismo em sua forma farsesca não pára de se manifestar no que se convencionou chamar de pós-modernismo. E pode ser que a suspeita exagerada de Jameson sobre a oposição entre materialismo e idealismo – juntamente com sua ignorância das verdadeiras diferenças nas práticas estéticas contemporâneas que informavam a distinção que eu especifiquei com essa oposição – é que produza os pontos cegos em sua própria teoria do pós-modernismo.

Jameson elaborou essa teoria em uma série de ensaios, sendo que o mais completo deles foi publicado na *New Left Review* com o título de "Postmodernism, or the Cultural Logic of Late Capitalism"[60]. Não discuto a importância de que se reveste o propósito fundamental do ensaio: fornecer uma teoria da cultura contemporânea que, por situar seu amplo leque de aspectos heterogêneos dentro da estrutura do capitalismo tardio, é capaz de abrangê-los. Só há uma coisa que provoca, a princípio, uma certa relutância: a desatenção de Jameson aos detalhes e as opções incomuns em que se concentra sua análise. Mas foi possível detectar também deficiências mais graves. O objetivo declarado de Jameson é descrever o que ele chama de dominante cultural e as condições de sua periodização. Ele apoia-se, para isso, na discussão que Ernest Mandel faz da terceira fase do desenvolvimento capitalista, ou capitalismo tardio. Entretanto, como Mike Davis destacou em uma das respostas imediatas ao ensaio de maior importância específica, Jameson parece ressuscitar o mais desacreditado dos conceitos idealistas marxistas – o do modelo de determinismo econômico infraestrutura/superestrutura – e, além disso, parece descartar a própria periodização de Mandel:

> É crucial para Jameson demonstrar que a década de 1960 é um momento de ruptura na história do capitalismo e da cultura, e estabelecer uma relação "constitutiva" entre o pós-modernismo, as novas tecnologias... e o capitalismo multinacional. Entretanto, a obra *Late Capitalism* de Mandel (publicada pela primeira vez em 1972) declara na frase de abertura que seu objetivo principal é entender "a onda duradoura de crescimento rápido do *pós-guerra*". Tudo que ele escreveu posteriormente deixa claro que Mandel considera que a verdadeira interrupção, o término definitivo da onda duradoura foi a "segunda recessão" de 1974-75... a diferença entre as análises de Jameson e de Mandel é fundamental: o capitalismo tardio nasceu por volta de 1945 ou de 1960? A década de 1960 é o início de uma nova era ou meramente o pico superaquecido do *boom* do pós-guerra? No balanço das tendências culturais contemporâneas, onde se encaixa a recessão[61]?

Ao tentar responder, ainda que de forma rudimentar, às perguntas feitas por Davis, chegamos a uma descrição e a uma periodização da história recente que difere um pouco da de Jameson. Sem desejar fazer a revisão – e, portanto, a manutenção – de um modelo determinista, pode-se perceber, entretanto, a relação entre a tolerância liberal diante das práticas artísticas radicalizadas da década de 1960 e o "pico superaquecido do *boom* do pós-guerra" de que fala Davis, bem como entre a marginalização dessas práticas e sua ocultação pelas práticas reacionárias e a "segunda recessão de 1974-75". A revisão dessa periodização não faz das próprias práticas culturais um reflexo das condições econômicas e políticas, mas, pelo contrário, o valor relativo atribuído a essas práticas, e sua utilidade, reflete essas condições. A atual revalorização de momentos do modernismo que estavam desacreditados, como o "realismo" de entreguerras; a eliminação ou sub-representação de outros momentos, como a obra da vanguarda soviética; a atual pretensão à originalidade de práticas que sempre nos rodearam; a crescente marginalização da atual obra de resistência – todos esses fenômenos podem ser incluídos dentro do modelo de Davis; na verdade, do modelo de Mandel.

Como um de seus críticos ressaltou, Jameson é um "hegeliano empedernido"[62]. Isso fica perceptível, em parte, no alcance de sua proposta totalizadora, de cujos riscos inerentes o próprio Jameson está ciente:

> Quanto mais poderosa for a visão de um sistema ou de uma lógica crescentemente absolutos... mais o leitor se sente impotente... Tenho percebido, entretanto, que a verdadeira diferença só pode ser medida e avaliada à luz de um conceito de uma lógica cultural dominante... De todo modo, foi com esta disposição política que foi concebida a análise que vem a seguir: propor a concepção de uma nova norma cultural sistemática e de sua reprodução, a fim de refletir de maneira mais adequada sobre as formas mais efetivas que pode assumir hoje qualquer política cultural radical[63].

Não há dúvida quanto ao poder de convencimento com que Jameson levou a cabo seu projeto. Na verdade, ele providenciou o pano de fundo contra o qual a crítica cultural pode se mobilizar. O problema, contudo, é que, com sua desatenção às práticas opositoras específicas – tanto históricas quanto contemporâneas –, Jameson reproduziu o mesmo apagamento da história que ele postula ser a condição do pós-modernismo. Repetindo as célebres palavras de Hegel a respeito do cinza no cinza da filosofia, Jameson escreve: "A interpretação dialética é sempre retrospectiva, fala sempre da necessidade de um evento, por que ele *tinha* que acontecer do modo como aconteceu; e para que isso seja assim é preciso que o evento já tenha acontecido, que a história já tenha chegado ao fim"[64]. Posicionado dentro da heterogeneidade do pós-modernismo, Jameson descobre sua unidade naquilo que ele deslocou: no próprio modernismo, agora completamente canonizado e institucionalizado. Mas ele não reconhece que se trata de uma unidade *forjada*, forjada precisamente pela eliminação das perturbações ameaçadoras. Podado do espírito crítico e das resistências, o modernismo aparece para Jameson como o faz para as instituições: um modernismo derivado de um "imperativo das inovações de estilo"[65], um modernismo de sujeitos burgueses centralizados, um modernismo de *auteurs*[66]:

> Os grandes modernismos baseavam-se... na criação de um estilo pessoal e particular, tão inconfundível como a impressão digital, tão inimitável como o próprio corpo. Mas isso significa que, de algum modo, a estética modernista está organicamente ligada à ideia de um eu único e uma identidade particular, de uma personalidade e de uma individualidade única, da qual se espera que gere sua própria e única visão de mundo e forje seu estilo próprio, único e inconfundível[67].

Não podemos deixar de reconhecer nesta ênfase a propósito da individualidade autônoma a atual reinterpretação idealista do modernismo; o modernismo de Jameson é, na verdade, uma variante do expressionismo, e nesse aspecto é significativo que seus modelos sejam van Gogh, Munch e o expressionismo abstrato. Heartfield também não tem lugar aqui[68]. A versão de Jameson do modernismo é absolutamente compatível com a do museu pós-moderno.

"Quatro paredes, a luz vindo de cima, duas portas, uma de entrada, outra de saída" – de fato, James Stirling proporcionou a Markus Lüpertz o museu pós-moderno que ele desejava. Apesar do fato de que o museu de Stirling devesse abrigar um acervo de arte moderna e contemporânea, ele resolveu reproduzir a planta do museu de Schinkel. Nada nas práticas artísticas dos últimos 150 anos, evidentemente, sugeria a Stirling que a sequência de

HISTÓRIA PÓS-MODERNA **273**

James Stirling, Michael Wilford e Associados, Neue Staatsgalerie, Stuttgart, 1977-82, galerias do acervo permanente (foto de Richard Bryant).

galerias de pintura do século XIX teria que ser revista. Pois, quaisquer que fossem as diferenças entre o museu de Schinkel e o de Stirling – e naturalmente elas são inúmeras –, as partes do museu construídas para a instalação das obras de arte são praticamente idênticas. De fato, em mais uma de suas inteligentes piadas históricas, Stirling continuou a numeração das galerias que dão umas nas outras *en filade* a partir das da antiga Staatsgalerie, com as quais as galerias do acervo permanente do novo edifício se ligam. A ideia da arte como um *continuum* histórico ininterrupto que pode ser disposto em uma sequência de salas não é, nem por um segundo, interrompida. Quaisquer que sejam as rupturas por que tenha passado a arte assim concebida e institucionalizada, a atual museologia pós-moderna não as registrará como tais. E o mesmo vale para a própria arquitetura. Como diz uma ode a Stirling:

> É difícil encontrar outra construção que exprima com tal perfeição uma coerência linguística e uma fidelidade à sintaxe da *avant garde* mais radical do movimento modernista, e isso apesar do uso de várias citações históricas. Essas citações – neoclássicas, barrocas, corbusianas, construtivistas ou loosianas – tem um outro valor programático importante: elas demonstram como o ecletismo pode fazer uso das tradições recentes, e, assim, como o movimento modernista pode ser incluído no *continuum* histórico[69].

Quero concluir fazendo uma consideração a respeito da rotunda no centro do museu, pois esse elemento, acima de todos, força a comparação com o museu de Schinkel. Dado o tratamento diverso que o espaço teve nas mãos de Stirling, sua inacessibilidade a partir das salas do museu, e a paródia que ele faz da escultura clássica, seria difícil imaginar essa rotunda – ou pátio, uma vez que abre para o céu – como Schinkel imaginou a sua, ou seja, como um santuário. Mas o espírito idealista – ainda que, uma vez mais, enquanto farsa – não se deixa expulsar tão facilmente. Eis o que um crítico escreveu sobre a rotunda de Stirling:

> [Os] episódios de paródia arquitetônica, ainda que brilhantes, rapidamente correm para a retaguarda, onde, reverentes, convocamos a tomar a frente os poderosos sons da natureza que parecem emanar

James Stirling, Michael Wilford e Associados, Neue Staatsgalerie, Stuttgart, 1977-82, pátio (fotos de Richard Bryant).

276 SOBRE AS RUÍNAS DO MUSEU

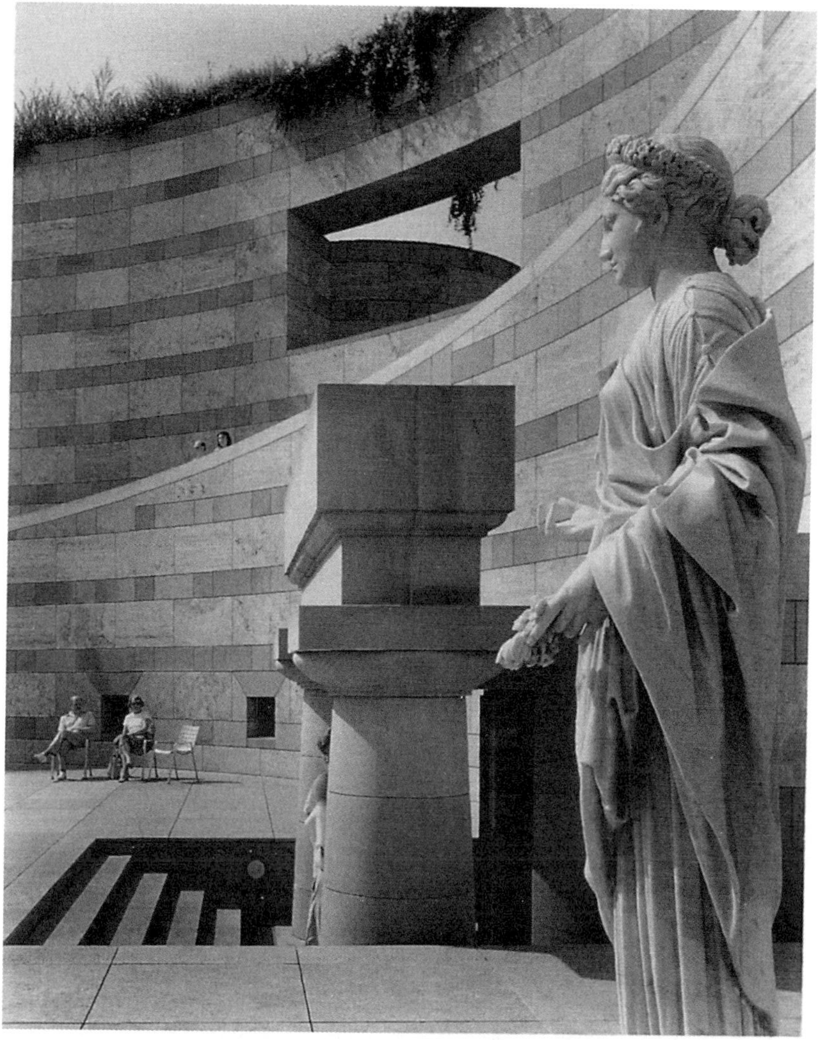

dos acordes de mármore que compõem o pátio circular. A rampa pode ser descrita como um *crescendo*, as aberturas no muro como um baixo contínuo, e o céu aberto como um coro. Mas eles não conseguem, por si próprios, explicar o som poderoso e telúrico que perpassa a câmara, como se viesse de uma gigantesca trompa montanhesa. Este pátio é uma das criações mais memoráveis que Stirling fez até hoje. Caminhar dentro dele é adentrar um domínio mágico onde a arquitetura se reduz ao essencial: o pátio é um cenário de procissão erguido no lugar em que o espírito da arquitetura desfila sua hierática figura.

À semelhança de Cameron – que ornou de vestes principescas os sonhos imperiais de uma São Petersburgo provinciana –, foi preciso mais uma vez um arquiteto britânico – o maior desde Luytens – para entoar com voz de mármore os legítimos anseios da alma alemã por uma câmara secular onde celebrar o *Te Deum* em serena grandeza. Habitam juntos, neste pátio, os espíritos de Biedermeier e Schinkel; se uma cultura hodierna devesse proclamar que suas aspirações estavam para sempre concretizadas, a Alemanha teria que apontar para este pátio. Ele é a reformulação do arquétipo recorrente do Panteão, mas são as nuvens passageiras que lhe servem de teto. Ao proporcionar uma estrutura monumental para inebriantes rituais, esse pátio apresenta-se como uma metáfora do espírito do edifício, elevando-o, com isso, ao sublime patamar de uma arquitetura memorável[70].

Embora não seja razoável responsabilizar Stirling pelas besteiras irresponsáveis que seus apólogos escrevem, quando ouvimos novamente essa história de anseios da alma alemã devemos nos conscientizar de que é a face mais medonha do idealismo que emerge. E deveríamos lembrar, nesse contexto, que o crítico americano Donald Kuspit escreveu algo semelhante sobre os novos pintores alemães – inclusive Markus Lüpertz –, afirmando que, porque "a arte ainda tem a força redentora de transformar a história", esses pintores "podem sinalizar uma nova liberdade alemã".

> Os novos pintores alemães prestam um extraordinário serviço ao seu povo. Eles conduzem o fantasma... do estilo, da cultura e da história da Alemanha à morada eterna, para que o povo possa pas-

sar por uma verdadeira renovação. Recebem coletivamente a oportunidade mítica de criar uma identidade nova... Conseguem libertar-se da identidade passada revivendo-a artisticamente[71].

Qualquer um que esteja acostumado ao discurso da direita alemã é capaz de identificar nessas palavras o equivalente cultural da proposta de "normalização" do governo democrata-cristão. Helmut Kohl e Franz Josef Strauss também desejam "prestar um extraordinário serviço ao povo alemão" com uma "transformação redentora da história" que se realiza, por exemplo, por intermédio de expedientes como a reconciliação simbólica de vítimas e carrascos do terror nazista nas cerimônias simultâneas de Bitburg e Bergen-Belsen de maio de 1985. Entre as consequências imediatas da "nova liberdade alemã" – a liberdade para esquecer a história recente – está o ressurgimento da xenofobia, que agora se manifesta não somente contra os judeus mas contra toda uma nova população de *Gastarbeiter* e refugiados políticos.

Em um texto fundamental em qualquer discussão sobre idealismo e materialismo, Marx dá uma resposta sucinta às noções de que se pode alcançar a liberdade através da "redenção": "Só é possível", escreveu, "alcançar a libertação real no mundo real, e fazendo uso de recursos reais... A 'libertação' não é uma ação mental, é uma ação histórica produzida pelas condições históricas..."[72].

Uma discussão menos destrutiva da rotunda da Neue Staatsgalerie sugeriu que ela consegue reconciliar o classicismo e o modernismo, na medida em que Stirling reinterpretou a rotunda de Schinkel através do planejamento espacial de Le Corbusier. A rotunda não é o foco principal do museu de Stirling, ao menos na medida em que se conceba o museu como um espaço dedicado à arte; pelo contrário, ela constitui-se em uma rachadura na planta do museu. Pode-se subir a rampa que fica na frente do museu, entrar no espaço da rotunda, contorná-la por um de seus lados e sair para a rua de cima sem nem entrar no próprio museu, enquanto para entrar no espaço vindo do interior do museu é preciso ziguezaguear até ela como se ela se encontrasse no centro de um labirinto. A rotunda não conta com nenhum acesso direto às galerias de arte[73]. A maneira erudita própria que Stirling usa para assinalar a reconciliação entre clássico e moderno está demonstrada em um desenho da rotunda. Empregando um estilo de representação emprestado de Mies van der Rohe, e não de Le Corbusier, Stirling aplicou em um desenho técnico uma colagem de fotografias de esculturas neoclássicas. A alusão traz à mente, no atual contexto, o pequeno e trivial ensaio de Philip Johnson intitulado "Schinkel and Mies"[74], no qual são elaboradas as mais superficiais comparações formalistas. "Pós-moderno" *avant la lettre*, Johnson sempre se preocupou em descolar o modernismo de sua história material e de seu projeto social, e é impossível não se perguntar se sua adoração por Schinkel desenvolveu-se simultaneamente e conjuntamente com sua admiração pelos mais cruéis e vigaristas dentre todos os idealistas, os nacional-socialistas. Afinal de contas, foram os nazistas os que primeiro ergueram uma nova versão do Altes Museum de Schinkel, a Haus der Deutschen Kunst de Paul Ludwig Troost.

Philip Johnson teve um papel decisivo na interpretação da história da arquitetura moderna como uma história de mestres construtores; ele tem um papel igualmente decisivo na reinterpretação dessa história a serviço do historicismo pós-moderno. Talvez valha a pena, portanto, refletir sobre o passado "reprimido" de Johnson à luz da atual discussão em torno desses dois edifícios. Ele encontrava-se em evidência quando os nazistas chegaram ao poder, e sua única preocupação parece ter sido se seu mentor Mies manteria ou não a posição de destaque no Estado fascista, cujos princípios gerais aparentemente não incomodavam Johnson:

> Seria artificial falar da situação da arquitetura na Alemanha nacional-socialista. O novo Estado enfrenta problemas tão formidáveis de reorganização que não pôde desenvolver um programa voltado para a arte e a arquitetura. Há somente algumas certezas. Primeiramente, *Die Neue Sachlichkeit* [com que Johnson parece referir-se à Bauhaus] acabou. Casas que se parecem com hospitais e fábricas são um tabu. Mas também estão condenadas as fileiras de casas que quase viraram uma marca registrada das cidades alemãs. São todas muito parecidas, sufocando o individualismo. Em segundo

HISTÓRIA PÓS-MODERNA **281**

Karl Friedrich Schinkel, Altes Museum, Berlim, 1823-30 (foto c. 1910, cortesia do Landesbildstelle, Berlim).

Paul Ludwig Troost, Das Haus der Deutschen Kunst, Munique, 1937 (foto de Jaeger & Goergen feita para a publicação nazista *Architektur und Bauplastik der Gegenwart*, 1938, de Werner Rittich).

lugar, a arquitetura será portentosa. Ou seja, no lugar de casas de banho, Siedlungen, agências de emprego e coisas desse tipo, estações ferroviárias, museus comemorativos e monumentos erguidos pelo poder público. O atual regime está mais interessado em deixar registrada sua grandeza do que em proporcionar condições de saúde para os trabalhadores.

Para Johnson, Mies era a pessoa talhada para o cargo:

Mies sempre se manteve afastado da política e sempre se posicionou contra o funcionalismo. Ninguém pode acusar Mies de fazer casas que se parecem com fábricas. Dois fatores em particular tornam possível a indicação de Mies como o novo arquiteto. Primeiro: Mies é respeitado pelos conservadores. Nem mesmo a Kampfbund für Deutsche Kultur tem algo contra ele. Segundo: Mies acabou de ganhar (juntamente com outros quatro) o concurso para a construção do novo edifício do Reichsbank. O júri era composto por arquitetos mais velhos e por representantes do banco. Se (e este *se* pode ser longo) Mies vier a construir esse edifício, terá garantido sua posição.

Um bom e moderno Reichsbank satisfaria a ânsia de monumentalidade, mas, acima de tudo, provaria aos intelectuais alemães e ao estrangeiro que a nova Alemanha não pretende destruir todas as magníficas artes modernas erguidas nos últimos anos[75].

A repulsa moral provocada pela leitura de Johnson não é, a meu ver, incompatível com um posicionamento *político* contrário ao pós-modernismo reacionário que ele passou a representar. Pois essa repulsa moral tem origem na decisão de conhecer o significado da história. É em relação a esse ponto que me sinto incomodado com a insistência de Jameson, em seus ensaios sobre o pós-modernismo, de pôr em campos opostos a análise política e aquilo que ele chama de "antigos hábitos da esquerda de emitir julgamentos político-moralizantes nos quais se concebe que a principal atividade do crítico de esquerda é simplesmente 'decidir' se as obras são progressistas ou reacionárias, contestadoras e de oposição ou uma reprodução do sistema e um reforço de suas ideologias formais"[76]. Jameson certamente tem razão de insistir em uma leitura dialética do pós-modernismo, uma leitura que possa dar conta tanto de suas características progressistas como das reacionárias. Mas, a menos que, ao formular nossas teorias, estejamos extremamente atentos tanto às práticas históricas como às práticas contemporâneas que podem ser consideradas propriamente materialistas – no sentido claro que Marx dá ao termo –, corremos o risco de colaborar com a concepção idealista de história e com a consequente marginalização da resistência que o "outro" pós-modernismo – o do museu pós--moderno – prenuncia.

Notas

1. Markus Lüpertz, "Art and Architecture", em *New Museum Buildings in the Federal Republic of Germany* (Frankfurt, 1985), p. 31, 33 (tradução modificada).
2. Na página oposta à página de rosto do catálogo há uma relação das empresas patrocinadoras da exposição, todas sediadas na Alemanha, seguida da seguinte observação: "A exposição recebeu uma generosa ajuda financeira do governo da República Federal da Alemanha através do Ministério das Relações Exteriores. A Real Academia das Artes agradece também o governo de Sua Majestade pela ajuda ao concordar em prover o seguro da exposição de acordo com a Lei do Patrimônio Nacional de 1980". Ver *German Art in the 20th Century*, Christos M. Joachimides (org.), Norman Rosenthal e Wieland Schmied (Londres e Munique, 1985).
3. O subtítulo da exposição, *Pintura e Escultura 1905-1985*, indica uma das justificativas, dificilmente restrita a essa mostra, da exclusão de práticas mais declaradamente políticas ou, aliás, de quaisquer práticas que problematizassem a tese expressionista da mostra: é claro que a obra de Hartfield é fotomontagem, e não pintura ou escultura, e, embora a exposição incluísse alguns poucos exemplos de fotomontagem de Hannah Höch e Raoul Hausmann, o dadaísmo alemão estava representado na exposição de modo decepcionante pelas pinturas de Max Ernst e pelas obras de Kurt Schwitters que não tinham característica de pintura. Foi organizado um colóquio, em conjunto com a exposição de Londres, para apresentar a exposição e seu catálogo. Seus anais estão em *The Divided Heritage: Themes and Problems in German Modernism*, Irit Rogoff, org. (Cambridge, Inglaterra, Cambridge University Press, 1991); ver em especial Rosalyn Deutsche, "Representing Berlin: Urban Ideology and Aesthetic Practice", p. 309-40.
4. Karl Marx, *The 18th Brumaire of Louis Bonaparte* (Nova York, International Publishers, 1963), p. 15.
5. Lüpertz, "Art and Architecture", p. 32.
6. Carl Friedrich von Rumohr, *Italienische Forschunge*, 3 vols. (Berlim e Stettin, 1827-1831). Ver também a última edição, publicada com uma introdução, intitulada "Carl Friedrich von Rumohr als Begründer der neuren Kunstforschung", de Julius Schlosser (Frankfurt, 1920).
7. Carl Friedrich von Rumohr, *Geist der Kochkunst* (Leipzig, 1822; reimpressa em Frankfurt em 1978).
8. "Somente a Alemanha poderia elaborar a filosofia especulativa do direito, essa *ideia* abstrata e extravagante do Estado moderno em que a realidade deste continua a fazer parte de um outro mundo (mesmo se este outro mundo nada mais é que o outro lado do Reno). Inversamente, a concepção *alemã* do Estado moderno, que omite o *homem real*, só foi possível porque e na medida em que o próprio Estado moderno omite o *homem real* ou satisfaz o todo de modo puramente imaginário. Os alemães *pensaram* na política o que outras nações *fizeram*." (Karl Marx, "Critique of Hegel's Philosophy of Right. Introduction" [1843-44], em *Karl Marx: Early Writings*, trad. de Rodney Livingstone e Gregor Benton [Nova York, Vintage Books, 1975], p. 250, grifos do original.)

9. Mais da metade do primeiro volume da edição original de *Italienische Forschungen* é dedicada a dois ensaios sobre teoria estética: "Haushalt der Kunst", p. 1-133, e "Verhältnis der Kunst zur Schönheit", p. 134-54.
10. Von Rumohr, *Italienische Forschungen*, p. 13; citado e traduzido em Michael Podro, *The Critical Historians of Art* (New Haven, Yale University Press, 1982), p. 28.
11. "Embora as teorias da arte usem com frequência a palavra 'Ideia', ainda assim excelentes especialistas em arte têm se mostrado, por sua vez, particularmente hostis a essa expressão. O último e mais interessante exemplo disso é a polêmica presente na obra *Italienische Forschungen de* von Rumohr. Ela parte do interesse prático na arte e nunca atinge de modo algum aquilo que chamamos de Ideia. Pois von Rumohr, desconhecendo o que a filosofia de hoje chama de 'Ideia', confunde a Ideia com uma ideia indeterminada e com o abstrato ideal descaracterizado de teorias e escolas artísticas conhecidas – um ideal que é exatamente o oposto das formas naturais, completamente delineadas e determinadas em sua verdade; e ele compara essas formas, de modo favorável a elas, com a Ideia e com o ideal abstrato que o artista deve construir para si próprio a partir de seus próprios recursos. É claro que está errado produzir obras de arte segundo essas abstrações – e é exatamente tão insatisfatório como quando um pensador tem ideias vagas e, em seu pensar, não vai além de um conteúdo puramente vago. Feita essa correção, o que *nós* queremos dizer com a palavra Ideia é algo livre sob todos os aspectos, pois a Ideia é completamente concreta em si própria, é uma totalidade de características, e só é bela enquanto é imediatamente una com a objetividade adequada a si própria." (G. W. F. Hegel, *Aesthetics: Lectures on Fine Arts*, vol. 1, trad. de T. M. Knox [Oxford, The Clarendon Press, 1975], p. 107.)
12. Hegel distingue dois modelos de conhecimento da arte, conhecimento empírico e teoria abstrata, sendo que a última ficou ultrapassada: "Somente o conhecimento da história da arte conservou seu valor permanente... Sua tarefa e sua vocação consistem na apreciação estética das obras de arte independentes e no conhecimento das circunstâncias históricas que condicionam externamente a obra de arte... Esta maneira de tratar o objeto não busca, especificamente, a teorização, embora geralmente possa, de fato, preocupar-se com princípios e categorias abstratos, e possa vir a dar neles sem ter a intenção; mas se a pessoa não deixa que isso sirva de obstáculo, e mantém diante dos olhos somente as manifestações concretas, ela fornece uma filosofia da arte que tem exemplos e autenticações tangíveis, em cujos detalhes históricos específicos a filosofia não pode entrar" (ibid., p. 21). Como para Hegel a Ideia está presente no específico concreto, ele tanto rejeita a ideia universal abstrata como situa tal importância no conhecimento empírico, como as pesquisas de von Rumohr. A discussão que ele faz da pintura italiana está profundamente baseada em von Rumohr. Ver, em especial, *Aesthetics*, vol. 2, p. 875 ss.
13. Ver Paul Seidel, "Zur Vorgeschichte der Berliner Museen; der erste Plan von 1797", *Jahrbuch der Preussischen Kunstsammlungen* 49 (1928), suplemento 1, p. 55-64.
14. Ver, por exemplo, a introdução de Friedrich Stock para "Rumohr's Briefe an Bunsen: Über Erwerbungen für das Berliner Museum", *Jahrbuch der Preussischen Kunstsammlungen* 46 (1925), suplemento, p. 1-76. Antes de escolher Wilhelm von Humboldt para liderar a comissão do museu em 1829, Frederico Guilherme III pensara em von Rumohr para o cargo; ver R. Schöne, "Die Gründung und Organisation der Königlichen Museen", em *Zur Geschichte der Königlichen Museen in Berlin: Festschrift zur Feier ihres fünfzigjährigen Bestehens am 3. August 1880* (Berlim, 1880), p. 31-58.
15. Para o relato do próprio von Rumohr sobre seu papel, ver, de sua autoria, *Drey Reisen nach Italien* (Leipzig, 1832), p. 258-302. Entre os diversos aspectos excepcionais do Museu de Berlim estava a intenção, estimulada pelos historiadores da arte profissionais existentes entre seus fundadores (isto, também, é excepcional, pois a maioria dos museus antigos havia sido fundada por artistas e/ou burocratas do Estado), de representar uma história completa da arte. Tendo isso em vista, os acervos reais da Prússia foram enriquecidos com a aquisição de dois importantes acervos privados, o Giustiniani, em 1815, e o Solly, em 1821, bem como com as aquisições individuais feitas por von Rumohr. Na seleção final para a instalação de abertura do Museu de Berlim, em 1830, vieram 677 pinturas do acervo Solly, 73 do Giustiniani, 346 das diversas residências do rei, e 111 eram novas aquisições feitas expressamente para o museu. Assim, os acervos reais da Prússia representavam menos de um terço do total de quadros.

16. G. W. F. Hegel, *Philosophy of Right*, trad. de T. M. Knox (Londres, Oxford University Press, 1967), p. 13.
17. Foi Sulpiz Boisserée que investiu Altenstein "der philosophierende Minister". O posto de Altenstein era, exatamente, Minister für Geistliche- Unterrichts-, und Medizinangelegenheiten.
18. Gustav Friedrich Waagen, *Uber Hubert und Johann von Eyck* (Breslau, 1823).
19. Ver Alfred Woltmann, "Gustav Friedrich Waagen, eine biographische Skizze", em Gustav Friedrich Waagen, *Kleine Schriften* (Stuttgart, 1875), p. 1-52.
20. Alois Hirt, "Italienische Forschungen von C. F. von Rumohr. Dritter Theil", *Jahrbücher für wissenschaftliche Kritik* (Berlim), nº. 112-4 (dezembro de 1831), p. 891-911.
21. Gustav Friedrich Waagen, *Der Herr Hofrath Hirt als Forscher über die neuere Malerei in Erwiderung seiner Recension des dritten Theils der italiensichen Forschungen des Herrn C. F. von Rumohr* (Berlim e Stettin, 1832). Hirt respondeu ao livro de Waagen com outro de sua própria autoria: Alois Hirt, *Herr Dr. Waagen und Herr von Rumohr als Kunstkenner* (Berlim, 1832).
22. Hirt fizera parte, originalmente, da comissão do museu, mas após uma série de conflitos – particularmente os relacionados à planta de Schinkel de 1823 – foi finalmente afastado da comissão em abril de 1826; seu substituto foi Waagen.
23. Ver Paul Ortwin Rave, *Karl Friedrich Schinkel. Berlin, erster Teil: Bauten für die Kunst, Kirchen, Denkmalpflege* (Lebenswerk) (Berlim, 1941), p. 55. Ver também Beat Wyss, "Klassizismus und Geschichtsphilosophie im Konflikt. Aloys Hirt und Hegel", em *Kunsterfahrung und Kulturpolitik im Berlin Hegels, Hegel Studien*, Otto Pöggeler e Annemarie Gethmann-Siefert (orgs.), suplemento 22 (Bonn, 1983), p. 117. O artigo de Wyssel – assim como aspectos gerais desse livro – foi particularmente importante para meu texto. Esta edição especial de *Hegel Studien* reúne as comunicações apresentadas em um simpósio que teve lugar em Berlim, em 1981, em conjunto com a exposição *Hegel em Berlim*, que foi organizada pela Staatsbibliothek Preussischer Kulturbesitz em conjunto com o Hegel-Archiv der Ruhr Universität Bochum e o Goethe-Museum Düsseldorf, por ocasião dos 150 anos da morte de Hegel.
24. "FRIDERICVS GVILELMVS III STVDIO ANTIQVITATIS OMNIGENAE ET ARTIVM LIBERALIVM MVSEVM CONSTITVIT MDCCCXXIII." Minha versão em inglês é a tradução daquilo que Hirt apresenta em alemão como sendo o significado do texto em latim: "Friedrich Wilhelm III. stiftete das Museum für das Studium alterhümlicher Gegenstände jeder Gattung und der freien Künste" ("Bericht des Hofraths Hirt vom 21. December 1827 an Seine Majestät den König, über die Inschrift auf dem Königlichen Museum in Berlin", em *Aus Schinkels Nachlass. Reisetagebücher, Briefe und Aphorismen*, vol. 3, Alfred von Wolzogen [org.] [Berlim, 1863], p. 277).
25. Os documentos relativos à inscrição aparecem em Wolzogen, *Aus Schinkels Nachlass*, vol. 3, p. 271-83.
26. Ibid., p. 275-6.
27. "Ao lê-lo agora, naturalmente ligamos os genitivos *antiquitatis omnegenae et liberalium artium* com *studio*, surpreendendo-nos bastante, mais adiante, quando deparamos com *museum*. Ficamos sem saber se os genitivos anteriores pertencem a este, a *studio* ou se devem ser divididos entre os dois, ou se, como parece ser a intenção, *studio* está subordinado a *museum*... Além do mais, se *antiquitatis* significa aqui simplesmente o que é antigo, então *omnigenae* não pode acompanhá-la. Se, em vez disso, o termo significa objetos antigos, deve-se então empregar o plural *antiquitates*, sendo incorreto o singular *antiquitas*." ("Gutachten des Staatsraths Süvern über die Inschrift am Museum vom 15. October 1827", em Wolzogen, *Aus Schinkels Nachlass*, vol. 3, p. 273.)
28. "Friedrich Wilhelm III., denen Werken Bildender Kuenste, ein Denkmal des Friedens, erbauet im Jahre 1829" ("Gutachten Ludwig Tiecks über die Inschrift", em Wolzogen, *Aus Schinkels Nachlass*, vol. 3, p. 274.)
29. "Fridericus Guilelmus III. Rex signis. tabulisque arte. vetustate. eximiis. collocandis thesaurum exstruxit. A. MDCCCXXVIII" (Gutachten der historisch-philologishen Klasse der Academie vom 21. December 1827 wegen der Inschrift am Museum", em Wolzogen, *Aus Schinkels Nachlass*, vol. 3, p. 282.)
30. "A palavra *museum* designava, entre os antigos, um estabelecimento no qual estudiosos de diversas áreas moravam juntos, despreocupadamente, em contato uns com os outros para de-

senvolver as ciências. Assim era o instituto de Ptolomeu de Alexandria, modelo das academias e sociedades de sábios de hoje. Junto com a residência do rei e uma grande biblioteca, havia um amplo edifício de apartamentos para os membros da sociedade de sábios, uma grande sala de reuniões, colunas e jardins." ("Bericht des Hofrath Hirt", em Wolzogen, *Aus Schinkels Nachlass*, vol. 3, p. 277.)

31. "Ao longo de toda a Antiguidade, só eram designados por este termo os lugares que se dedicavam à ciência e ao estudo da ciência, nunca os lugares definidos como depósito de objetos arqueológicos e artísticos. O Museu de Alexandria, a mais antiga e importante instituição pública a portar esse nome, era um estabelecimento singular no qual vivia um número determinado de estudiosos mantidos com recursos públicos. Viviam ali sem ser incomodados, ocupando-se das ciências com o suporte de uma grande biblioteca – uma espécie de academia, portanto." ("Gutachten des Staatsraths Süvern", em Wolzogen, *Aus Schinkels Nachlass*, vol. 3, p. 272.)

32. Ver Wyss, "Klassizismus und Geschichtsphilosophie", p. 116.
33. Ver Karl Marx, "Critique of Hegel's Philosophy of Right", p. 243-57, e "On the Jewish Question", em *Karl Marx: Early Writings*, p. 211-41.
34. Ver Rave, *Karl Friedrich Schinkel*, p. 14.
35. Ibid., p. 13.
36. Ver Paul Ortwin Rave, "Schinkels Museum in Berlin oder die klassische Idee des Museums", *Museumskunde* (Berlim) 29, n° 1 (1960), p. 8.
37. Para uma descrição detalhada das plantas e dos custos, ver "Schinkels Bericht an Seine Majestät den König vom 8. Januar 1823" e "Erläuterungen zu dem beifolgenden Projekte in fünf Blatt Zeichnungen für den Bau eines neuen Museums am Lustgarten", em Wolzogen, *Aus Schinkels Nachlass*, vol. 3, p. 217-32.
38. Ver "Konferenz-Protokoll der Museums-Bau-Commission, vom 4. Februar 1823", em Wolzogen, *Aus Schinkels Nachlass*, vol. 3, p. 235-40.
39. "Gutachten des Hofraths Hirt, vom 4. Februar 1823, über den neuen Entwurf des Königlichen Museums in dem Lustgarten; als Beilage zu dem Protokoll der heutigen Verhandlung der Commission", em Wolzogen, *Aus Schinkels Nachlass*, vol. 3, p. 241-3.
40. Para uma discussão do debate sobre a inclusão das esculturas de gesso no museu, ver G. Platz-Horster, "Zur Geschichte der Berliner Gipssammlung", em *Berlin und die Antike* (catálogo da exposição) (Berlim, 1979). O fato de o Antikenkabinet e a Kunstkammer não terem tido importância nenhuma na formação dos acervos do Museu de Berlim desmente a ideia frequentemente difundida de que o museu de arte tal como o conhecemos evoluiu de antigas modalidades de acervo, como os *cabinets des curiosités* e as *Wunderkammern*. Para a discussão básica das antigas instituições de colecionadores consideradas como protótipos dos museus modernos, ver Julius Schlosser, *Die Kunst- und Wunderkammern der Spätrenaissance. Ein Beitrag zur Geschichte des Sammelwesens* (Leipzig, 1908). Para uma descrição da formação e do conteúdo da *Kunstkammer* de Berlim, ver Christian Theuerkauff, "The Brandenburg *Kunstkammer* in Berlin", em *The Origins of Museums: The Cabinet of Curiosities in Sixteenth- and Seventeenth-Century Europe*, Oliver Impery e Arthur MacGregor (orgs.) (Oxford, The Clarendon Press, 1985), p. 110-4.
41. Ver "Schinkels Votum vom 5. Februar 1823 zu dem Gutachten des Hofraths Hirt", em Wolzogen, *Aus Schinkels Nachlass*, vol. 3, p. 244-9.
42. Ibid., p. 244.
43. "Hirts Bericht an den König vom 15. Mai 1824", em Wolzogen, *Aus Schinkels Nachlass*, vol. 3, p. 253.
44. Para as teorias de Hirt sobre a arquitetura, ver Alois Hirt, *Die Baukunst nach den Grundsätzen der Alten*, 3 vols. (Berlim, 1809).
45. Para a discussão do debate sobre o funcionalismo entre Schinkel e Hirt, ver Hans Kauffman, "Zweckbau und Monument: Zu Friedrich Schinkels Museum am Berliner Lustgarten", em *Eine Freundesgabe der Wissenschaft für Ernst Hellmut Vits*, Gerhard Hess, org. (Frankfurt, 1963), p. 135-66.
46. Karl Friedrich Schinkel, "Aphorismin", em Wolzogen, *Aus Schinkels Nachlass*, vol. 2, p. 207, citado em Kauffman, "Zweckbau und Monument", p. 138.

47. "Gutachten der historische-philolgischen Klasse", em Wolzogen, *Aus Schinkels Nachlass*, vol. 3, p. 283.
48. Ver Wyss, "Klassizismus und Geschichtsphilosophie", p. 126-7.
49. Hegel, *Aesthetics*, vol. 1, p. 517; citado em Wyss, "Klassizismus und Geschichtsphilosophie", p. 126.
50. *Hegel on the Arts* (uma condensação da *Aesthetics*), trad. de Henry Paolucci (Nova York, Frederick Ungar, 1979), p. 37-8.
51. "Schinkels Votum vom 5. Februar 1823", em Wolzogen, *Aus Schinkels Nachlass*, vol. 3, p. 244.
52. "Schinkel und Waagen über die Aufgaben der Berliner Galerie" (1828), em Friedrich Stock, "Urkunden zur Vorgeschichte des Berliner Museums", *Jahrbuch der Preussischen Kunstsammlungen* 51 (1930), p. 206.
53. De fato, embora tanto Waagen como von Rumohr procurassem reconduzir a obra de arte a sua especificidade histórica, suas teorias da arte, completamente mergulhadas no idealismo alemão, desmentiram seus propósitos. Ver Heinrich Dilly, *Kunstgeschichte als Institution: Studien zur Geschichte einer Disziplin* (Frankfurt, Suhrkamp, 1979).
54. Hegel, *Aesthetics*, vol. 1, p. 10.
55. Ibid., p. 11.
56. Os textos da reunião estão no *The Art Journal* 46, n? 4 (inverno de 1987).
57. Fredric Jameson, texto datilografado, 1986; as observações de Jameson não foram publicadas no *The Art Journal*.
58. Peter Bürger, *Theory of the Avant-Garde*, trad. de Michael Shaw (Mineápolis, University of Minnesota Press, 1984).
59. Na verdade, as objeções de Jameson à simples oposição entre idealismo e materialismo feita por mim baseiam-se em sua concepção do papel do materialismo naquilo que ele chama de historiografia dialética, que é o termo usado por ele para descrever a proposta de Manfredo Tafuri, mas o qual, penso, ele também considera como o princípio que orienta sua própria obra sobre o pós-modernismo. Há, em seu ensaio sobre Tafuri, uma passagem semelhante à crítica que ele faz de meu texto: "O *slogan* do 'materialismo' tornou-se novamente agora um eufemismo muito popular do marxismo: tenho meus próprios motivos para me opor a esta moda ideológica específica da esquerda atual: superficial e desonesto como uma espécie de solução de frente popular para enfrentar as tensões muito concretas entre o marxismo e o feminismo, o *slogan* também me parece extremamente enganador como sinônimo do próprio 'materialismo histórico', uma vez que o conceito mesmo de 'materialismo' é um conceito burguês do Iluminismo (mais tarde positivista) e passa inevitavelmente a impressão de um 'determinismo pelo corpo', e não, como na verdadeira dialética marxista, um 'determinismo pelo modo de produção'" (Fredric Jameson, "Architecture and the Critique of Ideology", em *Architecture Criticism Ideology*, Joan Ockman (org.) [Princeton, Princeton Architectural Press, 1985], p. 60). A ideia de Jameson de que um certo tipo de idealismo pode ter resultados progressistas, e mesmo revolucionários, deriva de sua leitura da noção de contra-hegemonia de Gramsci, na qual, sob a hegemonia capitalista, apenas a "ideia" das condições alternativas pode se manter viva.
60. Fredric Jameson, "Postmodernism, or The Cultural Logic of Late Capitalism", *New Left Review*, n? 146 (julho-agosto de 1984), p. 53-92. Uma primeira versão deste ensaio é "Postmodernism and Consumer Society", em *The Anti-Aesthetic: Essays on Postmodern Culture*, Hal Foster (org.) (Port Townsend, Wash., Bay Press, 1983), p. 111-25. Ver também, de sua autoria, "Hans Haacke and the Cultural Logic of Postmodernism", em *Hans Haacke: Unfinished Business*, Brian Wallis (org.) (Cambridge, Mass., The MIT Press, 1986), p. 38-51.
61. Mike Davis, "Urban Renaissance and the Spirit of Postmodernism", *New Left Review*, n? 151 (maio-junho de 1985), p. 107-8.
62. Dan Latimer, "Jameson and Post-Modernism", *New Left Review*, n? 148 (novembro-dezembro de 1984), p. 127.
63. Jameson, "Cultural Logic", p. 57.
64. Jameson, "Architecture and the Critique of Ideology", p. 59.
65. Jameson, "Cultural Logic", p. 54.
66. Ibid., p. 53. Ver também Jameson, "Architecture and the Critique of Ideology", p. 75.

67. Jameson, "Postmodernism and Consumer Society", p. 114.
68. O dadaísmo de Berlim representa um dos momentos mais profundamente politizados da prática estética modernista; Heartfield extraiu dessa prática suas conclusões mais radicais ao posicionar sua obra nitidamente dentro da luta contra o fascismo. Portanto, é fundamental que os críticos culturais de esquerda não desconsiderem o dadaísmo como uma "irreverência superficial". Ver Jameson, "Hans Haacke", p. 38.
69. Oriol Bohigas, "Turning Point", The Architectural Review 176, n? 1.054 (dezembro de 1984), p. 36.
70. Emilio Ambasz, "Popular Pantheon", The Architectural Review 176, n? 1.054 (dezembro de 1984), p. 35.
71. Donald Kuspit, "Flak from the 'Radicals': The American Case against Current German Painting", em New Art from Germany (St. Louis, The Saint Louis Art Museum, 1983), p. 46.
72. Karl Marx e Frederick Engels, The German Ideology (Nova York, International Publishers, 1970), p. 61.
73. Ver Alan Colquhoun, "Democratic Monument", The Architectural Review 176, n? 1.054 (dezembro de 1984), p. 19-22.
74. Philip Johnson, "Schinkel and Mies", em Program (Escola de Arquitetura de Colúmbia, primavera de 1962), p. 14-34.
75. Philip Johnson, "Architecture in The Third Reich", Hound and Horn, n? 7 (outubro-dezembro de 1933), p. 137, 139.
76. Jameson, "Hans Haacke", p. 39.

Matisse, Marrocos, Lápis sobre Papel

Sargent, 1990

Museo del Teatro

CRÉDITOS

Versões destes ensaios foram publicadas anteriormente:

"On the Museum's Ruins" – *October*, n.º 13 (verão de 1980).
"The Museum's Old, the Library's New Subject" – *Parachute*, n.º 22 (primavera de 1981).
"The End of Painting" – *October*, n.º 16 (primavera de 1981).
"The Photographic Activity of Postmodernism" – *October*, n.º 15 (inverno de 1980).
"Appropriating Appropriation" – Em *Image Scavengers: Photography* (Filadélfia, Instituto de Arte Contemporânea, Universidade da Pensilvânia, 1982).
"Redefining Site Specificity" – Em *Richard Serra: Sculpture* (Nova York, Museu de Arte Moderna, 1986).
"This Is Not a Museum of Art" – Em *Marcel Broodthaers* (Mineápolis, Walker Art Center, 1989).
"The Art of Exhibition" – *October*, n.º 30 (outono de 1984).
"The Postmodern Museum" – *Parachute*, n.º 46 (março, abril e maio de 1987).

ÍNDICE REMISSIVO

Os números das páginas em itálico indicam ilustrações.

A Arte Alemã no Século XX (exposição), 253
A Arte dos Anos 20 (exposição), 59-62, *61*, 70-1
Açafrão (Rauschenberg), 54
Adams, Ansel, 60, 65-6
Adorno, Theodor, 41
Aids, e arte, 23-6
Altamira, pinturas nas cavernas de, 84, 89, 91
Altenstein, Karl von, 258
Altes Museum, Berlim. *Ver* Museu de Berlim
Althusser, Louis, 167n, 235, 246-7n
Amplitude e diversidade da brigada de Ludwig (Haacke), *245n*
Anderson, Laurie, 101
Andre, Carl, 58n, 137-8, 140
Apelo dos artistas contra a intervenção dos EUA na América Central, 228, 242
Apropriação, 5-10, 27-9, 54-5, 108-13, 115-24, 229

Aragon, Louis, 77
Arco inclinado (Serra), 30n, 134-6, 158-65, 161-2, 165n, 168n
Arcos distendidos (Serra), 143
Arquitetura, 150-1
  e pós-modernismo, 116-22, 249-83
"Art and Politics" (Kramer), 230
Arte
  autonomia da, 14-7, 20-2, 69-72, 77-8, 91, 211, 220-1, 225-6, 268-9
  e política, 78, 81, 139, 151-6, 165 225-30, 236, 244, 251-3, 254-5
  e prática social, 18-28, 30-2n, 212-4, 216-20, 226-7, 254-5
  elemento humano da, 62-3, 84-8, 104, 107-8, 140
  história da, 14, 45, 91, 101-3, 232-4, 258, 284-5n (*ver também* Revisionismo)
  in situ, 90-1, 95-6 (*ver também* Especificidade de espaço)
Arte ativista, 23-5, 212-4
Arte conceitual, 78, 80, 239-40. *Ver também* Broodthaers, Marcel

"Arte e arquitetura" (Lüpertz), 251
Arte & Ideologia (exposição), 230, 245n
Arte em terra, 80, 148, 240
Arte minimalista, 17-8, 78, 85, 100, 104, 138-9, 141
Arte performática, 100-1
Arte pública, 141-5, 151-65
Asher, Michael, 138
AT&T, 241
Atget, Eugène, 104
"Atrasando o relógio: arte e política em 1984" (Kramer), 227
Aura, 54, 87, 101-8, 122, 218
  das fotografias, 102-8, 112-3
Autenticidade. *Ver* Aura
Ave do paraíso (Mapplethorpe), *120*

Balanço Internacional da Nova Pintura e da Nova Escultura Recentes, Um (exposição), 238-41, 247n
Barr, Alfred, 59, 230-8, 246-7n
Barthes, Roland, 106, 110, 115
Bartlett, Jennifer, 83
Baselitz, Georg, 253
Baudelaire, Charles, 187
Baumgarten, Lothar, 253
Bazin, André, 59
Beardsley, John, 157
Beato, Felice, 67
Becher, Bernd, 253
Becher, Hilda, 253
Benjamin, Walter, 19, 22, 54, 101-6, 178-82, 187-9, 192, 193-6, 203-4n, 208, 218
Beuys, Joseph, 205n
Biblioteca Pública de Nova York, 66-7, 71
Bibliotecas, 46-8, 67-8, 72
Bicicleta (Rauschenberg), 54
Bienal de Whitney de 1979 (exposição), 92

Bloco de Berlim para Charlie Chaplin (Serra), 167n, 251, 252
Boice, Bruce, 63, 74
Borges, Jorge Luís, 196
Bouguereau, Adolphe William, 42
Boullée, Etienne-Louis, 116
Bouvard e Pécuchet (Flaubert), 46-50
Brancusi, Constantin, 59
Braque, Georges, 95
Brodovich, Alexei, 236
Broodthaers, Marcel, 177-8, 182-202, 204-6n, 218, 254
Buchloh, Benjamin, 183, 204-5n, 215, 230-5, 246-7n
Buren, Daniel, 58n, 77-81, *79*, 84, 87, 95-7, *96*, 138-9, 187, 214, 254
Bürger, Peter, 20-3, 268

Cabinets des curiosités, 19, 198, 286
Caillebotte, Gustave, 58n
Cais em espiral (Smithson), 147
Caixa de isolamento (Granada). Ver Caixa de isolamento dos EUA, Granada
Caixa de isolamento dos EUA, Granada (Haacke), 228-30, *229*
Capa, Robert, 68
Capitalismo, 269-71
Carjat, Etienne, 68
Cartier-Bresson, Henri, 68
Certificado de centenário, Museu Metropolitano de Arte (Rauschenberg), 55, 57, *56*
Charles (Mapplethorpe), *9*
Charnay, Désiré, 67
Cincinnati Contemporary Arts Center, 8
Circuito (Serra), 142-3, *144*
Cladders, Johannes, 184
Classificação, 48-50, 67-8, 71-2, 195-8, 234
Colecionadores, oposto dos, 178-82, 192

ÍNDICE REMISSIVO **297**

Coleções, 19, 177-82, 197-200, 261-2, 286n
Collaborative Projects, Inc. (Colab), 212
Conhecimento e poder, 45, 65, 136, 200, 202, 205-6n
Coppola, Francis Ford, 242
Corcoran Gallery (Washington, D.C.), 8
Coubert, Gustave, 184

Dadá, 232-3, 287-8n
Danny (Kybartas), 26
Daqui para lá (Lawler), *46*
Darboven, Hanne, 253
David, Jacques-Louis, 184
Davis, Douglas, 69, 74-5n
Davis, Mike, 269-71
Degas, Edgar, 3-6
Degrau (Serra), 143
Déjeuner sur l'Herbe (Manet), 46
Delacroix, Eugène, 67
Delaroche, Paul, 85
Delta, série, (Ryman), 86
Democratas-cristãos (Alemanha), 151-8, 165-7n, 278-9
Depois de Daguerre: Obras de Arte da Biblioteca Nacional (exposição), 72
Deutsches Architekturmuseum (Frankfurt), 251
Diamond, William J., 165-6n, 168n
Dior, Christian, 68
Disdéri, Adolphe-Eugène, 74
Diversos objetos coloridos dispostos lado a lado para compor uma fileira de diversos objetos coloridos (Weiner), 216, *217*
Documenta 5 (exposição), 188, 201-2
Documenta 6 (exposição), 152
Documenta 7 (exposição), 6, 208-12, 214-20, 238

Dois Esgrimistas (Goldstein), 101, *102*
Donato, Eugenio, 48, 58n
Drexler, Arthur, 242
Du Camp, Maxime, 67
Duchamp, Marcel, 60, 63-4, 85, 97, 193, 195, 232-3
Duchenne de Boulogne, Guillaume, 67

Edifício da Administração Pública de Portland (Graves), 116-7, *119*
El Salvador, 247-8n
Elevador (Serra), 143, *144*
Engels, Friedrich, 203-4n
Entre 4 (exposição), 189
Entrega (Longo), 101
Ernst, Max, 283n
Esboço para uma lição de geografia (Sekula), 245n
Escola de Frankfurt, 22, 30-1n
Escultura, 133-65. *Ver também* Arte minimalista e pós-modernismo, 17-9
Espaços de exposição. *Ver também* Museus
 autonomia dos, 210-2, 214-7, 253-4, 265-6
 crítica dos, 142-7, 216-9, 222-3, 225-6, 232-3
Especificidade de localização, 18, 133-65 passim
Espectador. *Ver* Observador
Espelho grande (Duchamp), 60
Estaca (Serra), *135*
Estilo (conceito da história-da-arte), 51-2, 90, 107-8, 116-8, 225-6, 204-5n, 271
Estética (Hegel), 266-8
Estética idealista, 14-8, 137-8, 188, 266-9, 272, 284n
Estética materialista, 3-4, 18-20, 137-41, 181-2, 209, 267-9, 287n

Estética. *Ver* Estética idealista;
Estética materialista
Estúdios de artistas, 187, 260-2
Evans, Walker, 6
Expressionismo, 253-4, 272-3

Fashion Moda (Nova York), 210, 212
Fatia (Serra), 143, 145, *146*
Feininger, Andreas, 110
Feminismo, 6-7, 13-4, 30n
Filosofia do direito (Hegel), 258
Flaubert, Gustave, 46-50, 52
Flavin, Dan, 92-4, 140
Fotografia, 84-6, 218
  como iniciativa modernista, 3-7, 15-7, 65-71, 105-8, 117-24, 233-5
  como substituta, 50-2
  e presença, 101-14
  função da, 14-17, 25, 28
  significado e interpretação da, 3-14
Foucault, Michel, 46-8, 88-9, 177, 197
  método arqueológico de, 23-5, 27-9, 43-5, 75n, 195-7, 206n, 254-5
Fountain (Duchamp), 193
Fragmentos IV (Stella), *93*
Frank Stella: As Pinturas Negras (exibição), *92*
Frederico II, monumento para, 208, *209*, *215*, 218
Fried, Michael, 57n
Frith, Francis, 67
Frères, Bisson, 67
Fuchs, Eduard, 178
Fuchs, Rudi, 210-2, 214-20, 225, 239
"Function of the Museum" (Buren), 80
Fundação Nacional das Artes, 8, 29n, 227, 245-6n

Galeria Amplo Espaço Branco (Colônia), 192
Galeria Leo Castelli (Nova York), 133, 145
Galeria Lo Giudice (Nova York), 141
Galeria Saint-Laurent (Bruxelas), 177
Galerias, função das, 142-7
Gehry, Frank, 115-20, *118*
Geist der Kochkunst (von Rumohr), 257
Gilly, Friedrich, 262
Goethe, Johann Wolfgang von, 90-1
Goldstein, Jack, 101
Gopnik, Adam, 30-2n
Goya y Lucientes, Francisco José de, 42
Gramsci, Antonio, 287-8n
Grandville, Jean-Ignace-Isidore-Gérard, 185-8, 190, 204n
Granito (Normandia) (Ruckriem), 249, *252*
Graves, Michael, 115-22, *119*
Greenberg, Clement, 68
Greve (Serra), 141-3, *141*
Guirlandes, Les (Buren), 215
Gérôme, Jean Leon, 42
Gêmeos (Serra), 143
Gênio artístico (conceito histórico de arte), 62-4, 241, 251-4

Haacke, Hans, 21, 138, 205n, 216-23, 244n, 254
Haus der Deutschen Kunst, Das (Munique), 280, *281*
Hausmann, Raoul, 283n
Heartfield, John, 253, 272, 283n, 286n
Hegel, Georg Friedrich Wilhelm, 180, 255-9, 261, 265-8, 271, 284nn
Heizer, Michael, 147

ÍNDICE REMISSIVO **299**

Helicópteros, 242-4, 248nn
Helms, Jesse, 8-10, 13, 29n
Hennessy, Richard, 86-9, 94
Hine, Lewis, 67
Hirt, Alois, 204n, 255-68 passim, 284-5n
História da sexualidade, A (Foucault), 29
Hodsell, Frank, 245n
Holzer, Jenny, 210, 212
Homoerotismo, 7-10, 12-4
Homossexualidade, e arte, 8-14, 26-7, 29n
Huillet, Danièle, 115
Humboldt, Alexander von, 261-2
Humboldt, Wilhelm von, 262
Huyssen, Andreas, 24
Höch, Hannah, 283n

Imersão, 20-22, 265-6
Informação (exposição), 239
Ingres, Jean-Auguste-Dominique, 185
Invention du cinéma (Sadoul), 191
Italienische Forschungen (von Rumohr), 257

James, Henry, 100-1
Jameson, Fredric, 268-72, 282, 287n
Jeu de Paume (Paris), 191
Joachamides, Christos, 220-3, 226
Johnson, Philip, 278-82
Judd, Donald, 99, 134, 140, 228-9

Kardon, Janet, 11
Kiefer, Anselm, 253
Klucis, Gustav, 236
Koch, Edward, 212
Kohl, Helmut, 279
Kramer, Hilton, 13-4, 27, 30n, 41-4, 50, 82-3, 225-33, 235-8, 242, 245n, 247n
Krauss, Rosalind, 30n
Krims, Les, 110

Kunst- und Wunderkammern der Spätrenaissance (von Schlosser), 198-200
Kunstgewerbemuseum (Berlim), 221, *222*
Kunsthistorishes Museum (Viena), 198
Kunstmuseum (Dusseldorf), 189
Kuspit, Donald, 278
Kybartas, Stashu, 26

Lachaise, Gaston, 30n
Lamartine, Alphonse de, 86
Lápis da natureza, O (Talbot), 4
Lawler, Louise, 5-6, 13, 21, 27, *107*, *111*, 122, 210, 212, 254
Le Corbusier, 279
LeSecq, Henri, 67
LeWitt, Sol, 93
Lebeer, Irmeline, 81
Ledoux, Claude-Nicholas, 116
Leider, Philip, 94
Lenin and Philosophy (Althusser), 230
Levine, Sherrie, 6-9, 27, 109-10, 115, 117-23, 254
Lieberman, William S., 59
Lifson, Ben, 30n
Lipman, Samuel, 227, 245n
Lissitsky, El, 236
Longo, Robert, 101, 241
Lonidier, Fred, 246n
Louvre (Paris), 42, 90, 103, 191
Lowell, Edward J., 207
Lynes, George Platt, 121
Lüpertz, Markus, 251-7, 272, 278

Ma collection (Broodthaers), 192
Magritte, René, 195
Malevich, Kasimir, 234
Malraux, André, 50-2, 54, 91
Mandel, Ernest, 270-1
Manet, Edouard, 42, *43*, 45-6, 57n, 68

"Mapping the Postmodern"
(Huyssen), 24
Mapplethorpe, Robert, 7-13, 27-8,
30n, 115-22
Marey, Etienne-Jules, 67
Marilyn Monroe–Greta Garbo
(Serra), 143
Marx, Karl, 30n, 166n, 204n, 255,
261, 279
Materialismo histórico. *Ver* Estética
materialista
Matisse, Henri, 233
McShine, Kynaston, 238-41, 247n
Meier, Richard, 251
Meissonnier, Jean-Louis-Erneste,
184
Meninas, As (Velázquez), 88-9
Mercantilização, 110-3, 138, 141-2,
145-7, 150, 188, 204n, 223, 242
Mercer, Kobena, 27
Merinoff, Dimitri, 122
Merz, Mario, 221
Michael Reed (Mapplethorpe), *9*
Michals, Duane, 110
Michelangelo Buonaroti, 51
Michelson, Annette, 245n
Mies van der Rohe, Ludwig, 251,
280-2
Miller vs. Califórnia, 29n
Miró, Joan, 59
Modernismo, 21-3, 42-3, 80, 90,
100, 230-3, 240, 268-72
e arquitetura, 116-7
e fotografia, 3-7, 69
Molde (Serra), 143
Mona Lisa (Leonardo), 103
Mondrian, Piet, 59
Monograma (Rauschenberg), 58n
Morley, Malcolm, 225
Morris, Robert, 93, 133
Mudança (Serra), 148
Mulher com papagaio (Manet), 42
Mulheres em Prol da Arte, 247n
Munch, Edvard, 272

Murray, Elizabeth, 63, 74
Museo del Barrio (Nova York), 242
Museu Metropolitano de Arte
(Nova York), 41-2, 50, 55, 57
Museu de Arte Moderna (Nova
York), 25, 30n, 59-61, 70, 78-80,
226-44, *233*, *237*, *243*, 246n
Museu de Berlim, 20, *256*, 255-68,
263, 264, *281*, 284-5n
Museu sem Paredes (Malraux), 50-2,
54, *55*
Museum Fridericianum (Kassel),
20, 208, 216, 220
Museum Wormianum
(Copenhague), *202*
Museum für Kunsthandwerk
(Frankfurt), 251
Museus
  desenvolvimento dos, 196-205,
  257-67
  e heterogeneidade, 15, 49-55,
  123-4, 262
  função dos, 18-9, 41-7, 78-80,
  91-2, 147, 181, 187, 192, 217,
  254-5, 259-61, 284n
  práticas de exclusão dos, 8-14,
  226-42, 247-8n, 254-5, 268
*Musée d'Art Ancienne, Département
des Aigles, Galerie du XXème Siècle*
(exposição), 201
*Musée d'Art Moderne, Département
des Aigles* (exposição), 182-201,
204-5n
  Section Cinéma, 191-2
  Section XIXème Siècle, 184, *185*
  Section XVIIème Siècle, *185*, 189,
  191
  Section des Figures, 193-202,
  194, *195*, *199*
  Section Financière, 192, *193*
  Section Littéraire, *186*, 188-9
  Section Publicité, 201
Musée d'Orsay (Paris), 191
Muybridge, Eadweard, 67

Nadar, Gaspard-Félix-Tournachon, 68
Nahl, Johann August, 215, 218-20
Nascer da lua, Hernandez, Novo México (Adams), 62
Nazismo, 278-82
Negativo duplo (Heizer), 147
Neue Nationalgalerie (Berlim), 251
Neue Staatsgalerie (Stuttgart), 249-56, *250, 256*, 272-9, *273, 275-6*
New Criterion, 226
Newman, Barnett, 253
Nixon, Nicholas, 25-6
Nochlin, Linda, 268
Novo Museu de Arte Contemporânea (Nova York), 230-1
Nublado III (Rauschenberg), 54

Observador, papel do, 18, 27-9, 44, 88-9, 100, 137
Observatório (Serra), 151, 166n
Oelgemaelde, Hommage à Marcel Broodthaers (Haacke), 216-8, *219*
Offenbach, Jakob, 187
Oito Artistas Contemporâneos (exposição), 78, *79*, 83
Olímpia (Manet), 45-6
Ordem das coisas, A (Foucault), 27, 88, 196-8
Outros critérios (Steinberg), 43
Owens, Craig, 6

Pablo Picasso: Uma Retrospectiva (exposição), 60-2
Palais des Beaux Arts (Bruxelas), 182
Para circundar o hexagrama de base de chapa e braçadeiras direitas invertidas (Serra), 148-50, *149*
Parede a parede (Serra), 143
Paris em dia chuvoso (Caillebotte), 51
Pasolini, Pier Paolo, 133

Passagen-Werk (Benjamin), 178-80
PASTA MOMA [Sigla em inglês da Associação do Pessoal Administrativo e Profissional do MOMA – Museu de Arte Moderna] (sindicato), 246n
Patrocínio. *Ver também* Fundação
Nacional das Artes
corporativo, 201-2, 241, 283n
governamental, 226-8, 253-4
Patrulha de ratos (Rupp), *213*, 214
Penn, Irving, 68
Pepito, (Goya), 42
Perreault, John, 83
Perícia, 101-8, 232-4, 245-7n
Picasso, Pablo, 60-4, 233
"Pictures" (Crimp), 100
Pigmalião e Galateia (Gérôme), 42
Pincus-Witten, Robert, 57
Pintura Americana: os Anos 80 (exposição), 81-4, *82*, 105
Pintura Zeitgeist, série (Salle), 223
Pintura, 77-8, 80-2
 e pós-modernismo, 40-4
 essência da, 83-4, 90-1
 hegemonia da, 59-60, 218, 238-9, 283n
 referências à, e fontes da, 44-6 224
 renascimento da, 17, 78-84, 86-8, 94-7, 105
 status da, 92-7
Plano da pintura, como plataforma, 44-5
Pluralismo, 19, 99-100
 e pós-modernismo, 71-2
Political Unconscious, The (Jameson), 268
Pollock, Jackson, 84, 89, 91, 253
Porter, Eliot, 110
"Positive/Negative" (Crimp), 3-4
"Postmodernism, or the Cultural Logic of Late Capitalism" (Jameson), 269

Pós-estruturalismo, 23-4
Pós-modernismo, 19-20, 23, 41-5,
  100, 240, 267-72, 282-3
  e arquitetura, 123-4, 249-83
    passim
  e fotografia, 3-14, 52-4, 69-71,
    101-13, 117-24
  visão pluralista do, 71-2
Praxíteles, 109-10
Presença e ausência, 54-5, 59-60,
  99-103, 109-10, 113
Primitivismo na Arte do Século XX
  (exposição), 247n
Prince, Richard, 112-3, *113*, 123
Produtores de aço (Segal), 158
Proust, Marcel, 42
Publicidade, e arte, 112, 123, 236-8,
  247n
Puvis de Chavannes, Pierre, 184
Público, *status* de, 163-4

Rauschenberg, Robert, 15, 43-5,
  52-7, *53*, 71, 105, 122-4
Ray, Man, 121
Re, Edward D., 163-4
Readymades, 63-4, 193, 195
Reagan, Ronald, 216-8, 228
"Redefinindo a especificidade de
  localização" (Crimp), 19
Reff, Theodore, 57n
Reinhardt, Ad, 85
Rembrandt van Rijn, 103
Representação, 14, 49, 88, 100-3,
  109-10
Reprodução mecânica, 50-5, 87, 90,
  104-8, 218
Respingos (Serra), 134-9, *135*
Revisionismo, 42-3, 72, 105
Richardson, John, 63
Richter, Gerhard, 81, 94
Riis, Jacob, 67
*Robert Mapplethorpe: O Momento
  Perfeito* (exposição), 8
Rodchenko, Alexander, 234-5

Rose, Barbara, 78-84, 87-8, 94,
  105-6
Rosenblum, Robert, 58n, 223-6
Rosenthal, Norman, 220-3, 226
Rothko, Mark, 95, 253
Rua 10, escola, 82
Rubens, Peter Paul, 45, 51, 189
Rubin, Gayle, 30n
Rubin, William, 30n, 78-80, 83, 239,
  247n
Ruckriem, Ulrich, 249, 253
Rumohr, Carl Friedrich von, 257-9,
  267, 284n
Rupp, Christy, 212-4
Ruptura (Rauschenberg), 54
Ruscha, Ed, 71-4
Ryman, Robert, 58n, 86

Salle, David, 115, 223
Salzmann, Auguste, 67
"Schinkel and Mies" (Johnson), 280
Schinkel, Karl Friedrich, 255-68
  passim
Schleiermacher, Friedrich, 260,
  165-7
Schloss Ambras, 198
Schlosser, Julius von, 198-200
Schnabel, Julian, 225
Schwitters, Kurt, 283n
Segal, George, 157-8
Sekula, Allan, 30n, 204-5n
Sem título (Mapplethorpe), *28*
Sem título (Sherman), *112*
*Sem título (À maneira de Alexander
  Rodchenko: 3)* (Levine), *120*
*Sem título (À maneira de Edward
  Weston)* (Levine), 6-8, *9*
*Sem título (À maneira de Ilya
  Chasnick)* (Levine), *120*
Sem-teto, os, 212, 244n
Senkin, Sergei, 236
Serra, Richard, 19, 30n, 133-65,
  165-6n, 251, 254
Sherman, Cindy, 6, 110, 123, 254

Simmons, Laurie, 123
Smith, Roberta, 83
Smithson, Robert, 138, 147
Sobieszak, Robert, 11, 27
"Sobre as ruínas do museu" (Crimp), 3, 15, 122, 249, 254
Social-democratas (Alemanha), 151-2, 156, 181-2
Stedelijk Museum (Amsterdam), 151
Steelmill/Stahlwerk (Serra e Weyergraf), 167n
Steinberg, Leo, 43-4, 245n
Stella, Frank, 58, 81, 91-7
Stiechen, Edward, 121
Stieglitz, Alfred, 70, 85
Still, Clyfford, 95
Stirling, James, 249-57, 272-9
Straub, Jean-Marie, 115
Strauss, Franz Josef, 279
Städische Kunsthalle (Dusseldorf), 189, 191
Subjetividade, 5, 13-4, 25-7, 103-4
 do artista, 16, 18, 24, 63-7, 87-8, 107-8, 137
 do observador, (*ver* Observador)
Superior e Inferior: Arte Moderna e Cultura Popular (exposição), 31n
Syberberg, Hans Jürgen, 115
Szarkowski, John, 65-6, 68, 70
Szeemann, Harald, 201

Tafuri, Manfredo, 287n
Talbot, William Henry Fox, 4
Taxonomia. *Ver* Classificação
Teatralidade, 99-100
Tentação de Santo Antônio, A (Flaubert), 46
Terminal (Serra), 152-7, *153*, 166n
"The Discourse of Others: Feminism and Postmodernism" (Owens), 6
Théorie des figures (Broodthaers), 192
Theory of the Avant-Garde (Bürger), 20

Thomas e Amos (Mapplethorpe), *120*
Ticiano, 45
Tieck, Ludwig, 261
"Tornando a apropriação apropriada" (Crimp), 8, 10
Trabalhadores, status dos, 156-8, 167n
Trahison des images, La (Magritte), 193
Tramson (Rauschenberg), 54
Triumph of Art for the Public, The (Holt), 180
Troost, Paul Ludwig, 280
Twentysix Gasoline (Ruscha), 72, 72-3

Ungers, Oswald Mathias, 251
Universidade Wesleyan, 150

Valéry, Paul, 41-2
Van Bruggen, Coosje, 214
Van Gogh, Vincent, 12, 64, 272
Van Haaften, Julia, 66-7
Vanguarda, 20-2, 62-4, 230-8, 246-7n, 268-9
Varnedoe, Kirk, 31n
Velázquez, Diego, 45, 88-9
Vão (Serra), 143
Vênus Rokeby (Velázquez), 45, 54
Vênus de Urbino (Ticiano), 45
Vênus no banho (Rubens), 45

Waagen, Gustav Friedrich, 259, 267, 285n
Wallace, Scott, 284n
Warhol, Andy, 58n, 71, 105
Weiner, Lawrence, 138, 216
Weston, Edward, 7-9, 109, 121
Winsor, série (Ryman), 51

X Portfolio (Mapplethorpe), 10-2, 27

Zeitgeist (exposição), 220-5, 238

1ª **edição** dezembro de 2005 | 2ª **edição** julho de 2015
Fonte Palatino | **Papel** Offset 75 g/m2
Impressão e acabamento Yangraf